SVEVA CASATI MODIGNANI

Reconhecida como a *signora* do *best-seller* italiano, Sveva Casati Modignani é exímia em presentear os seus leitores com histórias repletas de enredos femininos e envolventes.
As suas obras estão traduzidas em 17 países e já venderam mais de dez milhões de exemplares.

D1640219

FEMININO SINGULAR

SVEVA CASATI MODIGNANI

FEMININO SINGULAR

Tradução de
REGINA VALENTE

A **cópia ilegal** viola os direitos dos autores.
Os prejudicados somos todos nós.

Título original: *Singolare Femminile*
Autor: Sveva Casati Modignani
© 2007, Sperling & Kupfer Editori S.p.A.

Esta edição segue a grafia do Novo Acordo Ortográfico da Língua Portuguesa

Todos os direitos para a publicação desta obra em Portugal
cedidos pela Porto Editora, Lda. a Bertrand Editora, Lda.
Rua Prof. Jorge da Silva Horta, 1
1500-499 Lisboa
Telefone: 21 762 60 00
Fax: 21 762 61 50
Correio eletrónico: 1117@bertrand.pt
www.11x17.pt

Paginação: Fotocompográfica
Revisão: Alexandra Castro
Design da capa: Rui Rodrigues

Execução gráfica: Bloco Gráfico, Lda.
Unidade Industrial da Maia

1.ª edição: novembro de 2012
Depósito legal n.º 348 879/12

ISBN: 978-972-25-2534-3

*Dedicado a Carla Tanzi
porque lhe quero bem
e me faz muitíssima falta*

AGRADECIMENTOS

Para aprofundar alguns temas do romance pedi ajuda a Gianna Schelotto, psicoterapeuta de casal e a Fausto Manara, psiquiatra e psicoterapeuta; à *signora* Giovanna e às suas colegas, colaboradoras de Radaelli, florista em Milão. Anna Pesenti sugeriu-me o vinho certo no momento certo.

Devo a Donatella Barbieri a edição minuciosa. Para tudo o mais, estou muito grata às «raparigas» da Sperling. Agradeço a todos.

HOJE

CAPÍTULO

1

— Passa-me o pastorinho — disse Martina —, aquele que está a tocar flauta — precisou, dirigindo-se a Leandro que estava a seu lado. Estavam a colocar as figurinhas do presépio em cima de uma arca imponente que se destacava no amplo vestíbulo do Palazzo Bertola, uma esplêndida residência aristocrata, na parte alta de Bérgamo, que Leandro herdara dos pais. Martina já tinha construído a cabana de Belém com papel de embrulho, pintado com verniz, em *spray* e pousado sobre uma macia camada de musgo que Leandro recolhera do jardim abrigado pelos muros antigos.

Era o quarto domingo do Advento e o ritual do presépio transportava-os para os distantes anos da infância, quando em todas as casas, desde as mais modestas, como fora a de Martina, até às mais sumptuosas, como a de Leandro, se faziam os preparativos para o Natal.

— Eu punha a camponesa com o cesto dos ovos ao lado dele — propôs Leandro.

Martina replicou, irritada:

— Não percebes nada. A camponesa não pode estar perto do pastorinho — e acrescentou imediatamente, mudando de tom: — Desculpa, estou com uma das minhas habituais crises de enxaqueca.

— E se fizéssemos uma pausa? — propôs Leandro, consultando o relógio. — São três horas. Temos a tarde toda para fazer o presépio. A Richetta já deixou o chocolate preparado. Vou aquecê-lo para o bebermos.

Chocolate quente era a grande paixão de Martina.

— Está bem — respondeu ela. — Entretanto vou estender-me no sofá da salinha.

Martina tinha sessenta e seis anos, a mesma idade de Leandro, e era ainda elegante como uma jovem.

Leandro observou-a enquanto ela atravessava o vestíbulo com um leve passo de bailarina e sentiu-se invadido pela ternura que sentia por aquela mulher que amava desde sempre.

Foi à cozinha e aqueceu o chocolate no micro-ondas. O tabuleiro com as chávenas estava já preparado em cima do balcão e Leandro colocou uma aspirina num pires. Desde sempre, Martina tratava as dores de cabeça com ácido acetilsalicílico. Fora o pai dele, o doutor Pietro Bertola, a receitar-lho quando ela era ainda adolescente.

Entrou na sala com o tabuleiro na mão e pousou-o em cima de uma mesa, ao lado do sofá. Martina estava estendida e tinha as pernas cobertas com uma manta de lã. Ergueu-se até ficar sentada.

Através da porta envidraçada da sala, que dava para o jardim, escoava a luz opalescente de um dia sem sol.

— No Natal vamos ter neve — sussurrou.

Leandro serviu o chocolate.

— Cheira bem — disse ela, enquanto recebia a chávena que ele lhe estendia.

— Molha uns biscoitos no chocolate e depois toma a aspirina — sugeriu Leandro.

— Não estou assim tão mal — respondeu.

— Mais vale prevenir — insistiu.

Martina obedeceu.

— Só faço isto para que fiques satisfeito.

— Se quisesses realmente que eu ficasse satisfeito, terias ido ao hospital antes das festas para fazer alguns exames de rotina. Não é a enxaqueca que me preocupa, é o coração que deve ter um problema qualquer. E tu sabes, mas és muito teimosa.

— Está bem, rendo-me. Vences-me pelo cansaço. Depois do Natal prometo entregar-me às vossas torturas de médicos. — Sublinhou o «vossas», que incluía Leandro, professor universitário de Clínica Geral e chefe de serviço de Cardiologia no hospital de Bérgamo.

À volta deles pairava o aroma denso e macio do chocolate.

— Dá-me mais um pouco — disse Martina. Depois acrescentou: — Seria capaz de viver só de chocolate. É uma bebida tão sublime que me faz sentir próxima a Deus. Cá para mim, Deus também adora chocolate.

— És mesmo tonta! — exclamou Leandro, divertido.

— É, sim, e nunca ninguém me poderá desmentir: Deus adora chocolate e chama-lhe um figo. Abençoado seja! — afirmou. Pousou a chávena vazia no tabuleiro e deitou-se novamente.

— Agora tenta dormir um pouco, meu amor. — Leandro inclinou-se sobre ela para lhe pousar um beijo na testa.

— Que horas são? — perguntou Martina.

— Quase quatro.

— Temos de acabar o presépio.

— Quando acordares.

— Então já será tarde. Sabes muito bem que eu tenho de regressar a Vertova antes da hora do jantar, porque se não quem atura a Osvalda?

Vertova era a aldeia de Val Seriana onde Martina vivia desde sempre. Osvalda era a terceira filha de Martina, a mais nova. Viviam juntas numa *villa* sobranceira à aldeia e a jovem assumira a tarefa, não solicitada, de velar pela moralidade da mãe que, depois de ter três filhas de três pais diferentes sem nunca se ter casado com nenhum deles, se ligara a Leandro alguns anos atrás e não se preocupava em esconder essa relação, nem às filhas nem aos seus conterrâneos mexeriqueiros.

Sempre que Martina regressava de Bérgamo, Osvalda encarava-a com um tom dramático.

— Até depois de velha consegues armar escândalo — dizia-lhe, agressiva. — Mas mais cedo ou mais tarde vais ter de enfrentar o juízo de Deus, como toda a gente.

Normalmente, Martina ficava calada e esperava que passasse a tempestade. Mas uns dias antes tinha levantado a voz.

— Acaba com essa tua tagarelice de beata! O que tu sabes de Deus?

— Sei mais do que tu, que te recusas a fazer as pazes com o Padre Eterno — exclamou a filha.

Martina irritou-se ainda mais.

— Tu precisas é de um namorado saudável e vigoroso que te transforme numa mulher.

Dissera-o, por fim. Mas logo a seguir sentiu-se capaz de cortar a própria língua. Houve um instante de silêncio. Depois Osvalda saiu a correr da sala, a chorar, e Martina foi à igreja. Tinha de facto uma maneira muito própria de ser cristã. Desde pequena, aos santinhos que o padre lhe oferecia, Martina preferia a grande imagem de gesso colorido, colocada na capela ao lado do altar-mor, que representava um Cristo jovem, sorridente, de olhar azul-celeste. Vestia uma longa túnica branca e uma capa escarlate, e tinha os braços abertos num gesto de acolhimento. Era aquele Cristo que ela amava. Sentava-se num banco, diante da imagem, olhava-o nos olhos e contava-lhe tudo aquilo que lhe pesava no coração. Naquele dia confessou:

— Querido Jesus, a minha Osvalda é uma solteirona insuportável. Tu bem sabes. Desde que encontrei o homem com quem quero viver o resto dos meus dias, anda cheia de ciúmes e não me dá paz. Peço-te, ajuda-a a encontrar um bom rapaz que se case com ela, a faça feliz e a leve de casa.

Leandro sorria-lhe. Sabia como era difícil a relação entre Martina e Osvalda.

— Dorme e não te aflijas. É uma ordem do médico. Eu vou ver o jogo na televisão — disse-lhe. Debruçou-se sobre ela, afagou-lhe os cabelos e saiu da sala.

No primeiro andar do palácio, a seguir a uma série de pequenas salas, havia um escritório acolhedor. Aquele era o aposento preferido de Leandro. Em cima da secretária, no meio das muitas fotografias de família, havia uma de Martina sentada numa cadeira, no jardim da Villa Bertola, em Vertova. Fora ele que a tirara, seis anos antes, conseguindo captar no rosto daquela estranha mulher a força impetuosa, a infinita ternura e uma deliciosa coqueteria.

Naquele dia, depois de anos de ausência, Leandro regressara à aldeia para fotografar os quartos da *villa* dos avós, desabitada há já algum tempo, porque a queria pôr à venda. Encontrou Martina no jardim a apanhar cerejas de um ramo da árvore.

— Estás a violar uma propriedade privada — brincou, assustando-a ao apanhá-la de surpresa.

— O que estás a dizer? Se não as apanho, comem-nas os melros — protestou, com um sorriso irresistível.

Os seus olhares encontraram-se num longo e demorado momento. Ele corou e, de repente, sussurrou-lhe:

— Sempre te amei. Agora estamos livres para dispor das nossas vidas. Queres ficar comigo?

— Finalmente. Desde miúda que espero ouvir isso — respondeu ela, comovida.

Tinham passado seis anos felizes, desde aquele momento. Martina impôs algumas condições que ele aceitou. Uma delas era a de continuarem a viver cada um em sua casa, ele em Bérgamo e ela em Vertova. Apesar disso estavam juntos a maior parte do tempo.

Leandro sentou-se no sofá, em frente à televisão. A sua equipa estava a perder, mas não se importou demasiado com isso, porque estava preocupado com Martina. A certa altura desistiu de ver o jogo e desceu ao rés do chão. Entrou na salinha. Aproximou-se do sofá em bicos de pés e viu Martina agarrada ao peito.

— Dói-me, dói-me muito — disse num sopro, com os olhos muito abertos de dor e de medo. — Tentei chamar-te... mas não me ouvias... — Leandro telefonou imediatamente para o hospital e, poucos minutos depois, o som dilacerante de uma sirene anunciou a chegada da ambulância.

CAPÍTULO 2

— Avó, agora vou ter de voltar para casa. São quase seis horas e a mãe vai chegar daqui a pouco. Já sabes que tem de ser vigiada como uma criança — disse Osvalda a Vienna Agrestis que, naquele dia, fazia oitenta e cinco anos e vivia sozinha, em Vertova, na casa rural que pertencera à família do marido.

Vienna era uma mulher serena e equilibrada. Com o passar dos anos tornara-se numa espécie de anjo da guarda dos numerosos Agrestis que há muito haviam deixado a aldeia para se mudarem para a cidade.

A avó replicou:

— Deixa de te armar em missionária. A tua mãe sempre soube tomar conta de si. Tu querias que ela se enfiasse em casa a rezar o terço. Pois bem, esquece. A Martina é um espírito livre e ainda está para nascer quem lhe ponha uma trela.

Estava sentada no sofá da sala, diante da janela que dava para o rio Serio. A sala tinha um teto com traves de madeira à vista e estava decorada com os móveis que lhe tinham sido oferecidos pelos cunhados, empresários do setor do mobiliário que, em pouco tempo, tinham alcançado grande êxito no mercado com a marca *Agrestis*. Vienna entrara muito jovem naquela casa ao casar com Arturo, o mais velho dos filhos Agrestis. Depois do casamento o marido foi trabalhar para Turim como pedreiro, porque o trabalho de marceneiro não lhe agradava. Morreu quando Martina era ainda pequena.

— Eu não lhe quero pôr uma trela. Aborrecem-me os mexericos da aldeia — reagiu Osvalda.

— Não lhes dês ouvidos — aconselhou a avó.

— Agora tenho mesmo de ir — afirmou Osvalda.

Vienna agarrou-lhe o pulso e, com força, obrigou-a a sentar-se no sofá à sua frente.

— Sabes quem me deu o presente de aniversário mais bonito? A tua mãe — afirmou.

— Que nem sequer se dignou a participar no almoço — sublinhou a rapariga, com voz áspera.

— Esteve aqui hoje de manhã, às seis, ainda tu dormias. Fomos juntas à primeira missa e, depois de me trazer a casa, antes de se ir embora, deixou em cima da mesa uma grande caixa, tão bonita, que era uma maravilha só de olhar para ela. Dentro encontrei uma camisa de noite e um roupão de seda bordados à mão. Nunca tive nada tão bonito. Como é evidente, nunca irei usar aquela roupa, mas fico contente por tê-la.

— Claro que a minha mãe não se ia lembrar de te oferecer um roupão de lã.

— Para de a criticar. A tua mãe é uma grande senhora e tu não consegues entender isso.

— O que eu sei é que ela nunca se preocupou em dar um pai às filhas. A mim e às minhas irmãs sempre faltou uma figura paterna, e isso vê-se: a Giuliana, com cinquenta anos, vive com um de trinta e a Maria esfalfa-se para conseguir criar os filhos sozinha. Quanto a mim, sei perfeitamente que sou um verdadeiro desastre.

— E no entanto hoje de manhã, durante a missa, enquanto rezava ao lado da Martina, pensava na prenda e estava contente, porque ela me ofereceu um pedaço de felicidade — tentou defendê-la Vienna.

Em vez de responder, Osvalda fitou o céu através da janela.

— Está um ar de neve — observou.

— Pois está. Hoje é o quarto domingo do Advento. Vamos ter neve no Natal — confirmou a avó. — Agora vai-te embora — acrescentou, enquanto avançava à frente dela em direção à entrada.

Osvalda vestiu o casaco e, depois de abraçar a avó, saiu.

As ruas da aldeia estavam praticamente desertas.

Cruzou-se com um grupo de rapazinhos barulhentos. Dois deles, quando a viram, tiraram o boné e cumprimentaram-na.

— Boa tarde, professora — disseram.

Retribuiu o cumprimento sem parar.

Dava aulas na escola primária desde que tinha acabado o curso. Primeiro lecionou na escola de Clusone, uma aldeia vizinha, e depois na de Vertova.

Na rua principal virou à esquerda e passou em frente à igreja.

Ouviu o som do órgão e o coro das crianças que ensaiavam os cânticos de Natal: «Tu desces das estrelas, ó Rei do Céu...»

Osvalda benzeu-se apressadamente e continuou o seu caminho. A rua subia, ladeada pelos jardins das moradias. Aquele era o bairro alto de Vertova. Ali ficavam a *villa* dos condes Bertola, adquirida pelo município e transformada em biblioteca, e a *villa* dos condes Ceppi, onde ela e a mãe moravam.

Cruzou-se com alguns imigrantes de cor que a cumprimentaram com delicadeza. Osvalda ocupava-se ativamente daquelas pessoas enquanto membro de uma associação de voluntariado que funcionava na paróquia e que recolhia roupas, mantimentos e dinheiro.

Aproximou-se do pesado portão de ferro forjado da Villa Ceppi. Abriu-o, percorreu a alameda ladeada de mirtos, subiu os poucos degraus que davam acesso ao pórtico e parou diante da porta de entrada para digitar o código que desativava o sistema de alarme. Por fim, entrou em casa.

Foi recebida pela obscuridade, pelo silêncio, pela tepidez do aquecimento e por um vago perfume de rosas que provinha de uma taça cheia de pétalas secas, impregnadas de essências, que estava pousada em cima da mesa da entrada. A mãe ainda não regressara. Fez deslizar a porta de um armário de parede e pendurou o casaco. Voltou a fechá-la e, por um instante, observou-se ao espelho: viu a imagem de uma jovem mulher de rosto taciturno. Instintivamente ajeitou os cabelos loiros, endireitou o fio de pérolas minúsculas que iluminavam uma camisola de malha cinzento-escura, alisou as pregas da saia escocesa e, sentindo-se composta, avançou pelo corredor de serviço até à cozinha.

Mais uma vez pensou que a sua vida não era exaltante, mas decorria com tranquilidade. Se se tivesse casado, como Martina desejava, o marido e os filhos teriam subvertido a sua existência e ela não queria mais problemas para além daqueles que a mãe já lhe causava.

Tirou do frigorífico uma variedade de legumes, lavou-os e alinhou-os na tábua. Tinha de preparar o jantar para ela e para Martina. Enquanto cortava o aipo pensava naqueles jantares com a mãe, sentadas uma em frente à outra, sem se falarem. Um olho no prato e outro no televisor ligado a ver as guerras, os massacres, os delitos que ensanguentavam o mundo. Martina deixava sempre ficar comida no prato, Osvalda não fazia comentários, mas ficava ofendida com o escasso interesse da mãe pelos petiscos que ela cozinhava com tanto empenho.

Quando começou a cortar as cebolinhas às rodelas, tocou o telefone. Osvalda limpou as mãos a um pano e levantou o auscultador do aparelho que estava pousado em cima do balcão. Ouviu a voz de Galeazzo Bigoni, proprietário de uma pequena fábrica de fogo de artifício. Eram da mesma idade. Ele formara-se em Engenharia e depois iniciou aquela atividade por não encontrar um trabalho melhor. Os negócios prosperavam, apesar da concorrência chinesa que o obrigava a apostar na qualidade.

— Apetece-te ir ao cinema hoje à noite? — perguntou-lhe.

Osvalda elaborou rapidamente uma série de pretextos para recusar o convite, porque sabia que, entre uma palavra e outra, o amigo acabaria por aludir a uma ligação estável entre eles, deixando-a pouco à-vontade. Galeazzo era muito bom rapaz e bastaria um pequeno encorajamento para chegar ao casamento que, porém, não estava nos seus planos. Não se lembrou de nenhuma desculpa plausível, e por isso respondeu, com um tom apressado:

— Estou a fazer o jantar. Telefono-te mais tarde.

— Uma pontinha de entusiasmo seria bem recebida — lamentou-se Galeazzo.

— Desculpa, estou a cortar cebola — replicou Osvalda, e desligou.

Pôs uma panela com água ao lume e juntou-lhe um cubo de caldo e sal. Descascou batatas e cortou-as aos cubinhos. O telefone tocou outra vez.

— Estou — respondeu, impaciente. Por aquele andar, o *minestrone* nunca mais ficaria pronto.

— É o Leandro — disse uma voz que conhecia bem e que detestava. Informou-a rapidamente de que Martina sofrera um enfarte e estava internada no serviço de cuidados intensivos do hospital de Bérgamo.

— Sigo já para aí — disse Osvalda, com a voz a tremer.

CAPÍTULO 3

Maria não precisava de despertador. Às cinco e meia, como todas as manhãs, acordou. O quarto estava mergulhado na escuridão e ela tinha os braços gelados porque se destapara enquanto dormia. Enfiou-os novamente debaixo da roupa e sentiu uma mãozinha a tocar-lhe no ombro. Pietro, o filho de doze anos, dormira com ela na cama de casal pois estava doente.

No prédio da Via Vitruvio, em Milão, onde vivia com os dois filhos, o senhorio poupava no aquecimento, que era desligado durante a noite, e as crianças estavam sempre com bronquite. Durante dois dias Pietro teve tosse e febre alta. Pousou-lhe os lábios na testa e constatou, com alívio, que já não tinha febre.

Saiu da cama, vestiu um roupão de flanela e deixou silenciosamente o quarto. Acendeu a luz do corredor e entreabriu a porta do quarto da filha, Elisabetta, de catorze anos. Esta dormia tranquilamente. Entrou na cozinha e quase caiu ao pisar um patim que Pietro abandonara no meio do chão, na noite anterior. O silêncio foi rasgado por um som estridente. Maria acendeu a luz e, com um pontapé, atirou o brinquedo para debaixo do armário. Encheu a cafeteira e colocou-a no fogão. Depois sentou-se à mesa, aguardando o seu elixir matutino. Olhou através da janela e admirou a Lua rodeada por uma auréola leitosa que anunciava a chegada da neve. Passou os olhos pelas janelas do pátio interior. Estavam todas apagadas exceto a do apartamento onde morava um jovem artista que regressava muitas vezes das suas noites de folia à hora em que Maria se levantava para ir trabalhar.

Recordou a última vez que vira Peppino Cuomo, o marido, estendido numa mesa da morgue. Fora atropelado por um automóvel numa noite de verão, e morreu quando regressava a casa embriagado, como de costume.

— Uma vida absurda — sussurrou, ao lembrar-se das palavras da mãe muitos anos antes: — Não te cases com ele. É um presunçoso que te vai arruinar a vida. — Mas daquele casamento fracassado, ficaram-lhe uns filhos fantásticos. À noite, quando reencontrava os seus rostos ternos, Maria sentia-se feliz.

Apagou o lume e deitou o café numa chávena. Acrescentou leite e biscoitos e saboreou com prazer aquelas sopas. Foi à casa de banho lavar-se e vestir-se. Por cima dos *collants* de lã enfiou os *jeans* e as botas forradas a pelo. Vestiu duas camisolas e o blusão acolchoado. Enfiou um gorro que lhe cobria as orelhas e saiu de casa. Era o quarto domingo do Advento e ela iniciou assim o seu dia de trabalho. Os filhos ainda dormiriam por mais algum tempo. A *signora* Clelia, uma vizinha do mesmo andar, cuidaria deles.

Desceu aos saltinhos os quatro lanços de escadas, atravessou o átrio e saiu para a rua. Dobrou a esquina do quarteirão e chegou à garagem onde estava estacionado o seu furgão. Entrou, pôs o motor a trabalhar e arrancou.

Passava pouco das seis horas. A cidade concedia-se ainda alguma trégua antes de começar um novo dia de caótico trânsito natalício. Nas ruas, as decorações luminosas formavam tetos suspensos no vazio e davam a sensação, a quem ia de carro, de percorrer galerias multicolores. *Com o preço a que está a eletricidade, damo-nos ao luxo de um desperdício destes,* pensava Maria enquanto se dirigia à Piazzale Loreto. Os transportes públicos ainda circulavam, com poucos passageiros. Chegou em frente à Igreja de Casoretto, estacionou o furgão e saiu. Viu Maura chegar a correr da Via Mancinelli. A igreja acabava de abrir as portas e as duas mulheres, depois de se cumprimentarem, entraram e percorreram a nave principal até ao altar-mor.

Enquanto Maura murmurava as suas orações, Maria pedia a Nossa Senhora que a ajudasse a receber o mais depressa possível o seguro do marido. A associação dos comerciantes prometera-lhe um apartamento maior num edifício novo dentro de um bairro que tinha uma escola e uma igreja bem administrada por um padre muito ativo. A mudança para a nova casa e o dinheiro do seguro iriam claramente melhorar a sua qualidade de vida.

Maura e Maria benzeram-se e saíram da igreja.

— *Cappuccino* — propôs Maura, dirigindo-se rápida ao café que ficava do outro lado da praceta.

O jovem empregado, com os olhos inchados de sono, não conseguia conter alguns bocejos enquanto servia os clientes habituais das primeiras horas da manhã. Como sempre, havia os dois polícias do bairro, o homem dos jornais, as empregadas da padaria, que na altura do Natal abria também ao domingo, o reformado insone com o seu cão, e o farmacêutico, Raul Draghi, que estivera de serviço toda a noite. Os brioches quentes espalhavam um cheiro agradável a baunilha.

Maura e Maria tiraram as luvas e o gorro, olharam para os brioches e perguntaram, em uníssono:

— Comemos um ou dois?

Estavam as duas com excesso de peso e tentavam moderar-se para não piorar a situação.

— Último domingo de confusão. Daqui a três dias é Natal e Milão vai parecer uma cidade lunar — observou o farmacêutico.

Era um belo homem de tez morena, cabelo grisalho e um sorriso aberto. Era siciliano, mas vivia em Milão há anos.

— Como Stendhal, considero-me um cidadão milanês — afirmava. Falava com toda a gente, mas sobretudo com Maria. Tinha sempre uma pequena atenção em relação a ela. Os outros frequentadores do café já tinham reparado e trocavam entre si olhares de entendimento. Maria era a única que não se apercebia de nada.

— Como estão os seus filhos? — perguntou-lhe Raul.

— O Pietro esteve com bronquite. Espero que fique bom até ao Natal, ou terei de passar as festas a dar-lhe xaropes e aplicar-lhe cataplasmas — respondeu com um ar inocente, enquanto saboreava o *cappuccino* quente.

— É uma mãe extraordinária — declarou o farmacêutico, enquanto abotoava o sobretudo. Cumprimentou todos e dirigiu a Maria um sorriso terno.

— Tenha cuidado consigo — recomendou-lhe.

Maria e Maura entraram no furgão. Maura tirou dois cigarros do bolso, acendeu-os e estendeu um à amiga, que conduzia.

— Olha que tu és mesmo parva! — comentou, depois da primeira baforada de fumo. — O farmacêutico anda há muito tempo a fazer-te a corte, e tu nem sequer dás por isso.

— Eu cortei com os homens. Bastou-me o meu marido. E, para além disso, este não me liga nenhuma. Estás a inventar — replicou.

A primeira luz da manhã surgia no horizonte. O furgão chegou rapidamente à circunvalação, que àquela hora estava já repleta de automóveis e camiões.

— É verdade que se tivesses mais algum cuidado contigo... — considerou Maura, enquanto Maria diminuía a velocidade na proximidade da saída de Mecenate.

— Não tenho tempo nem vontade para esses disparates. E vejam só de que púlpito vem o sermão — brincou Maria.

— Eu tenho cinquenta anos e sou casada. Tu só tens trinta e cinco e és viúva de um patife. O Raul era o homem certo. Sempre que vou à farmácia, pergunta-me: «Como está a *signora* Maria?»

— A *signora* Maria está bem assim como está — respondeu a viúva.

— Vê-se logo! Pareces tonta.

— Não abuses. Respeita as hierarquias, e lembra-te que eu sou a patroa e tu a empregada — brincou.

— Estás doida? — replicou Maura, desconcertada.

— Sempre estive. Tenho uma mãe doida, duas irmãs doidas e uma empregada como tu. E agora vamos lá às compras — concluiu, com uma voz alegre.

Pararam na praceta em frente ao grande mercado das flores. Na zona de estacionamento havia muitos camiões e homens a descarregar plantas e flores. Enchiam dezenas de carrinhos, que eram empurrados para o interior das bancas. Ainda não eram sete horas e a praceta parecia já um formigueiro enlouquecido. Maria e a empregada atulharam o furgão de caixotes e vasos grandes e pequenos a transbordar de flores e de plantas. Maria estava satisfeita. Comprara cravos vermelhos, gladíolos escarlates ainda em botão, margaridas brancas e amarelas, ramos de girassóis, hastes douradas, bagas de rosa-canina, ramos de pinheiro e de loureiro e raminhos de malagueta, com os quais tencionava preparar uns arranjos maravilhosos que fariam as delícias dos clientes. Tornara-se famosa, em todo o bairro, pela originalidade dos seus *bouquets*.

No percurso de regresso à cidade, Maria disse:

— Quando receber o seguro, fecho o quiosque e compro uma loja. Quero chamar-lhe «Primeiríssima» porque só vou vender flores de primeira qualidade. Hei de ter rosas especiais, avalanche, *passion, grand prix* com reflexos violeta, hortênsias *petroleum* com um pé de um metro, e gerânios sanguíneos e rododendros amarelos, plumbagos delicados e orquídeas sensuais. E muitas flores de jardim. A minha loja vai ser um regalo para os olhos. Mando vir as flores diretamente da Holanda, de Espanha, da Austrália ou de Torre del Greco. E um dia hei de ter uma estufa só minha. Já deitei o olho a um terreno, não muito longe de Milão. Os meus filhos hão de crescer e vão dar-me uma mão, aliás, as duas mãos.

— Sonhos, sonhos e mais sonhos — cantarolou Maura.

— Que sentido faria a vida se não pudéssemos sonhar?

— Ora pois! — exclamou Maura, e as duas mulheres explodiram numa alegre gargalhada.

Eram já oito horas e o tráfego na cidade começava a ser caótico. Pararam o furgão na Piazza Argentina, em frente ao quiosque das flores. Era uma espécie de caramanchão enorme fechado com placas de acrílico e grades de ferro. Abriram-no, descarregaram rapidamente a mercadoria e amontoaram-na no interior.

— Ainda mal começou o dia e eu já estou cansada — lamentou-se Maura.
— Café? — propôs Maria.
— Café — anuiu a amiga.
— Espera por mim. Vou estacionar o furgão, não vá passar o polícia do costume com aquele mau feitio.

Chegadas ao café, Maria marcou o número do telemóvel da vizinha, que a sossegou. Pietro já não tinha febre e Elisabetta iria ajudá-la mal acabasse os deveres da escola.

Efetivamente apareceu à tarde, e começou logo a trabalhar, a enfaixar os caules das flores, a verificar os talões da caixa e a mudar a água das jarras.

Às seis horas pediu à mãe para ir ter com uma colega da escola.

— Nem pensar. Tenho o furgão cheio de coisas para entregar e tu ficas aqui até ao fecho para ajudar a Maura, que depois te levará a casa — disse.

Elisabetta não protestou, sabia que os «não» da mãe tinham de ser respeitados. Maria acabara de entrar no furgão quando o telemóvel tocou. Viu o número da chamada: era o da Villa Ceppi.

— Olá, mãe — respondeu imediatamente, com uma voz alegre.

Mas afinal era a irmã, Osvalda, e o que esta lhe disse deixou-a gelada.

CAPÍTULO 4

Giuliana desapertou o cinto do roupão de banho de *chenille* branco, e olhou-se ao espelho com um ar crítico. Os seios, felizmente pequenos, ainda se seguravam. O ventre e o interior das coxas, no entanto, mostravam sinais de cedência apesar da ginástica massacrante a que se submetia. Ia fazer cinquenta anos e, apesar de continuar convencida de que era ainda uma mulher jovem, não voltaria a interpretar a evanescente *dame aux* camélias, ou a devota enfermeira de *Cactus Flower,* que outrora tinham sido os seus cavalos de batalha. Agora os realizadores já só lhe propunham papéis mais adaptados à sua idade.

Pensou na velhice com repulsa e invejou a ligeireza com que Martina, a mãe, enfrentava a perseguição do tempo. Mas Martina não era uma atriz de teatro e não tinha um amante jovem. Deixou escorregar o roupão até ao chão e massajou com cuidado o corpo com um creme hidratante, apesar de saber que não existiam nem bálsamos, nem dietas, nem ginástica que pudessem devolver-lhe os seus vinte anos. Passou da casa de banho ao quarto de vestir. Enfiou uma cândida e reduzida *lingerie* e um longo e pesado robe branco de veludo. Em frente ao espelho, escovou os cabelos curtos e espalhou pelo rosto uma ligeira camada de base. Depois foi à cozinha, um aposento que frequentava com relutância e só quando Dora, a governanta, gozava o seu dia livre. Tal como a mãe, Giuliana não gostava de cozinhar. As caçarolas, os talheres e os pratos sujos de comida perturbavam o seu sentido estético.

No entanto, nascera na casa de campo dos avós, onde se criavam porcos e galinhas. Mas desde muito nova, que se distanciara daquele fedorento mundo camponês e da pequena aldeia, enterrada no vale. Raramente ia a Vertova e só o fazia para ver a mãe e a avó. Descascou uma laranja vermelha e mastigou-a, gomo a gomo, enquanto a cafeteira filtrava a cevada torrada de que não gostava, mas que considerava menos prejudicial do que o café.

Abriu a porta envidraçada da cozinha para deixar entrar o tépido sol de dezembro. Eram dez horas da manhã e o céu de Roma estava límpido e transparente. Saiu para a varanda que percorria todo o perímetro da sua fantástica cobertura, fotografada por muitas revistas de decoração. Admirou os vasos de limoeiros e tangerineiras, entre arbustos de dálias avermelhadas e de crisântemos amarelos. Dora tinha dedo para a jardinagem e as plantas, tratadas por ela, gozavam de ótima saúde.

Por um instante, o seu pensamento voou até Vertova e interrogou-se como estaria por lá o céu, naquele quarto domingo do Advento.

Voltou a entrar na cozinha e saboreou a cevada muito quente, enquanto revia o programa para aquele dia. À tarde tinha de sair para comprar os presentes de Natal e à noite ia ler o guião de uma peça de teatro que Franco Fabiani escrevera, inspirando-se nela para a protagonista. Após um ano sabático, Giuliana preparava agora um clamoroso regresso ao palco e ao público que a idolatrava.

Foi à casa de banho lavar os dentes e vaporizou a língua com um sopro de perfume. Depois abriu a porta do quarto onde umas finas lâminas de sol penetravam através da persiana não completamente descida. O quarto estava mergulhado no silêncio. Stefano dormia envolvido num cobertor de caxemira muito quente. À volta do pescoço tinha uma echarpe de seda de Giuliana.

Quando fizeram amor pela primeira vez, ele segredara-lhe: «Giugiù, tu és o meu Olimpo, o meu cone de gelado, o meu chocolate quente de inverno e eu amo-te.»

Acontecera há dois anos, quando ele tinha vinte e oito anos e ela quase quarenta e oito, e já nessa altura Giuliana sabia que aquele homem lindíssimo, um dia, a deixaria por uma mulher mais jovem, como era justo que acontecesse. De qualquer maneira, por enquanto, aquela história continuava sem ruturas e ela não queria pensar no futuro.

Aproximou-se da cama em bicos de pés e debruçou-se sobre ele para lhe sentir a respiração. Afagou-lhe os cabelos e Stefano emitiu um ligeiro gemido.

— São dez horas, meu querido. Acorda! — sussurrou-lhe com meiguice.

Com um gesto preguiçoso, ele agarrou-a pela cintura e puxou-a para si.

— Cheiras a ar fresco — murmurou, abraçando-a. Giuliana gostaria de lhe fazer a vontade, mas aprendera a controlar os seus impulsos e a fazer-se desejar. Já o teria perdido há algum tempo se demonstrasse demasiadas cedências. Por isso, libertou-se dos seus braços e levantou-se. — Tens de ir almoçar com os teus pais — lembrou-lhe.

Atravessou o quarto, levantou as persianas e deixou que a luz do Sol irrompesse pelo quarto. Stefano cobriu o rosto com uma almofada, enquanto protestava com uma voz infantil:

— Que má, Giugiù!

— Tens trinta anos, para de te armares em criança, porque eu não acho graça nenhuma — disse dirigindo-se para a porta, ordenou-lhe: — Vem à cozinha tomar o pequeno-almoço.

Stefano apresentou-se sonolento, sentou-se à mesa retendo um bocejo, bebeu de um trago o sumo de laranja que Giuliana lhe preparara e trincou um brioche morno recheado de compota. Depois saboreou o café e por fim levantou os olhos para a mulher que estava sentada à sua frente. Giuliana observava-o disfarçadamente.

— Porque estás a olhar para mim e não falas? — brincou Stefano.

— No poço profundo da tua alma descubro o egoísmo de um jovem mimado — replicou com um sorriso malicioso.

— *Hamlet,* ato segundo, cena terceira? — perguntou.

— Apenas alguns apontamentos para a autobiografia de uma atriz já não muito jovem.

Ele esticou o braço e acariciou-lhe o pescoço, sussurrando:

— A tua pele roubou o veludo às pétalas de rosa e os teus seios são maravilhosos.

Giuliana pensou em quanto lhe custavam aqueles seios e aquela pele de veludo e em todos os estrogénios que tomava para retardar a decadência.

Vivia aterrorizada com a velhice e aquela relação com Stefano, um homem tão mais novo do que ela, ajudava-a a exorcizar os medos. Conhecera-o no ginásio onde ele, como hedonista que era, tratava da sua forma física. Ele reconheceu-a de imediato e fez-lhe a corte. Ela ignorou-o. Poucos dias depois encontraram-se no casamento de uma atriz da companhia de Giuliana, que lho apresentou com todas as referências. Stefano era filho de um político e de uma empresária. Era formado em Engenharia Eletrotécnica, ocupava uma posição de topo na empresa da mãe, namorava com Elvira, a filha de um rico industrial do Sul, mas não tinha pressa nenhuma em se casar.

— A Elvira e eu não nos amamos loucamente. Mais cedo ou mais tarde vamos acabar por nos casar, mas só porque tem de ser assim. Entretanto ela faz a vida dela e eu a minha — explicou-lhe, quando a foi levar a casa.

Giuliana convidou-o a subir e, desde esse dia, Stefano nunca mais a deixou.

— Já tens trinta anos e seria justo que te decidisses a casar — disse-lhe agora.

— Porque não declaras abertamente que te cansaste de mim? — protestou ele, exibindo uma expressão amuada.

Ela gostaria tanto que assim fosse.

— Sabes bem que a nossa história não tem futuro — sussurrou num tom distante.

— És mesmo má, Giugiù — protestou ele, ao mesmo tempo que lhe pegava na mão e a beijava.

— Vai tomar um duche rápido para ires ter com os teus pais — reagiu Giuliana, levantando-se da mesa.

Stefano não teve tempo de replicar, porque tocou o telefone e Giuliana foi atender no escritório.

Era um produtor inglês que lhe telefonava de Londres. Entregara-lhe há algum tempo o texto de uma comédia brilhante, que em Inglaterra estava a ter um enorme êxito, e queria que em Itália fosse ela a interpretá-la.

Iniciaram uma longa discussão. Stefano apareceu à porta. Estava barbeado e vestido. Giuliana atirou-lhe um beijo com a ponta dos dedos e continuou a falar.

Ao início da tarde foi ao centro fazer as compras. Misturou-se com as pessoas que enchiam as ruas e as lojas cintilantes de luzes. Comprou uns brincos de pérolas e diamantes num joalheiro da Via Condotti. Eram para a mãe, que gostava de coisas bonitas. Martina raramente usava joias, mas tinha uma verdadeira paixão por brincos. Tinha-os de todos os feitios, verdadeiros e falsos. Giuliana estava segura de que aqueles lhe agradariam imenso.

Comprou presentes para a filha, Camilla, para a avó Vienna, para as irmãs Osvalda e Maria e para os filhos desta. Para Stefano comprou uma *Leica* dos anos de 1960 que pertencera a um famoso *paparazzo* romano, como lhe explicou o homem da loja. Quando regressou a casa já anoitecera.

Pousou embrulhos e embrulhinhos na mesa da entrada e refugiou-se no escritório para tratar dos cartões de Boas-Festas. A perspetiva de um jantar rápido e de um serão na cama, a ler o guião de Franco Fabiani, pareceu-lhe muito convidativa.

Sentou-se à secretária, uma valiosa peça francesa de antiquário oferecida há muitos anos por Sante Sozzani, e começou a escrever. Irritou-a o toque do telefone e atendeu com uma voz agressiva.

— És tu, Osvalda! — gritou com entusiasmo ao reconhecer a voz da irmã mais nova. — Acabei de escrever o teu cartão de Boas-Festas.

A irmã contou-lhe rapidamente o sucedido.

— Parto imediatamente para Vertova — disse Giuliana — Ainda não sei como, mas estarei aí antes da meia-noite — garantiu.

Telefonou a Sante Sozzani e pô-lo ao corrente da situação.

— Preciso de chegar a Bérgamo o mais depressa possível e nem sequer vou tentar arranjar um lugar num voo normal, porque não ia conseguir. Podes ajudar-me? — perguntou, angustiada.

— O meu avião está à tua disposição. Vou já avisar o piloto — respondeu o homem. — E mando-te o motorista para te levar a Ciampino.

CAPÍTULO

5

Era uma sala pequena, despida, gelada, pintada de verde. A única janela, com vidros foscos, estava ligeiramente entreaberta. Numa parede nua destacava-se um minúsculo crucifixo de madeira. Do teto provinha a luz fria de uma lâmpada de néon. O corpo de Martina, estendido numa mesa de aço, estava tapado com um lençol.

Osvalda, dilacerada pela dor, ficara um tempo infindável a olhar para aquele lençol que fazia adivinhar a figura da mãe.

Haviam decorrido duas horas desde que recebera o telefonema de Leandro: «A tua mãe teve um enfarte. Vou levá-la depressa para o hospital.»

Quando chegou a Bérgamo, já o coração de Martina cedera. Encontrou Leandro à sua espera, na entrada da Urgência. Quando cruzaram o olhar, ele limitou-se a abanar a cabeça, lamentando.

— Tentámos salvá-la, mas foi tudo inútil.

Percorreram os corredores despidos dos subterrâneos num silêncio gélido, até chegarem àquela sala fria da morgue onde ele a deixou sozinha. Quando Leandro voltou a entrar, disse-lhe baixinho:

— Volta para casa, Osvalda. Aqui, já não podes fazer mais nada. — E acrescentou, com ternura: — Achas que estás em condições de conduzir?

Ela não lhe respondeu. Estava dividida entre o sofrimento pela perda de Martina e a aversão que cultivara durante tanto tempo em relação àquele homem que a mãe tanto amara. Acabou por dizer:

— Não te preocupes. Estou bem. Vemo-nos amanhã de manhã.

Ao volante do seu carro, percorreu as estradas de Val Seriana, repletas de automóveis que regressavam ao vale. Não lhe apetecia ir para casa, porque dali em diante estaria sozinha, para sempre. Apercebeu-se de que a grande *villa* onde vivia apenas tinha feito sentido enquanto Martina ali estivera também. Agora a mãe não voltaria a dormir no quarto vizinho, e a ideia pareceu-lhe aterradora.

Esteve tentada a fazer inversão de marcha e a regressar ao hospital, para estar junto dela.

— Depois de tudo aquilo que fiz por ti, porque me deixaste? — sussurrou com mágoa: — Estávamos tão bem, as duas. — Martina ocupara sempre o seu pensamento, a razão da sua existência. Martina tão difícil de tratar, tão rebelde e transgressora, e no entanto tão importante para ela. — Ao menos que não queira dividir comigo a sua dor — resmungou em seguida, lembrando-se de Leandro, que não tinha nenhum direito em partilhar com ela um luto que era só seu.

Sentia um nó na garganta. As luzes dos carros feriam-lhe os olhos secos, pois não tinha conseguido deitar uma única lágrima. O telemóvel tocou. Parou numa praceta e atendeu. Era Maria.

— Estou a chegar a Bérgamo. Onde estás? — perguntou-lhe.

— Na rua, e há muito trânsito.

— Não estás no hospital? A mãe como está? — insistiu Maria.

— A mãe já cá não está. Estou a caminho de Vertova. Vai lá ter comigo. A Giuliana também deve estar a chegar — disse, com a voz sumida.

— Meu Deus! — sussurrou Maria, desesperada.

Osvalda desligou imediatamente o telemóvel. Já não conseguia falar com mais ninguém. Sentia-se mal. Queria pôr o carro a trabalhar, mas a mente não conseguia comandar os movimentos dos braços e das pernas. Pareceu-lhe estar paralisada e sentiu-se sufocar. Talvez estivesse a morrer. E, por outro lado, poderia continuar a viver, a agir, a pensar, sem a mãe? Pendeu a cabeça sobre o volante e finalmente chorou.

CAPÍTULO

6

As paredes do quarto estavam forradas a seda cor de açafrão salpicada de pequenos lírios azul-celeste. Os móveis *liberty* eram em freixo, as cortinas de renda branca e a louça do lavatório repetia a decoração das paredes. Era um quarto de gosto antigo e coquete.

Quando se mudou para a Villa Ceppi, Martina escolheu aquele quarto porque era amplo e soalheiro. Tinha três portas envidraçadas que davam para um terraço onde o jasmim floria e de onde se contemplava um grande jardim.

As três irmãs encontravam-se no quarto, e olhavam em volta, desesperadas. Não conseguiam acreditar que Martina nunca mais voltaria.

— Sente-se o perfume da mãe aqui dentro — murmurou Maria.

Estava sentada na cadeira de baloiço, entre uma das portas envidraçadas e uma cómoda com um espelho por cima. Recordou Martina, sentada naquela poltrona, a dar de mamar a Osvalda. Maria tinha cinco anos, estava aninhada aos pés da mãe e fazia de conta que brincava com a boneca. Mas na verdade espreitava a mãe e a irmã pequenina que acabara de nascer, e não tolerava aquela intimidade. Para as perturbar, levantou a voz fingindo que estava a ralhar com a boneca desobediente. A recém-nascida estremeceu e, abandonando o mamilo da mãe, começou a chorar.

Martina libertou uma mão para despentear o cabelo de Maria, ao mesmo tempo que lhe assegurava:

— Não grites e eu prometo-te que, logo que a Osvalda acabe de mamar, vamos as duas brincar, e vais ver que a boneca não volta a ser desobediente.

— Lembras-te de quando vieram entregar esta poltrona? — perguntou Maria, dirigindo-se a Giuliana.

— Lembro-me perfeitamente. A mãe estava grávida da Osvalda e a cadeira foi colocada aqui, neste mesmo sítio — respondeu a irmã mais velha.

— Eu pus-me em cima dela com os sapatos calçados e a mãe ralhou comigo — recordou ainda Maria.

— Estava sempre a repetir: «Esta poltrona é uma peça inglesa muito valiosa do século XIX. Só o tecido, trabalhado em ponto miúdo, vale uma fortuna» — declamou Giuliana, sentada em cima da cama e acariciando a franja da coberta de seda.

Osvalda abrira as seis portas de um armário que ocupava toda a parede ao lado da cama e tentava escolher o vestido que ia levar para o hospital no dia seguinte, para vestir Martina.

Estava irritada com a tagarelice das duas irmãs mais velhas.

— Foi uma prenda do meu pai. Por isso gostava tanto da poltrona.

Depois mostrou dois vestidos às irmãs e perguntou:

— O azul ou o castanho?

Giuliana e Maria não responderam, mergulhadas nos seus próprios pensamentos.

— O azul ou o castanho? — repetiu Osvalda.

As três irmãs não podiam ser mais diferentes. Giuliana era alta e esguia como a mãe, tinha os mesmos olhos azuis, mas os traços eram mais decididos do que os de Martina.

Maria era mais baixa de estatura e com tendência para engordar. Tinha uns olhos dourados, e o olhar doce e lânguido revelava a sua natureza de sonhadora. Herdara da mãe a voz cativante e uma farta cabeleira escura.

Osvalda era de temperamento forte e determinado como Martina, mas um aspeto mais evanescente e uma pele de porcelana que à luz do Sol surgia salpicada de sardas.

— Nem um, nem outro — disse finalmente Giuliana, observando os vestidos. E acrescentou: — Tens a certeza de que são da mãe? Não têm nada a ver com ela.

Martina usava sempre *jeans* e *t-shirt*. Também no dia em que a levaram para o hospital, vestia umas calças de ganga e uma camisola de lã. Tinha poucos vestidos elegantes, apenas para as ocasiões especiais.

— Então tu achas que a devíamos meter no caixão de *jeans?* — perguntou Osvalda, furiosa.

— Vocês não vão discutir por causa de um vestido, pois não? — interrompeu Maria, que nunca dera muita importância às roupas.

Osvalda olhou para ela, indignada.

— És horrorosa — acusou. — Eu não vou permitir que a mãe seja enterrada de *jeans*.

— Acaba com isso. Não consegues conter esse teu convencionalismo, nem mesmo perante a morte — replicou Giuliana, impaciente.

Osvalda corou de raiva e os olhos encheram-se de lágrimas. Abandonou o quarto, batendo com a porta.

Aquela pancada violenta pôs em funcionamento um relógio de cuco. O passarinho saiu da casota a gorjear: *Cucu, cucu, cucu* e depois retirou-se.

Maria e Giuliana soltaram uma gargalhada nervosa, que se extinguiu imediatamente.

— Talvez a mãe quisesse ser sepultada só com um lençol, porque isso correspondia à sua necessidade do essencial — disse Maria.

— Eu também acho, mas a Osvalda nunca aceitará uma coisa dessas.

— Somos duas contra uma e ela vai ter de ceder.

— Estás a esquecer-te da avó. Ao fim e ao cabo, será ela a decidir como a mãe irá vestida — afirmou Giuliana, e acrescentou: — Seja como for, estou certa de que a mãe foi muito feliz nestes últimos anos.

— Estás a referir-te ao Leandro?

A irmã assentiu. Recordou o dia em que a mãe e o professor chegaram a Roma para ir ao teatro aplaudi-la na estreia de *Dá Raiva Olhar Para Trás*. Depois do espetáculo jantaram juntos e ela apercebeu-se de que Martina e Leandro formavam um par fantástico. Quase invejou aquele entendimento.

— Ele tomava conta dela como se fosse uma menina. Aqueles dois amaram-se verdadeiramente.

— Nenhuma de nós pensou no Leandro. Devíamos, pelo menos, telefonar-lhe — observou Maria.

— O problema maior é a avó. Ainda não sabe que a mãe morreu. Temos de lho dizer. Vamos as três ter com ela — propôs Giuliana.

— A esta hora? Já é meia-noite. Mais vale deixá-la dormir em paz — sugeriu Maria.

— Tudo bem. E não seria mau se conseguíssemos nós também descansar um pouco — disse Giuliana.

— Não tenho sono — afirmou Maria.

— Nem eu — respondeu Giuliana.

— Vamos beber qualquer coisa quente?

Desceram ao rés do chão. Não havia vestígios de Osvalda que, obviamente, se refugiara no quarto.

Foram à cozinha e prepararam duas chávenas de leite quente. Sentaram-se à mesa e passaram a noite a falar de Martina, a recordar o passado.

Às seis da manhã foram surpreendidas pelo toque do telefone. Era a avó que, mal Giuliana atendeu, perguntou, desconfiada:

— A que propósito estás em Vertova?

— E tu, porque ligas a esta hora?

— Tive um pesadelo e queria falar com a Martina — explicou.

Giuliana sentiu um arrepio percorrer-lhe o corpo.

— O que sonhaste, avó?

— Oh, meu Deus, que aflição. Sonhei que a minha filha estava no céu, a chamar por mim.

CAPÍTULO 7

Antes de ir a casa da avó, Maria ligou aos filhos e a Maura para saber como estavam a correr as coisas.

— O meu marido está a ajudar-me e, conhecendo-o, é um verdadeiro milagre. Mas não é só isso. Ouve bem o que te vou dizer querida, e prepara-te para uma notícia bombástica: o farmacêutico vai tratar das entregas.

— Estás a brincar? — perguntou Maria.

— Estou a falar a sério. Soube pelo meu marido o que te aconteceu e não hesitou um só momento. Tirou a bata, largou a farmácia e veio aqui oferecer os seus préstimos — explicou. — Minha querida, eu sei que estás perturbada. Fica aí o tempo que precisares. Aqui está tudo sob controlo, até os teus filhos.

Depois as três irmãs saíram para ir a casa da avó.

— Nada de confusões, nem missa cantada, nem flores, nem santinhos. O funeral vai ser como ela queria — foi o único comentário de Vienna, a meia-voz, depois de ter sabido pelas netas que Martina já não estava entre elas.

Estava sentada na sala de estar, no sofá do costume. Por um instante, dobrou-se sobre si própria e fechou os olhos. Depois endireitou-se, olhou para elas e perguntou:

— E o Leandro?

— Vamos ter com ele ao hospital — respondeu Giuliana.

— Levem-me à minha filha — disse Vienna. Mudou de roupa e vestiu um casaco elegante. Queria acompanhar dignamente a filha ao cemitério.

Enquanto se dirigiam a Bérgamo de automóvel, Osvalda não se conseguiu conter:

— Porque decidiste que os parentes e os amigos não deviam ser informados? — Vivia de aparências, e parecia-lhe que o funeral de Martina devia ser um acontecimento para Vertova.

— Nos últimos tempos costumávamos falar sobre a minha morte. Uma das vezes disse-lhe que não desejava um funeral pomposo e que gostava de ser acompanhada até ao cemitério só por ela e por vós. Então a Martina disse-me que pensava como eu, que queria a mesma coisa para ela. E é assim que será — explicou Vienna.

Osvalda não ousou insistir, até porque as irmãs concordavam com a avó.

Leandro estava à espera delas na entrada do hospital. Mal o viu, Vienna foi ao seu encontro, abriu os braços onde ele se refugiou a soluçar.

— Se me permites, gostava de ser eu a vesti-la — pediu-lhe o médico. Osvalda trouxera de casa o vestido de noite preto, rente ao pescoço, de manga comprida, que a avó escolhera para vestir Martina.

— Dá-lho — ordenou Vienna à neta.

Osvalda ficou hirta. Parecia-lhe o cúmulo da indecência permitir que Leandro vestisse a mãe.

— Tem todo o direito — acrescentou Vienna, com voz firme. A neta foi obrigada a obedecer.

Giuliana tirou da carteira os brincos de pérolas que comprara para a mãe. Entregou-os a Leandro pedindo:

— Põe-lhos, por favor. — Gostava que a mãe recebesse o seu presente de Natal.

Ele pegou neles, assentiu e afastou-se.

As quatro mulheres dirigiram-se silenciosamente à capela. Entraram, sentaram-se na primeira fila e ficaram à espera. Osvalda rezava em silêncio, Vienna tinha a cabeça inclinada e a sua mente vagueava em direção a um passado que só ela conhecia, e Giuliana abraçava Maria.

O caixão, coberto por uma almofada de rosas brancas, foi levado para a igreja e recebido pelo padre, que celebrou uma breve cerimónia fúnebre.

Ao saírem da capela, Leandro informou:

— O enterro está marcado para as duas da tarde. Gostava que viessem a minha casa. A Richetta preparou-nos algo para comermos.

— Obrigada, meu filho — respondeu Vienna, enfiando o seu braço no do médico.

Foram recebidos pela governanta do professor, que preparara um pequeno *buffet* na sala do primeiro andar do Palazzo Bertola.

Enquanto servia a mãe e as filhas de Martina, que conhecera bem e a quem se tinha afeiçoado, comparava-as com a mulher que acabava de desaparecer. Vienna tinha os traços duros dos nativos do vale, enquanto Martina tinha um toque aristocrático. E o que dizer das filhas, tão diferentes entre si? Giuliana era uma atriz famosa. Vira-a mais do que uma vez na televisão e nos jornais. Era a mais bonita das três irmãs. Maria tinha o aspeto simples de uma dona de casa, enquanto que Osvalda se mantinha à parte, sentada num divã, de olhar perdido, atormentando com uma mão a fileira de botões do casaco de malha. A simpatia de Richetta foi toda para ela porque Osvalda era indecifrável como Martina.

Regressaram ao hospital pouco antes da chegada do carro funerário, onde se instalaram a avó e Giuliana. Maria foi no carro de Osvalda e Leandro seguiu-as no seu. Não havia trânsito àquela hora e chegaram rapidamente ao cemitério de Vertova. Don Angelo, o pároco da aldeia, abençoou o caixão, e Martina Agrestis foi sepultada.

No céu cor de opala recomeçaram a rodopiar pequenos flocos de neve.

CAPÍTULO 8

— Vamos para minha casa — disse Vienna, quando o portão do cemitério se fechou atrás delas. — E tu também vens — acrescentou, dirigindo-se a Leandro. Não era uma proposta, mas sim uma ordem.

Porquê ele?, questionou-se Osvalda, indignada pela familiaridade com que Vienna tratava o amante da mãe.

— Avó, eu tenho de regressar a Milão — sussurrou Maria. Apesar de tudo o que Maura lhe tinha dito para a sossegar, estava preocupada com os filhos e com o trabalho. Não lhe agradava minimamente a ideia do farmacêutico transformado em ajudante. Por que o fazia? Maria tinha absoluta necessidade de retomar o controlo da situação.

— Eu sei. Mas os teus filhos sobrevivem durante algumas horas sem ti — afirmou Vienna, vencendo as resistências da neta. Também Giuliana queria partir de imediato. No dia seguinte era véspera de Natal e reservara um voo de Roma para Londres, onde se iria encontrar com a filha, e por isso era imperativo regressar a casa o mais depressa possível. Para além do mais, temia a ideia de um serão na companhia de Osvalda. Ela e a irmã mais nova viviam em dois planetas distintos. O que as separava não era apenas a diferença de vinte anos, mas uma diferença de horizontes.

Aos olhos de Giuliana, Osvalda fora primeiro uma menina mimada e petulante, depois uma adolescente com as lágrimas sempre prontas a saltar, e agora era uma jovem convencida destinada a tornar-se numa mulher azeda. No entanto, uma vez que não queria desagradar à avó, limitou-se a dizer:

— Se não me for já embora, vou ter de desistir de todos os meus planos. Mas faço-o de boa vontade se me hospedares em tua casa por uma noite.

— Assim até me fazes companhia — respondeu a avó, satisfeita, dando-lhe uma pancadinha afetuosa com a mão.

— Então, vêm no meu carro ou vão com a avó? — perguntou Osvalda, impaciente, dirigindo-se às irmãs.

Giuliana e Maria não a quiseram deixar sozinha, enquanto Vienna foi com Leandro.

Quando pararam em frente à velha casa dos Agrestis, que em tempos confinara com os campos e que agora fazia parte do centro histórico, em volta do qual se tinha desenvolvido a parte nova do povoado, encontraram um grupo de mulheres que as esperavam, protegendo-se do forte nevão com guarda-chuvas. Assim que viram Vienna, foram ao seu encontro para a abraçar, porque a notícia da morte súbita de Martina se tinha espalhado num instante entre as famílias de Vertova.

— Nem sequer puseram um edital! — observou, aborrecida, uma das mulheres.

Como em todos os meios pequenos, era hábito expor nas ruas e nas praças os avisos dos falecimentos com o horário dos serviços fúnebres. Mais uma vez, os Agrestis não tinham cumprido as regras.

— Não o fizemos para respeitar um desejo da mãe — interveio Osvalda.

— Mas o que aconteceu? O que se passou com a Martina? — perguntaram as mulheres, evitando dirigir-se a Leandro, com quem se sentiam pouco à vontade.

— Foi um enfarte — explicou de forma breve Vienna e, despedindo-se rapidamente das suas conterrâneas, entrou em casa seguida pelas netas e pelo médico.

As três irmãs pensavam que o convite da avó respondia à sua necessidade de concluir as exéquias da filha com uma pequena reunião familiar, como era hábito. Leandro, porém, sabia que Vienna retivera as netas com um objetivo preciso. Enquanto ela preparava a cafeteira e a punha ao lume, as irmãs cobriram a mesa da cozinha com uma bonita toalha de linho branco, sobre a qual colocaram as chávenas e o açucareiro.

— Agora sentem-se, porque preciso de falar convosco — começou Vienna.

Sentaram-se todos em volta da mesa, enquanto as irmãs trocavam entre si olhares interrogativos.

A avó trouxe a cafeteira e pediu a Osvalda:

— Vai buscar os biscoitos que estão no armário, aqueles que me mandam de Inglaterra.

Mais uma vez as irmãs entreolharam-se com um ar curioso.

— Despacha-te — insistiu a avó, que já estava a encher as chávenas. Depois sentou-se à cabeceira da mesa e disse:

— Eu tinha uma espécie de acordo com a vossa mãe. Se eu morresse primeiro, como seria justo, depois do meu funeral era ela que falava convosco. O bom Deus quis levá-la antes de mim. E, assim, é a mim que cabe contar-vos a nossa história.

Calou-se e bebeu um gole de café.

Estava aniquilada de cansaço e de dor, mas precisava de arranjar forças para contar uma história longa e difícil.

— Em primeiro lugar, devo informar-vos de que Leandro — e ao dizer isto sorriu para o homem que estava sentado à sua direita —, se casou com Martina há cinco anos, e que esta história de amor é mais bonita do que qualquer uma de vós possa imaginar. — Seguiu-se um longo silêncio.

Os olhares das três irmãs fixaram-se no homem de ar abatido, sentado ao lado da avó.

— Porque é que a mãe não me disse que se tinha casado? — indagou Osvalda, com a voz presa.

Aquele casamento retirava qualquer significado à obra de redenção que desenvolvera com tanta tenacidade em relação à mãe pecadora.

— Porque é que não me disse? — repetiu, num sopro.

— Típico da mãe! — exclamou Giuliana. — As razões que lhe guiavam os comportamentos sempre foram um mistério. Em qualquer caso, fico feliz por se ter casado contigo — afirmou sorridente, voltando-se para Leandro.

Maria levantou-se, foi ter com ele e abraçou-o.

— Com que então és meu padrasto? Bem-vindo à minha vida — manifestou com ternura.

— É verdade que se casaram? — perguntou Osvalda a Leandro. E prosseguiu: — Quero dizer, como conseguiram casar sem ninguém saber? Nesta terra sabe-se tudo de toda a gente e até as pedras têm boca.

— Arranjámos residência em Milão e casámo-nos lá — explicou, sem ligar à provocação.

— Chega de perguntas — interveio Vienna. — Para vos contar tudo sobre a Martina, primeiro tenho de vos falar de mim, da minha vida. Tudo começou quando fui servir para a Villa Ceppi Bruno, aquela onde tu vives — precisou, dirigindo-se a Osvalda. — Foi no ano de 1943. Havia a guerra, e os condes Ceppi Bruno deixaram Milão e mudaram-se para Vertova.

ONTEM

CAPÍTULO 9

Antes de se tornar na condessa Ceppi, Ines fora a viúva de Ignazio Gariboldi, um tipógrafo morto na guerra. A notícia do falecimento do jovem marido chegou-lhe em novembro de 1918, quando a guerra acabou. Ines reagiu à dor dedicando-se inteiramente ao trabalho. Depois de Ignazio partir para a frente, ficou a gerir a tipografia, situada numa rua pequena no centro de Milão, com a ajuda de dois operários que tinham trabalhado com o marido. Quando os informou sobre a morte de Ignazio, disse-lhes:

— A guerra acabou e as pessoas estão com vontade de voltar a viver. Vai haver noivados, casamentos, batismos e receções. Se continuarem a trabalhar para mim, vamos fazer da Gariboldi a tipografia mais importante de Milão. Dentro de poucos dias vai chegar um novo tipógrafo que fui buscar à firma Carini, nossa concorrente. Vão chegar também remessas de papel pergaminho, papel texturado, acetinado, como a moda exige. Encomendei novos caracteres e descobri um excelente desenhador para os frisos. E, sobretudo, arranjei o primeiro cliente importante, o conde Ubaldo Ceppi Bruno.

Os dois operários trocaram um olhar perplexo. Ines tinha apenas vinte e dois anos, uma montanha de dívidas e, uma vez que nunca se tinha visto uma mulher capaz de transformar o chumbo em ouro, acabariam na rua dentro de pouco tempo. No entanto, responderam:

— Muito bem, patroa.

Mas Ines não esgotara ainda o elenco das novas iniciativas:

— Sempre que se apresentar aqui a família de um falecido, pediremos uma fotografia do defunto. Vamos ser os primeiros a imprimir santinhos com uma fotografia de recordação. Falei com os párocos das igrejas aqui à volta. Prometi ofertas se nos mandassem clientes. Aliás, o conde Ceppi foi-me mandado pelo pároco de San Sisto.

Foram precisos ainda alguns meses para que os dois velhos operários aceitassem a ideia de que Ines Gariboldi sabia fazer as coisas melhor do que o marido.

Em 1920, abriu uma loja a poucos passos do Arcebispado, o seu cliente mais importante. Conseguira mesmo entrar na associação das Senhoras de San Vincenzo como secretária da presidente, a condessa Adelaide Montini, que a tratava nas palmas das mãos pela sua eficiência e simpatia.

Ines aprendera a esconder a sua beleza enfiando-se numas horríveis roupas cinzentas. Levava uma existência irrepreensível e nunca ostentava o seu êxito como empresária.

Em 1921, deixou a velha casa onde vivera com o marido e comprou um pequeno apartamento num edifício elegante da Via Santa Margherita. Decorou-o com reposteiros, tapetes, rendas e espelhos valiosos, segundo a moda daqueles anos. Aquele era o seu refúgio, o lugar onde encontrava ideias, elaborava estratégias e cultivava sonhos.

À noite, quando regressava a casa, despia aquelas horríveis roupas de trabalho que usava durante o dia e vestia roupa interior de seda e peças de vestuário adequadas aos seus vinte e cinco anos. Depois admirava-se, satisfeita, no grande psiché oval do quarto.

Recordava o marido com afeto e reconhecimento e mantinha uma fotografia dele emoldurada sobre o móvel da sala. Ignazio era órfão e aprendera a profissão de tipógrafo no orfanato dos Martinitt, em Milão, onde crescera. Quando morreu não deixou filhos nem parentes e Ines herdou tudo aquilo que ele possuía. A vida da jovem viúva era ativa e serena, apesar de, ultimamente, se insinuar cada vez mais nos seus pensamentos a imagem do conde Ubaldo Ceppi Bruno, um bonito homem de rosto luminoso, olhos lânguidos e lábios finos que se abriam muitas vezes num largo sorriso. O conde vestia com elegância, gastava dinheiro com desenvoltura e era reclamado nos salões não tanto pela sua eloquência mas porque sabia ouvir. Vivia dos rendimentos de muitos prédios na cidade e de outras tantas herdades entre Milão e Bérgamo, com explorações agrícolas e casas senhoriais que herdara da mãe, aparentada com os condes Vertova. Estes possuíam uma bonita *villa liberty* na homónima aldeia, também essa herdada pelo conde Ceppi. Àquele fascinante cavalheiro atribuíam-se ligações amorosas com algumas senhoras casadas. Mas eram histórias que ele cultivava com discrição. Entretanto, estava prestes a completar quarenta anos e ainda não se decidira a casar.

Ines devia-lhe uma grande parte dos seus clientes. As senhoras que tiveram oportunidade de apreciar os cartões de visita, o papel de carta, os pequenos cartões de felicitações do conde, todos da empresa Gariboldi, abandonaram os velhos fornecedores para se dirigirem a Ines. A viúva, portanto, estava-lhe muito grata, e sempre que o conde entrava na loja para lhe encomendar um novo serviço, ela recebia-o como um benfeitor.

Desde já há algum tempo que as suas visitas se haviam tornado mais frequentes e adquirira o hábito de lhe levar um pequeno ramo de flores: prímulas, violetas, lírios ou rosas selvagens, dependendo das estações. Recentemente aparecia só para ver as últimas novidades importadas de Inglaterra e dar dois dedos de conversa. Ines esperava com curiosidade o desenvolvimento daquela história. Numa noite de inverno, depois de ter participado numa reunião das Senhoras de San Vincenzo, cruzou-se na rua com o conde Ubaldo, que se ofereceu para a acompanhar a casa. Ines perguntou a si mesma se aquele teria sido um encontro casual.

Chegados à porta do edifício da Via Santa Margherita, Ines disse:

— Quer subir para tomar um licor? Com este frio...

— Não gostaria de comprometer a sua respeitabilidade — hesitou ele.

A rua estava deserta e escassamente iluminada. Ninguém poderia vê-los. Ines percebeu que o conde estava à espera de um convite insistente para vencer os seus escrúpulos de cavalheiro. E ela não cometeria esse erro.

— Era essa a resposta que esperava de si, conde — replicou amável.

— E se tivesse aceite o seu convite? — perguntou Ubaldo, surpreendido.

— Não o fez, e por isso nunca vai saber como eu teria reagido. — Estendeu-lhe uma mão enluvada, para se despedir, e entrou em casa.

Não duvidava do facto de o conde estar a assediá-la, mas questionava-se sobre a finalidade daquele galanteio. Se o conde pensava que a podia incluir entre as suas conquistas, falhava o objetivo. Era honesta o suficiente consigo mesma, e por isso, admitia que sentia a falta de um homem. E o homem em questão agradava-lhe muito, não só porque era rico e nobre, mas também porque tinha um não-sei-quê de indecifrável que o tornava particularmente atraente.

Mas num mundo dominado pelas convenções, ela não ia abandonar o trabalho, fonte da sua prosperidade, para ceder ao fascínio de um homem bonito.

Enquanto entrava no seu agradável apartamento, Ines refletia com serenidade sobre a sua situação. Era uma mulher bonita, determinada, de cabeça fria, que sabia ocupar o seu lugar no meio das senhoras importantes da associação que a aceitavam apenas no papel de «empregada», porque era essa a sua função: recolher fundos, roupas e víveres para os pobres de San Vincenzo, organizar as visitas aos hospitais e às cadeias e planificar todos os compromissos da presidente, a condessa Adelaide. Mas nenhuma das senhoras nobres daquela prestigiada associação a convidaria para uma receção porque, ao fim e ao cabo, ela era apenas a proprietária de uma pequena tipografia.

Ines não fazia parte daquele mundo exclusivo, que talvez a fascinasse por lhe ser interdito.

— A não ser que... — hesitou, enquanto se libertava daquelas roupas sem graça e enfiava um roupão de musselina de lã quente e macia de um bonito vermelho-vivo. Refugiou-se na sala de estar, em frente à lareira que a criada acendera antes de ela voltar para casa. Deu-se ao luxo de fumar um cigarro, o seu vício secreto, e continuou a refletir sobre o futuro.

— A não ser que o conde Ceppi me peça em casamento — concluiu, com um sorriso. Mas para atingir aquele objetivo precisava de um golpe de sorte. E a deusa da fortuna não se fez esperar.

Ines recebeu um convite inesperado da condessa Montini para passar a véspera de Natal na sua casa de Robecco. Era uma *villa* sumptuosa, de sessenta aposentos, na qual a presidente da San Vincenzo juntava na véspera de Natal as «almas perdidas», como ela própria definia as pessoas que estavam sozinhas, para lhes oferecer um arremedo de calor familiar. Adelaide, que os mais íntimos tratavam por Lillina, era uma cinquentona culta, hiperativa e amante de intrigas. Expoente típico da nobreza iluminada de Milão, defendia que os mais necessitados se ajudam melhor com dinheiro do que com boas palavras e afirmava que recebia dos pobres muito mais do que aquilo que lhes dava.

— Eu faço o bem porque preciso, e não por generosidade — repetia. Não tinha bom feitio. Era severa e autoritária. No entanto, todos a respeitavam e a estimavam. Assumira Ines como a sua protegida porque a considerava inteligente, ambiciosa e cínica o suficiente para emergir num mundo em que demasiadas mulheres deixavam correr o seu tempo inutilmente entre receções e mexericos estúpidos.

Ines aceitou o convite e apresentou-se em Robecco. Sentia-se muito intimidada perante o luxo daquela grande *villa* e estava à espera de tudo menos de ser recebida pelo ar prazenteiro da condessa Adelaide, acompanhada de um casal de cachorrinhos petulantes e pelo conde Ubaldo Ceppi Bruno, que a cumprimentou com a deferência devida a uma senhora de alta estirpe.

CAPÍTULO
10

O conde Ubaldo não gostava de tomar decisões e quando o fazia, seguia os seus impulsos ignorando tudo aquilo que contrariava os seus desejos. No entanto, sabia ser bastante astuto quanto às suas intenções. Interessara-se pela viúva Gariboldi desde o primeiro encontro. Agradou-lhe não tanto a beleza como a energia que aquela mulher libertava, e disse para si: «Quero-a.» Fez-lhe a corte com discrição, convencido de que Ines o ia incentivar. Assim, atingido o seu objetivo, poderia retirar-se sem qualquer obrigação ou remorso. Mas a bela tipógrafa demonstrou-se mais astuta do que ele. Era pródiga em sorrisos e agradecimentos, mas não ia mais além.

Algumas noites antes, sabendo por Adelaide que Ines iria à reunião de San Vincenzo, intercetara-a quando esta regressava a casa. Mas a reação dela em frente à porta deixara-o perplexo. Ines, de facto, não só não o incentivou, como defendera habilmente a sua reputação. Então, quase sem se dar conta, pensou: *Esta não cai se não tiver um anel no dedo.* Nesse momento perguntou a si mesmo: *E se eu me casasse com ela?* A ideia do matrimónio afigurava-se demasiado comprometedora para o seu temperamento. Sempre se esquivara, de cada vez que lhe era proposta uma mulher do seu meio, porque ficava horrorizado com a ideia de ter de limitar a sua própria liberdade, para além do facto de ter de aguentar a família da esposa. A viúva, pelo contrário, não tinha parentes. *Será que estou apaixonado?*, questionou-se, estarrecido. Sim, estava mesmo apaixonado por Ines. Não sabia por que razão, aos quarenta anos, se deixava levar por um sentimento tão estupidamente burguês, mas amava aquela bonita viúva, sempre enfiada numas roupas impossíveis. Mas havia um limite, mesmo para o seu desprezo pelas regras. Um Ceppi Bruno di Calvera não se podia casar com uma tipógrafa de origem proletária. Seria uma *mésalliance* imperdoável. É claro que os tempos já não eram os dos seus vinte anos, o pós-guerra alterara muitas das regras. Agora as mulheres usavam vestidos por cima do tornozelo, fumavam, discutiam política e trabalhavam não só nas escolas mas também nas repartições públicas. No entanto, insistiu, havia um limite para tudo.

— A não ser que... — sussurrou Ubaldo, porque na sua mente se fizera luz.

No dia seguinte foi ter com Lillina. Sabia com que prazer aquela nobre dama intervinha nos assuntos dos outros. Era uma conspiradora, pronta para tudo quando abraçava uma causa. Ubaldo conhecia a simpatia de Adelaide por Ines. Falou-lhe de coração aberto, e concluiu:

— Entrego-me a ti, ao teu juízo inapelável. Se não vês a coisa com bons olhos, eu ponho uma pedra sobre o assunto.

Lillina rejubilou.

— Em suma, queres o meu beneplácito — concluiu.

— Quando tu aprovas alguma coisa, toda a gente a aceita sem discutir — afirmou.

A condessa Montini declarou:

— Não tenho a certeza de fazer um favor à Ines, aprovando o vosso casamento. Tu, como marido, não deves ser grande coisa.

Conhecia bem Ubaldo e considerava-o uma criança que nunca chegaria a crescer, incapaz de assumir qualquer responsabilidade. Nunca encorajara o namoro daquele homem com nenhuma das filhas das suas numerosas amigas, porque, afirmava, «Não quero ser a causa de dissabores». Em suma, apesar de ser delicioso, simpático, nobre e rico, Ubaldo não era um marido recomendável. Para além do mais, Adelaide era muito amiga da mãe de Ubaldo, a condessa Isabella, razão pela qual ia muitas vezes a casa dos Ceppi. Em várias ocasiões assistira a alguns desentendimentos entre mãe e filho. Tinham sido espetáculos desagradáveis que a deixaram assustada perante a reação de Ubaldo que, no meio da discussão, perdia a luz da razão e se comportava como um animal impaciente, insensível a qualquer razoabilidade. A condessa Isabella confessava-lhe:

— Os Ceppi são todos doidos.

Mas podia ser que Ines, uma jovem mulher muito inteligente e determinada, conseguisse fazer de Ubaldo um homem mais equilibrado. Por isso concluiu:

— Uma condessa não pode trabalhar como tipógrafa. Pergunto-me se Ines será capaz de renunciar ao seu trabalho.

Ubaldo suspirou de alívio. O pior estava feito. Lillina abraçara a sua causa e ele podia casar com Ines. Como primeira jogada, Lillina decidiu convidar a rapariga para a sua *villa* de Robecco na noite de Consoada. Ines apresentou-se com as mesmas roupas modestas de sempre e um sorriso radiante.

A condessa reunira uns vinte hóspedes que sabiam governar-se sozinhos. Ela dedicou-se à sua protegida.

Destinou-lhe o quarto verde, que dava para o jardim. Era gracioso como uma caixinha de bombons, com uma lareira crepitante, uma cama de dossel e um tocador fornecido de talco, pó de arroz e perfumes. A criada, que a tinha acompanhado até ali, perguntou-lhe:

— Posso ajudá-la a desfazer a mala, minha senhora?

— Eu faço isso sozinha — disse Ines, que não via a hora de se despir e de saborear a deliciosa intimidade daquele quarto tão requintado.

— Se precisar de alguma coisa, é só chamar — disse ainda a criada, indicando-lhe o cordão da campainha ao lado da cabeceira da cama, antes de se despedir com uma vénia ridícula.

Ines tinha observado as faces gorduchas e rosadas da rapariga e pensou que era uma pessoa como ela, do povo, e que assim continuaria toda a vida. Ela, porém, ia tornar-se em algo mais e melhor.

Partira de Milão numa camioneta que a deixou na praça principal da povoação, onde o motorista da condessa a esperava. Dali à *villa* distavam ainda alguns quilómetros. O automóvel percorreu primeiro um troço de estrada no meio de casas com pequenas torres e pombais, e depois o caminho paralelo ao Naviglio Grande, numa atmosfera árida que o sol do crepúsculo cobria de melancolia. Por um instante, Ines deixou-se vencer por uma onda de tristeza. Depois deslumbrou-se com a visão da Villa Montini. Por detrás de cada janela havia uma vela acesa. Os arbustos de ambos os lados do portão da entrada estavam cobertos de luzinhas multicolores. Grinaldas de azevinho atadas com fitas de seda escarlate ornamentavam as paredes do imenso vestíbulo.

A condessa entrou no quarto de Ines no momento em que ela pousava em cima da cama o seu pijama de seda cor-de-rosa.

— Minha querida, não vais descer para jantar com essa farda de educadora de creche! — começou. Depois viu o pijama em cima da cama e sorriu com malícia. — Mas tu não me estás a contar a história bem contada. És muito menos simples do que aquilo que queres parecer — comentou, com um ar divertido, porque o pijama era considerado um traje escandaloso, usado apenas pelas mulheres de prazer e pelas senhoras mais audaciosas.

— É muito mais prático do que a camisa de noite — desculpou-se Ines, corando e apressando-se a esconder o pijama debaixo da almofada.

— Sendo assim, espero que tenhas um vestido moderno para o jantar — concluiu a condessa.

— Eu sou uma viúva. E nunca poderia, nem desejaria, competir com pessoas tão superiores a mim. Já estou suficientemente confusa por ter ousado aceitar o seu convite — confessou, dizendo a verdade. Por isso mostrou-lhe um vestido de veludo cinzento-pérola, debruado com uma tira estreita de arminho à volta do pescoço e dos pulsos.

— Já te custou muito seres aceite por nós. Podes continuar a apresentar-te de luto na tua loja, mas não dentro destas paredes. Como vestimos o mesmo tamanho, vou mandar-te a minha criada com um vestido mais conveniente — rematou a dona da casa.

Mais tarde, a condessa destinou-lhe um lugar na mesa em frente ao conde Ceppi, para que ele pudesse observar Ines em todo o seu esplendor. Ines estava verdadeiramente magnífica. Trazia um vestido de cetim azul-pavão, tão decotado que deixava a descoberto os ombros, que tinham o tom róseo da porcelana. Os cabelos compridos asa-de-corvo, apertados num *chignon* macio, exaltavam o pescoço alto e fino. Era muito bonita e sabia que o era, apesar de ter muitas vezes os olhos pudicamente descidos. Até porque daquela forma podia imitar a dona da casa em relação à maneira de usar os numerosos talheres e copos que tinha à frente.

Durante a refeição escutou com atenção aquela conversa mundana, constatando com espanto a absoluta banalidade dos temas. Teve a sensatez de não intervir nunca e de se limitar a respostas sucintas quando era interrogada. De resto, os comensais não a consideraram nada mais do que uma bela mulher um pouco envergonhada. Ubaldo, pelo contrário, não conseguia afastar o olhar de Ines. Sentia-se arrebatado pela sua beleza e pela sua modéstia, enquanto pensava: *Tenho realmente de conquistá-la.*

Saboreava já de antemão o prazer de fazer dela uma mulher de classe, que toda a gente admiraria.

Depois da Missa da Meia-Noite na igreja paroquial, Ines retirou-se para o quarto. Sentou-se em frente à lareira, onde o fogo enfraquecia, a observar os braços rosados, enquanto se interrogava sobre o que teria a dona da casa destinado para si. Na igreja, Ubaldo ficara ao seu lado, com o olhar perdido no vazio e o ar satisfeito de um homem seguro de si. Quando regressaram à *villa,* eclipsou-se com os outros hóspedes, ignorando-a. Ines elaborara alguns sonhos sobre aquele convite, mas, até agora, nada acontecera. Talvez não se tivesse mostrado à altura das expectativas da condessa.

Sentiu bater à porta. Levantou-se de repente e disse:
— Pode entrar.

Apareceu a cabeça de Adelaide. Sorria. Entrou no quarto, fechou a porta e sentou-se num pequeno sofá, em frente à lareira, após o que convidou Ines a sentar-se ao seu lado.

— Esta noite estiveste perfeita. O conde Ceppi não teve olhos senão para ti. Se apreciaste as suas atenções, não o demonstraste. Muito bem. Ele já não é nenhum rapazinho, tu foste casada, e ambos sabem como se devem comportar. No entanto, acho que te devo dar algumas sugestões. Como diz o provérbio, nem tudo o que luz é ouro. O Ubaldo é um homem difícil. Se aceitares a sua proposta, ficas desde já a saber que a tua vida não vai ser pera doce — preveniu-a.

— Que proposta? — perguntou Ines, hesitante, sentindo o batimento do seu coração acelerar.

— Em minha casa não se formulam propostas inconvenientes. Vai pedir-te em casamento. Está nas tuas mãos aceitar. Se o fizeres, terás sempre o meu apoio.

CAPÍTULO

11

As palavras da condessa Adelaide Montini voltaram-lhe à memória no dia do casamento, enquanto viajava em lua de mel com o marido no comboio para Veneza.

Uma vez que Ines era viúva, o casamento foi celebrado com muita discrição, na presença de poucos amigos, após dois meses de noivado durante os quais Ubaldo tentara possuí-la inutilmente.

Ines revelou-se uma cidadela inexpugnável. Resistiu sem capitular, não tanto em respeito pela moral quanto pelo receio de que, uma vez conquistada, o casamento se esfumasse. Sem este travão, ter-se-ia rendido sem reservas, porque gostava de Ubaldo e desejava-o. Mas o instinto dizia-lhe que aquele solteirão inveterado a amava porque ela nunca se lhe rendera, o que o levou a decidir casar-se para vencer as suas resistências.

Partiram logo a seguir ao copo de água oferecido pela condessa Montini que, antes de se despedir, lhe disse:

— A partir de agora vais tratar-me por tu e vais chamar-me Lillina, como fazem todos os meus amigos. — Depois abraçou-a e assegurou-lhe: — Lembra-te de que eu estou sempre aqui, pronta para te ajudar.

Viajaram num compartimento de primeira classe, reservado para eles. O revisor recebera uma boa gorjeta de Ubaldo para que nada nem ninguém os incomodasse até à chegada. Vespino, o criado do conde, preparara o compartimento segundo as ordens recebidas e, quando Ines entrou, sentiu o coração a bater.

Em cima dos sofás havia almofadas imaculadas, e sobre a mesa posta, para além dos cálices de cristal, um balde cheio de gelo com uma garrafa de champanhe, um prato de porcelana com tostas e caviar, pratinhos e pequenos talheres de prata e um ramo de jasmim perfumado. Ines olhava em volta, extasiada.

— Se me querias surpreender, conseguiste — sorriu.

Ele puxou-a para si e beijou-a, ao mesmo tempo que insinuava uma mão por baixo da saia dela. Depois ordenou:

— Despe-te!

— Como? — perguntou Ines, consternada, enquanto ele lhe tirava a blusa. — Ubaldo, por favor... — balbuciou, desorientada com aquele súbito ardor.

O homem revelou-se um amante impetuoso e terno, e quando sossegou, exausto, em cima dela, segredou-lhe:

— Vou cobrir-te de ouro e de carícias. — Por um momento, Ines regressou à lua de mel com Ignazio.

Ela era uma flor a desabrochar. Tinham ido a Como de comboio. Deram um passeio de barco no lago e ela acariciava a superfície da água com as pontas dos dedos e depois, a rir, borrifava o rosto de Ignazio. O barqueiro observava-os com um ar malicioso, e o jovem marido olhava para ela com desejo, sem ousar um gesto de intimidade. Regressaram a Milão já de noite. Amaram-se ternamente e depois adormeceram nos braços um do outro.

A sua vida conjugal durou três meses. Depois Ignazio foi para a guerra. Numa carta enviada da frente, escreveu-lhe:

«Tenho tantas saudades tuas, minha Ines adorada. Para mim és tão importante como o ar que respiro. Farei tudo para não morrer nestas montanhas, porque quero estar contigo durante toda a vida. E tu, ainda gostas de mim?». A carta chegou quando ele já estava morto e ela, ao enxugar as lágrimas, apercebeu-se de que nutria um grande afeto e uma estima profunda por Ignazio, mas que nunca estivera apaixonada. Olhou para Ubaldo e pensou que, provavelmente, também não conseguiria amá-lo.

A vida, para Ines, era uma contínua conquista: primeiro alcançara a autonomia, agora a aceitação da sociedade. Desde jovem, vira demasiadas mulheres tornarem-se vítimas do amor. Por isso criara no seu coração uma barreira para se defender das insídias dos sentimentos amorosos.

Sorriu para o marido e brincou:

— As carícias, tudo bem, agora o ouro é muito pesado para carregar.

— Bebe — disse ele, enquanto lhe estendia uma taça de champanhe.

Ela pegou na taça e pousou-a na mesa.

— Não gosto — afirmou.

O olhar de Ubaldo tornou-se sombrio.

— Vais aprender a apreciar. Agora bebe — insistiu. Aqueles olhos de súbito turvos não lhe agradaram.

— É uma ordem? — perguntou-lhe. Ele pôs um ar mais meigo.

— É só parte de um longo treino que vou gostar de te dar.

— Julguei que tivesses casado comigo por aquilo que sou e não por aquilo em que tu queres que eu me torne, porque não sei se estás a ver, querido, mas eu nunca vou mudar — sussurrou, com uma voz suave.

— Mas eu não te quero mudar, só te quero ensinar como se deve comportar a condessa Ceppi. Já não és a dona de uma tipografia, agora és a minha mulher. A propósito, já tratei da cedência da tua empresa à Carini, que pagou uma boa quantia por ela. Agora bebe — repetiu, voltando a colocar-lhe o copo na mão. Ines sentiu-se numa armadilha.

Levara a firma Gariboldi como dote, mas não estava à espera que ele tomasse decisões sem lhe dar conhecimento. Por outro lado, devia obedecer ao marido, de acordo com o que ditava a lei. Só que ela não era uma aristocrata jovem e mimada a necessitar de um homem que decidisse por ela. Era uma mulher do povo genuína e determinada. Não seria o conde Ceppi Bruno di Calvera a dominá-la. O instinto prevaleceu sobre a razão e ela, com um gesto repentino, atirou a taça de champanhe ao chão e afirmou, decidida:

— Já te disse que não gosto de champanhe.

Ele fitou-a, perplexo. Depois abriu ligeiramente os lábios num esgar de raiva e atingiu-lhe a face com uma bofetada. Ines levou uma mão ao rosto. Estava assustada, mais do que humilhada.

— Mas tu és louco! — exclamou, aterrorizada.

Ele abraçou-a, implorando o seu perdão. Chamou-lhe nomes doces e ternos, encheu-a de beijos e de carícias e depois fizeram amor outra vez.

Quando saíram do comboio, em Veneza, Ines odiava-o. Mas detestava-se ainda mais por se ter ligado a um doido só para fazer parte da alta sociedade e, sobretudo, porque ao fazer amor com Ubaldo se sentia satisfeita e feliz como nunca antes o fora. Após o regresso da viagem de núpcias, durante a qual o marido a cobriu de presentes e de ternura, Ines foi ter com Lillina.

— Tal como me preveniste, não fiz muito bom negócio — confessou-lhe.

— Ai isso é que fizeste. Agora estás em igualdade de circunstâncias com todas as outras damas da San Vincenzo, estás inundada de convites na cidade e nas residências de campo, dispões de um batalhão de criados e vais tornar-te numa das senhoras mais notáveis da cidade. De que te queixas? — perguntou-lhe a condessa Adelaide.

— De ter dado um passo maior do que as minhas pernas. Deveria ter aceitado o Ubaldo como amante, porque como marido é excessivo e incómodo. Para além disso, acho que é louco — lamentou-se Ines.

— Não exageres! Toda a gente conhece o Ubaldo, é um doce de pessoa, só é pena que teime em não crescer.

— Como definirias uma pessoa que me atormenta com ciúmes e que passa das bofetadas à ternura?

A condessa tossicou, baixou os olhos e aconselhou-a:

— Há intimidades que uma mulher de classe guarda para si.

Ines nunca mais tocou no assunto. Dedicou-se a arranjar o palacete da Via Cusani, que fora sempre a residência dos condes Ceppi, e a gerir o pessoal com a mesma eficiência com que gerira a sua pequena empresa. Passou as férias de junho a novembro nas propriedades do marido, no campo e no lago. Elegeu como morada predileta a *villa* de Vertova, talvez porque Ubaldo não gostava dela e inventava pretextos para não a acompanhar a Val Seriana.

Passados dois anos, nasceu Stefano. Apesar dos protestos de Ines, o marido entregou-o aos cuidados de uma ama, porque até do filho tinha ciúmes.

Ines vivia cada vez mais preocupada. Bastava uma coisa de nada para desencadear discussões acesas, durante as quais ele destruía tudo o que apanhava ao alcance da mão. Ubaldo já não conseguia amansá-la, nem mesmo no quarto. Se no início do casamento, no ardor com que a possuía, houvera amor e desejo, agora existia apenas o rancor de um homem frustrado por uma mulher que era muito mais voluntariosa do que ele.

Numa noite de dezembro, depois de regressarem do teatro, Ubaldo seguiu-a até ao quarto e, num ato tresloucado, arrancou-lhe do corpo o vestido de seda. Era um vestido muito rico, uma verdadeira obra de arte com *strass* e pequenas pérolas que custara meses de trabalho às bordadeiras.

Ines explodiu em toda a sua raiva.

— Tu tens de ser internado num manicómio — gritou-lhe na cara.

O rosto de Ubaldo transformou-se numa máscara de cólera. No teatro, a mulher fora objeto de admiração por parte de muitos homens. Ele contivera-se sufocando os ciúmes, mas assim que chegaram a casa precisou de demonstrar a si próprio que aquela mulher lhe pertencia apenas a ele e devia possuí-la imediatamente, sem esperar que ela se preparasse para a noite. A reação de Ines e as suas palavras terríveis embotaram-lhe o espírito. Agarrou-a pelos ombros e abanou-a com força.

— Eu não sou doido, estás a perceber? Mas tu, com quem me enganas? — acusou-a, com um olhar desvairado de raiva.

— Larga-me — ordenou ela.

— Com o conde Guaraldi? Eu vi como olhavam um para o outro! Com o Carlin, o motorista? Trata-lo com demasiada benevolência! Ou será com o professor Lamberti?

Ando sempre a tropeçar nele, sem que haja nenhum motivo para isso! Mas podia ser o Bortolo, o jardineiro. Apanho-vos sempre a cochichar. Então? — Sacudia-a pelos ombros, aos gritos.

— Ando metida com todos eles — gritou ela por sua vez, enquanto tentava libertar-se. Naquele momento o marido agarrou-a pela garganta e Ines teve a certeza de que a estrangularia. Conseguiu soltar um grito rouco. Depois perdeu os sentidos.

Quando voltou a si estava na cama e o médico, inclinado sobre ela, auscultava-a. Ubaldo chorava à cabeceira.

Foram os criados a salvá-la da fúria do marido. O mesmo médico, no dia seguinte, acompanhou o conde a uma clínica privada para doenças nervosas.

Ines mudou-se para Vertova com uma parte dos criados. Chamou para o seu serviço mais algumas mulheres da aldeia. Uma delas era Ermellina Agrestis, a jovem mulher do marceneiro, que pouco tempo antes dera à luz o seu primeiro filho, Arturo.

CAPÍTULO

12

Ubaldo regressou da casa de saúde muito mudado. Ines não estava na Via Cusani à sua espera, porque entretanto se distanciara da cidade e Val Seriana, agreste e sem atrativos, conciliava-se com o seu estado de espírito, que era o de uma mulher decidida a viver só por amor ao seu filho. Ia a Bérgamo às reuniões da San Vincenzo e olhava pelos pobres com devoção. Em Vertova assumira a proteção de Ermellina Agrestis e da família.

Ubaldo passava a maior parte do tempo em Milão, onde levava a vida de sempre. Aos domingos ia ter com ela e, pela forma como a olhava, percebia-se que ainda estava apaixonado, mas não ousava propor-lhe que voltassem a viver juntos.

Aparentemente eram ainda um casal: às vezes iam os dois ao teatro ou a jantares em casa de amigos. Nessas ocasiões, eram de um formalismo irrepreensível. Dela sabia-se que não tinha histórias sentimentais, dele que recusava as oportunidades.

A sua amiga Lillina, não conformada por ter sido a obreira daquele casamento desastroso, um dia falou-lhe abertamente.

— Tens pouco mais de trinta anos e és ainda uma mulher lindíssima. Queres passar o resto da tua vida naquela aldeia esquecida por Deus? — perguntou-lhe.

— Não fui feita para a vida conjugal — respondeu Ines.

— E no teu filho, não pensas? Não o podes educar no meio daquela gente rude.

— A gente simples é dotada daquele bom senso que o pai dele não tem.

— A cidade é rica em estímulos para uma criança. Assim castigas-te a ti própria e à criança.

— Assim salvo-o. O Stefano, que se dá com os meninos da aldeia, já percebeu que a vida não é um mar de rosas. Sob a influência negativa de um pai inseguro, sujeito a contínuas oscilações de humor, como achas que ia crescer?

Lillina não conseguiu replicar. No entanto, quando se despediu dela, sussurrou-lhe:

— Volta para o teu marido. Está doente e precisa de ti.

— Está doente? — perguntou Ines, espantada.

— Não me digas que não sabes de nada. Tem problemas de coração — informou Lillina.

Ines pensou durante muito tempo nas palavras da amiga. Ubaldo parecia mais equilibrado e, sobretudo, ela não se queria furtar aos seus deveres de esposa. Propôs ao marido que se mudasse para Vertova.

— Precisas de cuidados e de tranquilidade. Vou ficar ao teu lado e vou tratar de ti — garantiu-lhe.

Não precisou de insistir para o convencer. Voltar para a mulher era o seu maior desejo. Recomeçaram a viver juntos e, a pouco e pouco, Ines descobriu que Ubaldo estava profundamente mudado. Deixava que fosse ela a tomar decisões sem reagir, estava mais sereno, mais ponderado.

O motorista levava-o a passear pelas propriedades onde se dirigia periodicamente para acompanhar de perto os trabalhos. Ia ter com os amigos quando se instalavam nas suas residências de campo, nos lagos e em Brianza. Por vezes eram eles que vinham em passeio até Vertova, e então Ubaldo enaltecia os dotes de Ines e as maravilhas daquele vale que tinha aprendido a amar. Levava-os aos nogueirais e aos bosques de acácias; às nascentes do Serio, à fonte de San Patrizio, de onde brotava uma água milagrosa para o tratamento dos olhos, ou então às pequenas aldeias que desde Clusone desciam até ao fundo do vale. Mostrava com orgulho a pequena estação ferroviária de Vertova que, com o seu contributo, fora remodelada. No limiar dos seus cinquenta anos, tornara-se também muito religioso. Repetia:

— Deus entendeu-me e aceitou-me. — Lamentava-se pela passagem rápida do tempo: — Quando ficamos velhos, tornamo-nos invisíveis — dizia à mulher, a sorrir. Entretanto ajudava-a nas obras de caridade, e no Natal enchia os mealheiros que eram levados para a igreja e pousados ao lado da manjedoura do presépio. Na noite de Consoada, depois da missa, o padre partia-os e distribuía o dinheiro pelas famílias mais pobres.

Ines olhava com espanto para aquele marido que o tempo transformara no companheiro que sempre desejara e, ano após ano, quase sem se dar conta, apaixonou-se por ele.

Às vezes ia ter com ele à cabana no fundo do jardim, que ele transformara numa pequena marcenaria. Falavam de tudo e de nada, com serenidade, enquanto ele trabalhava. Dando asas a um talento inato, Ubaldo construía pequenos objetos de uso doméstico, estacas torneadas para as cercas e carrinhos para as crianças. Fora o marido de Ermellina, Antonio Agrestis, a ensiná-lo, passando horas na oficina envolvido pelo cheiro das madeiras, das colas e dos vernizes.

Quando Ermellina, que estava ao serviço dos Ceppi havia já muitos anos, soube pelo marido que Ubaldo se dedicava a trabalhos de marcenaria, comentou:

— É uma família de loucos.

— Ele não me parece mau diabo — observou Antonio.

— E ela é uma mulher generosa. Mas têm qualquer coisa de estranho.

— Os senhores são todos esquisitos.

— E infelizes. Nem sequer dormem juntos. Ela dorme no quarto que dá para o jardim e ele no mais pequeno, ao fundo do corredor. E pensar que são tão religiosos... Mas o Senhor não disse: casai-vos e dormi separados — reparou a mulher.

O marido sorriu e contou-lhe:

— O conde, quando me vem pedir conselhos, às vezes fala comigo. Uma palavra aqui, outra acolá. Disse-me que fez voto de castidade. Tal e qual. Então argumentei que os padres também fazem aquele voto, mas que nem todos o respeitam. Ele começou a rir e depois respondeu: «Porque encontram as que estão dispostas a isso. Mas a minha mulher não o está e eu só a quero a ela, assim sendo respeito-a.»

Também Ermellina se riu, e espicaçou-o:

— Tu não me respeitas assim tanto.

— Eu honro a minha função de marido. Aliás, se estiveres de acordo, gostava de a honrar logo à noite, também — disse o marceneiro, abraçando a mulher.

Naquela mesma noite, na *villa* Ceppi, Ines saiu do quarto e bateu à porta do marido. O conde estava a ler, encostado a um monte de almofadas.

— Incomodo? — perguntou Ines, entrando no quarto.
— Fiz alguma coisa de errado? — perguntou Ubaldo.
— Mas porque pensaste isso? Não consigo dormir e apeteceu-me uma boa chávena de chocolate quente.
— Acorda a Tilde para que te a prepare.
— Eu também sou capaz de a preparar sozinha. Apetece-te descer comigo, para me fazeres companhia?

Era quase meia-noite. Os condes Ceppi estavam sentados, um em frente ao outro, à mesa da grande cozinha, na meia-cave, com os cotovelos apoiados no tampo de mármore branco. Seguravam com ambas as mãos as respetivas chávenas e saboreavam o chocolate.

De vez em quando, Ines olhava para o marido, que era ainda um belo homem, sem um cabelo branco. O regime alimentar e os tratamentos a que se submetera deram bons resultados.

— Estás ótimo — constatou, satisfeita, e sorriu-lhe.
— Tu e o teu chocolate também — brincou.

O fogão estava apagado e Ines sentiu um arrepio.

— Estás com frio? — perguntou-lhe Ubaldo. Ines estendeu um braço e acariciou a mão do marido.
— Podias aquecer-me — sussurrou.

Esvaziaram as chávenas e deixaram-nas em cima da mesa. Ubaldo pegou ternamente na mão da mulher, subiram ao primeiro andar e entraram no quarto dele.

De manhã, a notícia de que a condessa não tinha dormido no quarto dela, mas sim no do marido, espalhou-se depressa entre os criados.

CAPÍTULO
13

— Mais duas colheres, querido, se faz favor — disse Ines ao marido, enquanto mexia a *minestrina* com arroz e salsa temperada e uma dose generosa de parmesão.

A guerra devastava o mundo, mas ali, no jardim de Vertova, estava um dia tranquilo, amornado pelo sol de maio.

Era meio-dia e o conde Ubaldo, confinado a uma cadeira de rodas, exibia um sorriso triste nos lábios. Gostaria de dizer à mulher que não tinha vontade de comer, nem sequer para lhe agradar, e tão-pouco tinha vontade de viver. Não só por causa daquela doença que o atingira e que fizera dele um inválido, mas também porque já não se reconhecia naquele mundo transtornado pela guerra.

Observava a mulher, tão mais nova do que ele, que adquirira os modos de uma senhora da aristocracia, apesar de continuar a ser a mulher simples que lhe inflamara o coração. Tinha sido feliz com ela até que o ataque cardíaco o atingiu à traição. Fora internado de urgência no hospital de Bérgamo, onde o jovem doutor Pietro Bertola o arrancou à morte, mas o corpo ficou semiparalisado.

Quando o levaram para casa, o doutor Bertola disse a Ines:

— As condições gerais são razoáveis, mas o coração ficou muito maltratado. Prepare-se para o pior, senhora condessa.

Ela não se conformava com a ideia de o perder. E estava angustiada também por causa de Stefano, o filho, destacado para combate na Cirenaica. Ines tentara evitar a ida do filho para a guerra, pedindo ajuda a muitos amigos influentes. Foi tudo inútil, porque Ubaldo era *persona non grata* do regime por causa da sua obstinação em recusar o cartão do partido fascista. E Stefano foi obrigado a partir.

Regressara naquele dia, de licença. Ines estava feliz por tê-lo um mês em casa.

— Por favor, querido, come mais um pouco de sopa, quanto mais não seja para dares uma pequena satisfação à Tilde, que a cozinhou com tanto amor — insistiu.

— Tenho de te confessar uma coisa: nunca gostei desta sopa com ervas — declarou Ubaldo. Ines pôs o prato de lado.

— Se me tivesses dito isso há vinte anos, tinha sido melhor — replicou.

— Calámos tantas coisas um ao outro — sussurrou ele, a sorrir. Ela afagou-lhe o rosto com ternura.

— Agora, de qualquer maneira, não há muito por onde escolher. Já não se arranjam coisas boas como as que tínhamos antes da guerra. Da próxima vez vou fazer-te uma papa de farinha com manteiga fresca. Gostas, não gostas? — perguntou-lhe.

O marido anuiu, para a deixar satisfeita. Presentemente, poucas coisas lhe davam prazer. Tudo lhe era indiferente. Nem a redução do pessoal de serviço o afetara demasiado.

O motorista, o jardineiro, o cozinheiro e os criados foram chamados para a guerra e Ines não os substituíra. Também a lavadeira e a costureira se foram embora. Na *villa* ficaram apenas Vespino, um criado de quarto, Tilde, uma criada para todo o serviço, Ermellina, que à noite regressava a casa, e a nora, Vienna Agrestis, que fazia companhia ao conde.

Com a redução do pessoal diminuíram as despesas, felizmente. Porque os Ceppi, como muitas outras famílias nobres, estavam com algumas dificuldades financeiras. As casas na cidade e as propriedades no campo já não rendiam nada. Antes de adoecer, porém, Ubaldo lograra pôr a salvo, na Suíça, uma parte consistente do seu património. Assim como conseguira esconder, pondo-os ao abrigo da sofreguidão dos fascistas, os quadros, as pratas, os tapetes, as joias e as peças mais valiosas. Entretanto imperava o despotismo, e os preços dos produtos alimentares haviam disparado em flecha. Ines adaptara-se aos tempos e, com a ajuda de Vespino, transformara em horta uma parte do grande jardim. Tratava das árvores de fruto e preparava umas compotas excelentes.

— Não te apetece comer uns morangos com vinho e açúcar?

— Só mesmo para provar. Depois quero ir para a cama — respondeu Ubaldo.

Ines transformara em quarto a sala do rés do chão, porque tinha umas portadas que davam para o jardim. E a salinha adjacente era agora o quarto de Vienna. Desta forma, o doente podia ser comodamente transportado para a varanda ou para o jardim e bastava tocar a campainha para que Vienna respondesse ao seu chamamento.

— Gosto muito de ti — sussurrou Ines, afagando-o mais uma vez. — Vou chamar o Vespino e a Vienna para te porem na cama — acrescentou.

O conde, após alguma hesitação inicial, aceitou de boa vontade aquela bonita rapariga que transpirava espontaneidade e saúde, porque intuíra nela bondade e inteligência. Graças a ela, Ines podia dormir sossegada durante a noite e tinha maior liberdade de movimentos durante o dia.

Fora Ermellina a recomendar-lhe a nora, que casara pouco tempo antes com Arturo, o seu primogénito. Vienna nascera e crescera na montanha, onde os seus familiares criavam ovelhas e produziam queijo. Foi para Vertova depois do casamento, mas o marido trabalhava em Turim e ela sentia-se um pouco só.

Arturo era pedreiro. Trabalhara durante muitos anos na Suíça e regressou a Itália quando recebeu a carta para ir à inspeção. No hospital militar identificaram-lhe um lipoma na coluna não operável e, por isso, foi declarado inapto para o serviço militar. Nessa mesma altura, a Itália entrou na guerra e Arturo ficou em casa.

Conheceu Vienna poucos dias antes do Natal e apaixonou-se imediatamente pela sua beleza, luminosidade e inteligência.

Um dia, Arturo confessou-lhe:

— Gosto muito da minha profissão. O meu pai, que vive só para o seu trabalho de marceneiro, não percebe a poesia que há nos tijolos. Enquanto construo uma casa, penso nas pessoas que ali vão viver e é como se estivesse a preparar um ninho para aquelas famílias.

— És um poeta — comentou Vienna, arrebatada por aquelas palavras.

— Se calhar sou apenas um sonhador — respondeu, olhando-a com amor.

Casaram em março. A princípios de abril, Arturo partiu para ir trabalhar em Turim e deixou-a sozinha na casa dos

Agrestis. Às vezes Vienna sofria de melancolia e a sogra, entendendo-a, achou que precisava de lhe arranjar uma ocupação. Em casa dos condes Ceppi, Vienna sentiu-se útil. O velho conde não era um doente difícil e ela tratava dele de boa vontade. Vespino lavava-o e mudava-lhe a roupa. Ela fazia-lhe a barba mas, sobretudo, uma vez que o conde gostava de música, punha-lhe discos no gramofone, ou lia-lhe os livros de que Ubaldo gostava. A certa altura o doente adormecia e ela enfiava-se no seu quarto a fazer malha ou a escrever ao marido.

Naquela primeira tarde de maio, depois de deitar o conde, Vienna foi para o seu quarto e retomou a leitura de uma comédia de Shakespeare que Ubaldo apreciava muito.

— *Sei o lugar onde há belo canteiro/ que o ar embalsama de agradável cheiro/ do tomilho selvagem, / da sincera violeta/ e da graciosa primavera, / onde há latadas de fragrantes rosas/ e madressilvas de nímio dulçorosas...* — Vienna lia em voz alta aquela passagem fantástica e pensava nas suas pastagens na montanha, reencontrando a doce melancolia daquela paisagem que amava.

— Quem declama tão bem o *Sonho de uma Noite de Verão?* — perguntou alguém atrás dela.

Vienna voltou-se de repente e viu à porta do quarto um homem encantador. Soubera, naquela manhã, que o jovem Stefano Ceppi regressara de licença. Ela nunca o vira antes e agora estava ali. Achou-o tão bonito que ficou sem fôlego.

CAPÍTULO 14

— Vienna! Porquê esse nome? — perguntou Stefano Ceppi, ao entrar no quarto.

Ela lamentou o facto de ter deixado a porta aberta, porque a presença do jovem a deixava pouco à vontade.

Ao chegar à *villa* Ceppi, Stefano foi recebido pela mãe, que lhe contou todas as novidades da casa. Entre outras falou-lhe da presença da rapariga que tratava de Ubaldo com tanta dedicação. Não lhe falou, porém, das suas formas harmoniosas, do rosto de porcelana de faces rosadas, do narizinho que parecia um caracol virado para cima. O sol de maio, que entrava pela janela aberta, iluminava o belo rosto de Vienna e o pescoço que emergia, imaculado, do vestido azul.

— Porquê Vienna? — insistiu ele.

Balbuciando, ela explicou:

— Poucos meses antes de eu nascer, os meus pais foram ao cinema, a Bérgamo, ver um filme de que a minha mãe gostou muito. Era uma história de amor que se desenrolava em Vienna. E foi assim que escolheram o meu nome.

O jovem sorriu. Era alto, forte, bonito, e enchia com a sua presença aquele pequeno quarto. Vienna estava numa aflição.

— Com sua licença, tenho de ir verificar se o seu pai está a dormir — tentou escapar.

— Eu já o fiz — respondeu ele, prontamente.

Vienna só há pouco se habituara a dirigir a palavra aos condes Ceppi sem corar, mas continuava a mexer-se com cautela naquela casa, porque temia sempre cometer algum erro. Agora tinha a certeza de que a presença daquele homem no seu quarto não era oportuna.

Por isso insistiu:

— Tenho de voltar para junto do senhor conde — sem conseguir dar um passo.

— É verdade que tiveste muita coragem! — exclamou Stefano, e prosseguiu: — Deixaste as tuas pastagens na montanha para descer até Vertova. Foi a minha mãe que me contou. Não tens saudades da montanha? — Nesta pergunta estava implícita a simpatia em relação a uma rapariga que fora catapultada para um mundo estranho, entre gente desconhecida.

Vienna passou uma mão pelo pescoço, como se tivesse dificuldade em respirar.

— Sinto-me bem em Vertova. — Pensou na sogra, que a tratava com afeto, como se fosse uma filha. Mas faltava-lhe a amplitude da montanha, com os seus silêncios intactos. Aquele rapaz de ar estouvado intuíra isso. Pareceu-lhe estranho que um senhor se interrogasse sobre os sentimentos de uma criada. Vienna interrogou-se sobre o que Stefano Ceppi, que entretanto se sentara na cama, pretenderia dela. Encheu-se de coragem e observou: — Se o Vespino entrasse agora, eu não faria muito boa figura com o senhor aqui.

Stefano levantou-se de repente e sorriu.

— Até há dois dias dormi num catre, no meio do cheiro a roupa suja e corpos mal lavados. Nem acredito que estou em casa, onde tudo cheira bem.

Saiu tal como chegara, sem sequer se despedir, deixando-lhe a impressão de o ter julgado mal. Vienna pensou que, ao fim e ao cabo, era apenas um rapaz só e desenraizado como ela. Talvez lhe quisesse contar os incómodos e os horrores da guerra, e ela só se preocupara com a sua reputação. A vida de soldado devia ser terrível. Pensou em Arturo, que dormia numa cabana de madeira e chapa, na companhia de outros pedreiros, ao lado do edifício que estavam a construir. Também a vida dele era tudo menos fácil. Por isso, decidiu escrever-lhe. Enquanto pegava no papel e na caneta, sem querer, comparou Arturo com Stefano. Não podiam ser mais diferentes. Arturo era forte como um rochedo. Os seus traços marcados não deixavam revelar a ternura e o amor que lhe dedicava. Stefano, pelo contrário, era a síntese da graça e da elegância. Os olhos azuis iluminavam um rosto de traços aristocratas. Como dizia Ermellina, de feições parecia-se muito pouco com a mãe de quem, no entanto, herdara o temperamento expansivo e a inteligência viva.

Começou a carta para Arturo: «Estávamos nós, os criados, tão sossegados antes da chegada do filho dos condes Ceppi! Felizmente só está de licença um mês, depois volta para a guerra. Continuo a ler livros muito bonitos para o senhor conde. Mas não penses que me sinto mais importante por estar ao serviço de uma família de aristocratas...» Escreveu duas páginas ricas de sentimentos e concluiu pedindo-lhe que voltasse depressa para ela.

Depois desceu à cozinha, onde a sogra e Tilde preparavam o jantar.

— Mãe Ermellina, faz-me o favor do costume? — perguntou-lhe, entregando-lhe a carta para Arturo.

— Claro que a ponho no correio. És uma boa esposa — disse a sogra.

— Pobre esposa sem marido! — lamentou Tilde, enquanto misturava as batatas cozidas com a farinha.

— Eu não me lamento — rematou Vienna, espreitando o fogão.

— E fazes mal. Devias deixar de escrever àquele estúpido, que te deixou sozinha. Que sentido faz casar com uma boa rapariga como tu para depois a abandonar? — censurou Ermellina.

— Se fosse soldado, também teria partido de qualquer maneira. Pelo menos assim sei que não corre perigo — defendeu Vienna.

— Lá isso é verdade — concordou Tilde. E acrescentou: — Olhem o pobre *signorino* Stefano. Mandaram-no de licença para descansar, antes de o enviarem sabe-se lá para onde, se calhar para morrer.

Ermellina fez o sinal da cruz.

— Não te armes em ave agoirenta. Já basta o senhor conde, que está mais para lá do que para cá. Só nos faltava também que o filho... pobre senhora condessa — rematou, horrorizada.

— Vê lá como falas. A senhora condessa não quer que tenham pena dela. É mais dura do que uma pedra. Tem os seus dissabores bem fechados à chave e ai de quem diga uma palavra sobre isso. Ainda há pouco fui à horta apanhar rabanetes e ela estava a discutir com o *signorino* por causa da namorada dele, a condessa Porro — contou Tilde. — Quando se apercebeu de que eu ali estava, disse-me: «Não tens nada de melhor para fazer?»

Vienna, que estava a aquecer água para preparar um café fingido, ficou atenta.

— Por que discutiam? — indagou Ermellina.

— Ouvi a senhora condessa dizer: «A Margherita tem um património intacto, enquanto que o nosso já não o é.» Então o *signorino* respondeu que o pai da condessa é um fascista — explicou Tilde.

— É bonita, a condessa Margherita? — perguntou Vienna, curiosa.

— É seca como um prego. Bonita és tu — acrescentou, aludindo às formas cheias da nora. — Mas agora está na moda ser magra. Vi num jornal a fotografia da princesa Maria José e da condessa Ciano. São tão magras que metem medo. E pensar que a elas não lhes falta de comer!

Vienna tomou o café e depois perguntou:

— O que estão a fazer para o jantar?

— *Gnocchi* com manteiga, galantina de frango com espargos, salada de chicória com rabanetes e, para terminar, musse de morango. Temos convidados, esta noite: a condessa Margherita e os pais — anunciou Tilde.

— E ao senhor conde, o que vamos dar? — perguntou Vienna, preocupada.

— *Gnocchi* para ele também. Mas não lhe digas que há convidados, porque fica muito agitado. Ordens da senhora — recomendou Tilde.

O conde dormia e dormia também Vespino, sentado numa poltrona ao lado do patrão. Vienna deslizou silenciosa para o seu quarto, aproximou-se da porta envidraçada para olhar o jardim. Perguntava-se qual a razão do incómodo que sentia ao saber que Stefano Ceppi tinha uma namorada.

CAPÍTULO
15

O Sol já se tinha posto e corria uma brisa doce como uma carícia.

— Senhor conde, gosta destes *gnocchi?* — perguntou Vienna. — Para além da manteiga, a Tilde acrescentou queijo de ovelha. É um prato substancial, que lhe vai dar forças — explicou, enquanto aproximava o garfo dos lábios do conde.

— Forças para quê? — perguntou Ubaldo, recusando a comida.

— Para viver, senhor conde — respondeu Vienna.

— E tu chamas a isto vida? — perguntou o conde, entristecido.

— Levante os olhos para o céu. Vai estar uma noite lindíssima de lua cheia. Vale a pena viver, nem que seja só para gozar esta noite magnífica.

Conseguiu fazê-lo sorrir e ele, como prémio, deixou que lhe desse de comer.

Mais tarde, quando o conde adormeceu, Vienna saiu para o jardim. Caminhou ao longo da alameda, mergulhada nos seus próprios pensamentos.

Aceitara a separação do marido e a vida com os Agrestis sem colocar qualquer questão. Poucas horas antes, porém, um estranho elogiara-a por ter seguido o marido para longe da sua própria casa, da sua própria família. Mas teria sido um ato de coragem, agir em função dos sentimentos? E se o foi, que sentido fazia a partir do momento em que o marido a deixara? Vienna questionava se aquele pedreiro que gostava tanto de tijolos a amava de verdade. E estaria ela verdadeiramente apaixonada por ele ao ter aceite, sem protestar, deixá-lo partir? O jovem conde Ceppi, com poucas palavras, obrigara-a a refletir e, com espanto, deu-se conta de que nunca se interrogara sobre as suas escolhas, nem antes nem depois de as ter feito.

Caminhava devagar naquela noite fantástica de lua cheia, quando, do outro lado de uma sebe de buxo, ouviu vozes. Parou de repente.

— Não percebes que a nossa história já não faz sentido? — disse Stefano.

— Comportas-te como uma mulherzinha qualquer que acredita nas más-línguas — replicou uma voz feminina, decerto a da condessa Margherita, pensou Vienna.

— Nunca ouvi nenhum mexerico nem me interessa saber o que houve entre ti e aquele fascista do Emilio Invernizzi. A questão não é essa — afirmou Stefano.

— Por amor de Deus, então qual é o problema?

— Nós não nos amamos. Aliás, nunca nos amámos. Ficámos noivos porque era isso que queriam os teus pais e os meus. Se dependesse de nós, tu escolhias o Invernizzo e eu uma mulher simples, sem me importar com a condição social.

— Tal como fez o teu pai quando se casou com a tua mãe — replicou Margherita, irónica.

— A minha mãe está um palmo acima de ti, mas tu, pobre Margherita, nunca o entenderás.

— Oh, sim, pelo contrário! Entendo muito bem. Hoje, quando cheguei, vi-te do jardim, sentado em cima da cama de uma criadita.

Ao ouvir estas palavras, Vienna sentiu uma punhalada no coração. Correu em direção a casa e refugiou-se no seu quarto. Nunca se sentira tão infeliz. Uma pessoa que não conhecia tinha-a humilhado, pondo em dúvida a sua reputação. Mas, ela era apenas uma jovem esposa à espera do regresso do marido. Recordou o seu casamento, numa pequena igreja na montanha, o almoço e as danças no prado. Quando caiu a noite, desceram até ao vale acompanhados dos convidados que cantavam e dançavam com eles. Na casa dos Agrestis, os irmãos mais novos de Arturo receberam-nos com sorrisos festivos e maliciosos. No quarto nupcial havia uma jarra cheia de flores campestres que Ermellina colhera para eles. Vienna apreciou as flores e depois olhou aflita para o leito matrimonial, porque estava exausta e só queria descansar. Arturo apercebeu-se e tranquilizou-a: «Vamos dormir.» E assim foi. Fizeram amor pela primeira vez na noite seguinte, e ela sentiu-se feliz porque gostava daquele homem forte e simpático com quem tinha casado.

Quando partiu para Turim, Arturo prometeu-lhe:

— Venho ter contigo todos os meses. Entretanto fico à espera da notícia de um filho nosso.

Mas ela não engravidara e ele continuava a adiar as visitas por causa do trabalho. Agora Vienna chorava e sentia uma grande vontade de fugir para longe de tudo e de todos. Mas para onde poderia ir se não para casa dos Agrestis, esperar por um marido que não voltava?

Do quarto ao lado chegou o toque da campainha do conde. Limpou rapidamente as lágrimas e foi ter com ele.

— Como se sente, senhor conde? — perguntou-lhe.
— Estavas a dormir?
— Não, ainda estava acordada.
— Apetece-te ler-me alguma coisa?

Vienna aproximou a cadeira da cama, pegou no livro de sonetos de Shakespeare que estava em cima da mesa de cabeceira, abriu-o e leu:

— *Quando me jura ser feita de verdades / em minha amada creio e sei que mente...*

Deteve-se de súbito. Lembrou-se que, de tarde, escrevera a Arturo uma carta prometendo-lhe amor incondicional. Agora receava não ter dito a verdade.

CAPÍTULO 16

— E então, romperam o noivado — anunciou Ines ao marido.

— Quero lá saber — disse ele.

— Nem sequer te interessa saber como foi? — insistiu Ines.

— Mas será que pode haver alguma ligação entre o nosso filho e esses fascistas? — questionou o conde, com uma voz cansada.

— Desculpa, querido. Tu não estás bem e eu aqui a martirizar-te com estes disparates — disse Ines, afagando-lhe uma mão. — Eu só queria que o Stefano regressasse à frente sabendo que tinha uma namorada à sua espera. Sabes, os pensamentos de amor são importantes para quem vai combater.

— E quem te disse que ele não os tem? — perguntou o marido.

— Será que tu sabes alguma coisa que eu não sei?

— Sim. Sei que deves deixar o pobre pequeno em paz.

— Está bem. Mas gostava de saber sobre o que estiveram a conversar hoje de manhã, tu e ele, enquanto eu estava na horta.

Ubaldo calou-se e a mulher percebeu que não valia a pena insistir.

— Gosto de ti na mesma — sussurrou-lhe, enquanto lhe afagava a testa.

Ubaldo sorriu-lhe. Pensava no filho que regressara da Cirenaica e que dentro de poucas semanas partiria com o seu batalhão em direção à Europa de Leste para se juntar aos alemães e acabar nas goelas dos russos.

Quando Stefano nasceu, Ubaldo considerou-o um problema mais do que uma alegria, porque não tinha modelos nem referências para criar um filho. Ubaldo nunca tivera uma relação, um momento de intimidade com o pai, o conde Stefano Ceppi Bruno di Calvera, que tratava por você. Quando era um jovem estudante, encontrou-o um dia num salão e o conde não o reconheceu.

— Ao que parece, sou seu filho — balbuciou timidamente o jovem Ubaldo.

— Mas é claro. Está muito crescido. Como vai, querido? — replicou o conde, abandonando-o de imediato, sem esperar sequer pela resposta.

Ubaldo sofrera muito com a indiferença do pai, que se dissolveu apenas numa ocasião que lhe ficou marcada na memória: quando, em criança, correu o risco de morrer vítima de uma pneumonia e o conde Stefano ficou ao lado da sua cama até que se restabeleceu. Ao morrer, o pai nomeara-o herdeiro de todos os seus bens, definindo-o, para sua grande surpresa como «o meu filho muito amado, que nunca me desiludiu».

No entanto, com a ajuda de Ines, Ubaldo conseguiu criar uma relação estreita com o filho. Agora que se preparava para deixar a vida, dava-se conta de quanto o amava.

O fascismo e a guerra causaram-lhe um grande desgosto, mas o que lhe provocara de facto grande sofrimento naqueles anos fora a ânsia de o saber na linha da frente. Agora angustiava-o a ideia da Rússia, daquela grande terra que conhecia através das obras dos seus autores mais famosos, de Gogol a Tolstoi, de Tchekhov a Turgenev. Tinha diante dos olhos aquelas extensões infinitas de campos de girassóis sob o sol de julho que a neve, durante o inverno, revestia de uma manta imaculada. Quando era estudante, em Paris, tivera uma relação com uma princesa russa sagaz e ingénua, desinibida e casta, ávida e generosa. Amou-a apaixonadamente.

Agora perguntava a si mesmo se lá longe, naquelas paragens, Stefano encontraria uma mulher para amar, ou a morte.

Pediu à mulher:

— Manda-me a Vienna.

— Vais ter de te contentar comigo, ou com o Vespino, porque hoje a rapariga foi à montanha buscar queijo e o Stefano, que estava com vontade de esticar as pernas, foi atrás dela. — O conde esboçou um sorriso. Já se apercebera do olhar do filho pousado na jovem montanhesa e o anúncio daquele passeio fê-lo esperar que Stefano partisse com uma doce lembrança no coração.

No fim do dia chegou o doutor Bertola. Como sempre, observou-o cuidadosamente e depois anunciou:

— Está tudo bem.

— Quando me vais deixar em paz? — perguntou Ubaldo.

— A minha profissão é atormentar os doentes, meu caro conde.

— Não me faltes ao respeito, porque podia ser teu avô, e não me trates por você. Estás a esquecer-te de que estes espanholismos decadentes são antipáticos ao regime? Deves tratar-me por Vós, porque eu posso armar-me em espião e acusar-te de pessimismo.

E riram os dois. Depois Ubaldo pôs um ar sério e disse:

— Estou a falar contigo de homem para homem. Quando chegar o momento, quero apagar-me em paz, sem remédios e sem torturas inúteis. Tenho o direito de salvar a minha dignidade.

— Meu caro conde, quando me formei em Medicina, jurei salvar a vida dos pacientes e, não sendo possível, aliviar-lhes o sofrimento, mas sem a obstinação de contrariar inutilmente o curso da natureza.

— É uma promessa? — perguntou Ubaldo.

— Os condes Bertola honram sempre a sua palavra.

— A mim parece-me que os teus antepassados foram capitães canalhas e mentirosos.

— Enquanto que os Ceppi Bruno?

— Sempre foram uns pobres diabos, como eu.

— Eu diria antes que sempre foram um exemplo de correção em relação aos humildes e aos poderosos.

— Mas será que ainda se pode ser correto num mundo em que só existe prepotência?

— Meu caro conde, vale a pena continuar a ser como somos, acho eu.

Vienna regressou a casa a tempo de lhe servir o jantar e ao conde pareceu ver-lhe uma luz nova no olhar. Estava insolitamente silenciosa.

Depois de Vespino preparar o doente para a noite, Vienna encostou uma cadeira à cama e perguntou-lhe:

— Leio-lhe alguma coisa, senhor conde?

— Primeiro fala-me de ti. Foste à igreja?

— Fui, para rezar a Nossa Senhora — respondeu, sentando-se.

Era o mês de maio e as mulheres da aldeia iam à igreja, ao fim da tarde, rezar o terço. Levavam flores, sobretudo rosas, cujas pétalas secas eram postas numa vasilha. No último dia do mês, o padre benzia-as e distribuía-as pelos fiéis, que as metiam num saquinho e amarravam ao pescoço dos doentes. Os fiéis achavam que aquelas pétalas abençoadas ajudavam a sarar todos os males.

— Encontrei a Agostina — acrescentou Vienna.

Dizia-se na aldeia que Agostina sabia prever o futuro. Os seus vaticínios e as pétalas faziam parte de uma série infinita de crenças que ajudavam as gentes do vale a enfrentar as dificuldades da vida.

— Disse-me que viu um berço no meu quarto. Isto significa que o meu marido vai regressar a casa — sussurrou Vienna, sem entusiasmo.

CAPÍTULO 17

Naquela manhã a condessa dera-lhe algum dinheiro, dizendo:

— Vai a casa dos teus pais buscar queijo.

Vienna, ansiosa por visitar a família, meteu-se logo a caminho.

Assim que saiu da aldeia, seguindo pela vereda que subia por entre as faias, ouviu um som de passos atrás de si. Voltou-se e viu o conde Stefano.

Vestia uns calções amarrados à altura do joelho, sapatos com sola de borracha e uma camisola azul-celeste, da cor dos seus olhos.

— Vou contigo — disse Stefano, e explicou: — Já não vou para aqueles lados há muito tempo.

— Também não perdeu nada. Há lá pouco para ver — respondeu ela, e continuou a andar.

— Talvez. Mas eu cresci em Val Seriana e tenho muito boas recordações de quando era criança.

A vereda subia em direção aos cumes da montanha e os dois jovens caminhavam, lado a lado, com um passo lento. Passaram em frente a uma mina abandonada.

— Sabias que, no tempo dos romanos, se fabricavam armas em Clusone? Val Seriana era rica em ferro.

— Onde fica Cirenaica? — perguntou Vienna, de repente.

— Em África, perto da Líbia. Por que queres saber?
— Porque veio de lá.
— Os Italianos estão a viajar muito à custa do governo. De Espanha até África, da Grécia até à Rússia. Mussolini faz-nos conhecer o mundo — disse ele com ironia, num tom amargo.

Pararam para beber numa pequena nascente.

— Aqui, em agosto crescem ciclamens. Eu venho apanhá-los porque gosto muito daquele cheiro — disse Vienna.

— És uma mulher muito meiga — observou ele, com ternura.

Ela corou, atrapalhada. Sentia o olhar de Stefano como uma carícia e recordou-se dos versos de uma balada antiga que as mulheres do vale cantavam enquanto fiavam a lã. Contava a história de uma pastorinha que tomava conta das ovelhas. Um dia encontrou um grande senhor pelo qual se deixou seduzir e acabou só e com um filho no ventre.

— Não diga tolices, senhor conde. Nem sequer me conhece — reagiu bruscamente, recomeçando a andar com um passo expedito.

Stefano aproximou-se:

— Tu és inteligente, Vienna, e sabes que não te queria ofender ao fazer-te um cumprimento.

— Por favor, deixe-me seguir o meu caminho — replicou Vienna, sem parar.

Quando chegaram, Stefano deitou-se no prado para descansar, enquanto ela entrou em casa. Só encontrou a mãe. Os irmãos e o pai estavam nos pastos. Respondeu com pouca vontade às perguntas da mãe. Depois continuou o seu caminho e subiu em direção à igrejinha onde se casara três meses antes. Aquele fora um dia feliz porque desposara um homem bom, honesto, atencioso e sem vícios. Nunca imaginaria que, pouco tempo depois, naquele mesmo lugar, se ia sentir tão inquieta e infeliz.

— A inteligência é inimiga da serenidade. Mais valia não pensar — disse em voz alta, a falar com o vento.

A avó descia por um caminho que vinha dar ao prado. Era baixa, magra, vestida de negro, com uma saia franzida que lhe chegava à ponta dos tamancos.... O rosto rugoso estava emoldurado por um lenço branco que lhe cobria a cabeça.

Vienna foi ao seu encontro e abraçaram-se.

— Fui levar de comer aos rapazes, ao pasto — explicou a avó. E acrescentou: — Estou a ficar velha e doem-me os joelhos de andar sempre para cima e para baixo. — Depois quis saber se Vienna viera buscar queijo para a condessa.

— Pus-te de lado um pão amanteigado fresco, só para ti — confiou-lhe. Dirigiram-se as duas a casa.

— Os senhores tratam-te bem? Entendes-te com a tua sogra? As tuas cunhadas e os teus cunhados respeitam-te? — quis saber a avó.

— Se calhar, casei-me cedo de mais — sussurrou Vienna.

— Mas o que estás tu para aí a dizer? Eu casei-me com o teu avô quando tinha dezasseis anos. Tu daqui a pouco fazes dezanove.

— Se calhar não me devia ter casado — insistiu. A avó olhou para ela, escandalizada.

— Faz já o sinal da cruz e pede perdão ao Senhor pela blasfémia que disseste — ordenou.

— Mas é isso mesmo que eu penso — afirmou Vienna.

— Então não venhas mais ter comigo, porque na minha idade não preciso de desgostos. A desgraça foi que te casaste com um da aldeia, em vez de ser com um dos nossos. Mas o que está feito, feito está.

Quando chegaram perto de casa, Stefano estava sentado no prado em frente, com as costas apoiadas ao tronco de um pinheiro, a ler um livro.

A mãe de Vienna estava muito agitada com aquela visita inesperada.

— Os senhores nunca cá vieram e eu não sei o que hei de fazer — sussurrou à filha, assim que ela entrou em casa com a avó. E prosseguiu: — Pediu para ficar aqui a dormir esta noite. Mas onde o ponho? Disse-me que lá na caserna, em África, havia percevejos e piolhos. Diz que aqui, pelo contrário, é tudo limpo e ele precisa de respirar ar puro. O que faço? — perguntou, aflita.

Vienna saiu da cozinha, foi ter com Stefano e, perguntou-lhe:

— O que deseja, senhor conde? — E uma vez que ele sorria, sem responder, Vienna acrescentou: — O senhor está a criar uma grande confusão na minha vida e na da minha família.

Stefano pousou o livro que estava a ler e levantou-se. Olhou para Vienna com uma expressão séria.

— Só pedi hospitalidade porque não me apetece regressar a Vertova, esta noite.

— Tem o mundo todo para si. Porquê logo aqui?

— Porque sinto o cheiro do feno e estou mais perto do céu. Sinto-me tranquilo como quando estou contigo.

Vienna desceu até à aldeia com dois sacos de lona cheios de queijo. Foi à igreja e depois encontrou Agostina.

A rapariga estava de tal maneira transtornada que lhe perguntou:

— Diz-me o que me reserva o meu futuro.

— Um berço. Em breve, muito em breve — repetiu a velha.

CAPÍTULO 18

— Ainda não vi o nosso filho — disse Ubaldo.

— Talvez tivesse resolvido ficar mais um dia na montanha — respondeu a condessa, considerando que o filho aprendera a amar os montes Orbici desde pequeno, quando passava períodos mais ou menos longos nos acampamentos ou nas cabanas com os grupos da paróquia.

— Está demasiado só — comentou o conde.

— A quem sairá? — brincou Ines.

— Por mais voltas que se dê, a culpa é sempre minha — resmungou o doente. Ines beijou-o na testa e replicou:

— Estás a ficar um bicho do mato. Agora deixa-te estar sossegado, porque eu tenho que fazer.

Saiu do quarto, deixando o marido na companhia de Vienna, que estava a pôr as rosas, acabadas de colher no jardim, numa jarra. Naquele momento Stefano fez a sua aparição e pousou em cima da cama do pai um filhote de cão pastor, anunciando:

— Olha o que eu te trouxe. Vai fazer-te companhia quando eu me for embora. — Vienna reconheceu imediatamente o cachorro, nascido do casal de pastores dos seus pais, mas não disse nada.

— Como se chama? — perguntou o conde, enquanto acariciava aquele novelinho sedoso.

— É uma menina. Batiza-a tu — respondeu Stefano, ignorando a presença de Vienna.

— Para já foi ela que me batizou — queixou-se Ubaldo, indicando o lençol molhado.

— Não se preocupe — interveio Vienna —, eu vou chamar o Vespino para mudar os lençóis.

Entretanto interrogava-se sobre as razões daquele presente: Stefano fizera aquilo para alegrar o pai ou para se apoderar de alguma coisa que lhe pertencia a ela?

— Vou levar esta traquina lá para fora — disse, ao mesmo tempo que pegava na cadelinha ao colo.

— Estás a ver? A Vienna já lhe arranjou um nome: vai-se chamar *Traquina* — decidiu o conde. Depois dirigiu-se à rapariga e acrescentou: — Tem cuidado para que os meus *setters* não lhe façam mal.

O céu enchera-se de novo de nuvens e o ar estava mais fresco.

Dali a pouco rebentaria um temporal.

Tilde pusera a mesa com um cuidado especial, porque Ines convidara para o almoço o doutor Pietro Bertola e a sua jovem esposa, grávida do primeiro filho. Vienna estava sentada ao lado do doente para poder dar-lhe a comida. Ines e o médico dominavam a conversa que, obviamente, se centrava nos destinos da guerra. A *signora* Bertola escutava e assentia, o conde ruminava os seus pensamentos, Stefano debicava a comida com um ar ausente e Vienna mantinha os olhos descidos.

— Até a base inglesa de Tobruk caiu nas mãos dos alemães. Quem consegue travar estes monstros? — disse o médico.

— Eu espero que o meu bebé não seja rapaz, porque não me agrada nada a ideia de o entregar à causa de Mussolini — afirmou a *signora* Bertola.

— Pois eu anseio pelo fim da guerra — suspirou Ines, que estava muito preocupada por causa do filho.

— E tu, Stefano, o que dizes? — perguntou o Dr. Bertola.

— Eu sou um militar e não devia estar a ouvir esta conversa. Para além de que sempre vi o ódio como um sentimento horrível do qual me considerava imune. Mas não é assim. Odeio profundamente o *Duce* e todos os seus acólitos, e odeio-o tanto mais quanto o fascismo e a guerra nos ensinaram a odiar — disse Stefano.

Para Vienna aquela refeição era um suplício, porque sentia em cima dela os olhares de Stefano e estava tão embaraçada que sustinha a respiração.

Um trovão abanou o ar com violência, um relâmpago rasgou o céu e Stefano levantou-se da mesa, pedindo desculpa aos convidados.

— Vou buscar a *Traquina,* que deixei no jardim.

— Leva-a para o meu quarto — disse o conde ao filho. Depois virou-se para Vienna: — Vai pôr uns jornais no chão, por favor.

— Ajuda-me a procurá-la primeiro — sugeriu Stefano.

Do céu caíram grandes gotas de água em cima da cabeça dos dois jovens que andavam às voltas pelos caminhos do jardim a chamar a cachorrinha. Vienna encontrou *Traquina* a tremer, por baixo de uma sebe de mirto. Ia pegar nela ao colo, mas Stefano não deixou.

— Eu pego. — Agarrou na cadelinha e apertou-a junto ao peito. — Estás a ver? Está a ficar mais calma — sussurrou, olhando intensamente para Vienna, ao mesmo tempo que a chuva se tornava mais forte, acompanhada por rajadas de ar gelado.

No átrio, Vienna agarrou num monte de jornais velhos e foi atrás de Stefano até ao quarto do pai. Vespino estava a acender o lume na lareira.

— Deixa, nós fazemos isso — disse Stefano, mandando-o embora.

Entregou a cadelinha a Vienna. Ela embrulhou-a numa manta e pousou-a ao lado da lareira, enquanto Stefano cobria o chão com folhas de jornal. Depois inclinou-se sobre Vienna que se tinha aninhado ao lado da cadelinha e confessou:

— Não sei como foi que isto aconteceu, mas estou perdidamente apaixonado por ti.

— Por favor, deixe-me — sussurrou ela.

— Não consigo. És como um bichinho a roer-me o cérebro.

Acocorou-se então ao seu lado e afagou-lhe os cabelos.

— Por favor, não se aproxime. Tenha piedade de mim — murmurou ela ainda.

— Queridíssima Vienna, amo-te. Deixa-te amar — e ao dizer isto tomou-a nos braços.

Ela libertou-se do abraço de Stefano. Levantou-se e aproximou-se da janela.

Viu os cumes das árvores oscilar sob o impulso do vento consciente de que, quando o temporal amaina, tudo volta a brilhar como dantes. Porém, se cedesse ao amor de Stefano, partiria para sempre o seu coração e o do marido.

Correu para fora do quarto no momento em que o velho conde ia a entrar, acompanhado de Vespino.

Ubaldo viu o filho acocorado em frente à lareira, com o rosto entre as mãos, como se estivesse a chorar. Não disse nada e deixou que o criado o metesse na cama. Depois mandou-o embora e ficou ali à espera que Stefano lhe dissesse alguma coisa. Mas o filho continuava calado.

— Queres estragar-lhe a vida? — perguntou então.
— É a última coisa que faria — respondeu Stefano.
— É casada, como tu sabes — disse Ubaldo.
— Quero lá saber do marido.
— Mas ela não. É uma boa rapariga — replicou o enfermo. Recordou as várias mulheres que tivera antes de se apaixonar por Ines. Eram quase todas casadas e viviam alegremente as infidelidades. Eram jovens senhoras que viviam na abundância e combatiam o tédio na cama de um amante. Vienna, porém, era honesta, sensível e inteligente. Ubaldo observara-a durante muito tempo e apercebera-se de que era uma criatura especial e rara.

— Eu também acho que sou muito bom rapaz — disse Stefano, aproximando-se da cama de Ubaldo. O temporal serenara e a cachorrinha tentava libertar-se da manta em que a tinham embrulhado.

O jovem apertou a mão do pai entre as suas e anunciou:

— Vou passar uns dias fora. Os Montini convidaram-me a mim e à mãe para irmos a Robecco. Umas pequenas férias vão fazer-nos bem a todos.

Ubaldo anuiu. Pareceu-lhe uma ótima decisão.

Stefano e a condessa partiram e Vienna achou que devia reencontrar alguma tranquilidade. Recebeu uma carta de Arturo, que lamentava não poder regressar a Vertova naquele mês, porque tinha demasiado trabalho. Recebeu com alívio o novo adiamento e tentou acalmar a fúria de Ermellina quando lho comunicou.

— Tu bem merecias um marido melhor, pobre pequena — exclamou a sogra, furibunda.

— Mas o que está a dizer! Há muitas mulheres que têm os maridos longe. Era bem pior se o Arturo estivesse na guerra.

— É o que se vai ver — replicou Ermellina que, desde já há algum tempo, amadurecera a suspeita de que o filho tinha outra mulher em Turim. Passaram alguns dias durante os quais Vienna se embalou na recordação de Stefano, temendo o seu regresso.

Deparou-se com ele à sua frente numa tarde calma, quando estava na cozinha a preparar o chá. Ubaldo dormia e Vespino dormitava na poltrona do costume, à cabeceira da cama. A cadelinha *Traquina* perseguia os pássaros no jardim, enquanto Tilde e Ermellina trabalhavam na horta.

Stefano abraçou-a sem dizer uma palavra. Depois pegou-lhe na mão e sussurrou-lhe:

— Anda comigo.

Subiram até ao primeiro andar e entraram no quarto de Stefano. Ele fechou a porta, tomou-a de novo nos braços e beijou-a. Depois, enquanto a instalava ternamente em cima da cama, sussurrou-lhe:

— Deixei a minha mãe em Robecco. Não consigo estar longe de ti, meu amor. Não sei o que vai ser de nós, não sei se regresso da guerra e se tu ainda me vais querer, não sei o que vai acontecer neste mundo em que já não há mais nenhuma certeza, mas sei que te amo mais do que a minha própria vida.

CAPÍTULO 19

A primavera ia ao encontro do verão numa festa de cores e perfumes. Havia sempre uma grande azáfama para tratar da casa, da horta e do jardim, e também do conde Ubaldo, que estava a ficar cada vez mais débil e necessitado de assistência.

— Está a ir embora — anunciou tristemente o doutor Bertola, uma noite, depois da visita habitual. Comunicou-o a Stefano e a Ines na sala verde, ao lado do quarto do doente.

Stefano apertou a mão da mãe e perguntou ao médico:
— Sofre?
— Está a apagar-se devagarinho — respondeu o médico, comovido.

Ines recomeçou a chorar em silêncio.

— Enxugue as lágrimas, senhora condessa, e vá para junto dele com o Stefano. Fiquem por perto.

Ubaldo apagou-se com serenidade naquela noite, na companhia de Ines e do filho, as pessoas que mais amara na vida.

Os seus restos mortais foram sepultados no jazigo de família, no Cemitério Monumental de Milão. Ines estava dilacerada pela dor da perda daquele homem que aprendera arduamente a amar. Agora restava-lhe apenas o filho, que em breve regressaria à guerra.

Stefano partiu de madrugada, poucos dias depois. Passou a última noite na *villa* ao lado de Vienna. Ambos se esforçaram por gracejar, para tornar mais leve a separação.

— Vou para a Rússia, derroto o inimigo e regresso — disse-lhe.

— Não sejas tão apressado, por favor — rebateu ela.

— Vemo-nos no fim do verão?

— Está bem. Marcamos encontro no dia 15 de agosto, lá em cima, no pasto.

— Tens de cuidar da *Traquina*— recomendou-lhe Stefano, abandonando o tom brincalhão.

— Vou ter saudades tuas — sussurrou Vienna.

— Vou escrever-te todos os dias.

— Não vais poder, já sabes que toda a gente ficava a saber e era um escândalo.

— Escrevo-te na mesma, e quando voltar entrego-te todas as minhas cartas. De qualquer maneira terás notícias pela minha mãe, porque tu não te vais embora, pois não?

— Agora, sem o conde, já não sou precisa nesta casa. Falei com a senhora condessa e, mesmo que me pedisse para ficar ao serviço, eu recusar-me-ia. É-me demasiado doloroso estar nesta casa sem ti. Seria demasiado sofrimento.

Pouco antes do amanhecer, Vienna deslizou para fora do quarto de Stefano, como fizera nas noites anteriores. Sabia que aquela fantástica história de amor terminava ali. Quando voltasse da guerra, Stefano encontraria uma noiva do seu nível social, ela era a mulher de Arturo e tal continuaria a ser durante toda a vida.

Vienna despediu-se da condessa e foi para casa. Chegou no momento em que a família Agrestis estava a tomar o pequeno-almoço.

Ermellina recebeu-a com um abraço, lamentando:

— Pobre pequena. Deste assistência ao senhor conde até ao último dia de vida.

Vienna sorriu-lhe tristemente. Tinha o coração cheio de sofrimento e de amor. Dirigiu-se devagar às escadas para subir até ao quarto que era dela e de Arturo. Achou que Deus já a castigara o suficiente pelos seus pecados, privando-a do homem que amava.

Retomou a vida de sempre. Levara a cadela *Traquina* para casa e, à noite, punha-a a dormir num cesto ao lado da cama, enquanto lia os romances que Stefano lhe oferecera. Tinha-os fechados numa mala escondida debaixo da cama. Lia e parava nas frases sublinhadas por ele.

Os dias passavam e as filhas de Ermellina comentavam:

— É realmente uma boa cunhada. Nunca se exalta, nunca se zanga, tem sempre uma palavra simpática para toda a gente.

Os filhos, que trabalhavam na marcenaria do pai, comentavam:

— O nosso irmão é um estúpido em não querer uma mulher como aquela.

A condessa Ines tinha fechado a *villa* e despedido o pessoal, incluindo Ermellina. Mudara-se para Robecco, para casa da sua velha amiga, a condessa Adelaide Montini. Ao passar em frente à Villa Ceppi, outrora cheia de vida, as gentes da terra olhavam com saudade a grande casa com as portadas fechadas, mergulhada no silêncio.

Vienna tinha agora poucas afinidades com os Agrestis que, no entanto, gostavam muito dela e a consideravam como um membro da família. Às vezes sentia-se tentada a regressar à montanha.

Ermellina observava-a, abanava a cabeça e sussurrava:
— Pobre filha! Tem uma paciência de Jó.

Um dia Vienna desceu até ao rio para lavar a roupa. Esfregava, batia os lençóis ensaboados sobre uma grande pedra, e chorava a pensar em Stefano, naquele amor impossível e maravilhoso.

Uma mão pousou-lhe no ombro. Endireitou-se de repente. O marido estava ali, à sua frente, a sorrir.

— Disseram-me que estavas aqui — disse.

Vienna sentiu que lhe faltava o ar. Olhou para Arturo com os olhos cheios de lágrimas.

— Não chores. Não te volto a deixar sozinha — prometeu Arturo, afagando-lhe uma face.

Vienna baixou os olhos e confessou:

— Estou grávida.

CAPÍTULO 20

O Sol espalhava reflexos de luz que se projectavam na superfície da água. O zumbido insistente dos insectos enchia o ar.

Arturo deu um passo atrás e encarou Vienna, desnorteado.

— Porquê? — sussurrou. Ela não respondeu. Então ele agarrou-a pelos ombros e sacudiu-a com violência, gritando: — Porquê?

Vienna continuou calada. Olhou tristemente para aquele homem forte e bom que não merecia o sofrimento e a humilhação que lhe lia no rosto. Sentiu uma pena profunda por ele ao aperceber-se de que nem sequer naquele momento desejaria que o filho que crescia dentro de si fosse de Arturo.

— Quem mais sabe, para além de mim? — murmurou ele, deixando cair os braços ao longo do corpo.

— Ninguém — respondeu ela, num sopro.

— A história acabou, ou continua? — perguntou-lhe, com uma calma que a gelou.

— Durou apenas um mês. Só agora é que dei conta que estava grávida — confessou, a meia-voz.

Arturo pensou que a mulher era demasiado honesta para se abandonar a um homem só por capricho. E essa certeza feriu-o ainda mais.

Enterrou as mãos nos bolsos dos calções, virou-lhe as costas e ficou ali, especado, a olhar o rio. Vienna casara com ele porque o amava e esse amor teria decerto durado, se ele não tivesse sido estúpido ao ponto de a deixar sozinha durante tanto tempo.

Conteve um soluço, porque a mulher era bonita, honesta e inteligente. E ele amava-a e tinha-a perdido.

Ao fim de algum tempo, que a Vienna pareceu uma eternidade, aproximou-se afagou-lhe a face e sussurrou:

— Que Nossa Senhora te proteja a ti e a essa criança.

Depois deu-lhe a mão e, juntos, dirigiram-se a casa. Era já hora de almoço e os Agrestis estavam sentados à volta da mesa, comendo a sopa fumegante. Viram os olhos brilhantes dos dois jovens e calcularam que estivessem comovidos por se terem reencontrado ao fim de tanto tempo.

Comeram em silêncio. Depois Arturo disse:

— Estou estafado. Vou descansar. Vens comigo? — perguntou a Vienna.

Ela seguiu-o.

Ele estendeu-se na cama e virou-se de lado para não ter de a olhar.

— Amanhã regresso a Turim. Nesta situação já não sei se volto a Vertova, nem quando. Continuarei a enviar-te dinheiro todos os meses, como sempre.

— Não é preciso. Posso trabalhar na fábrica, como as tuas irmãs. Ou voltar para a minha família, na montanha, se preferires — respondeu ela.

— Quando cheguei, a minha mãe perguntou-me se eu tinha uma mulher em Turim. Imagina até que ponto fui estúpido. Porque eu só pensava em ti, trabalhava para nós, para construirmos a nossa casa.

Vienna sentada na beira da cama, não ousava deitar-se ao lado do marido.

— Ouve — prosseguiu ele. — A criança nascerá de sete meses, e será minha. Tu continuas a viver nesta família que te quer bem. Não há mais nada a dizer.

Vienna sentia uma pena profunda pelo marido, mas também por Stefano, que não sabia desta criança. Martina nasceu em janeiro de 1943, quando os alemães capitulavam em Estalinegrado e os russos faziam prisioneiros milhares de homens, muitos dos quais gravemente feridos. O tenente Stefano Ceppi Bruno era um deles.

CAPÍTULO 21

A condessa Ines regressou a Vertova em 1946, no fim da guerra. Em breve os Italianos iriam escolher entre república e monarquia. A economia passava de agrícola a industrial, mas em muitos vales, como Val Seriana, as mudanças processavam-se lentamente.

Ao fim de quatro anos de abandono, a Villa Ceppi manifestava sinais evidentes de degradação e os jardins lindíssimos de outrora eram agora mato.

Ines, que passara os momentos mais difíceis da guerra em Robecco, na casa de Lillina, regressou a Milão depois do Armistício. Já não, ao aristocrático palacete da Via Cusani, arrasado pelas bombas, mas ao apartamento no primeiro andar de um edifício na Via Serbelloni, também ele propriedade da família. As residências históricas dos Ceppi, espalhadas pelos campos da Lombardia, haviam sido ocupadas pelos alemães e abandonadas em péssimas condições. Os nazis roubaram e incendiaram móveis, objetos de adorno, tudo.

Ines decidiu dedicar-se à reconstrução do património da família, que queria deixar ao filho.

Recordava os tempos em que, no fim da Primeira Guerra Mundial, conseguira relançar a tipografia do marido. Tinham passado quase trinta anos, ela ultrapassara já os cinquenta, mas sentia-se ainda cheia de energia. Pensava em Stefano e isso bastava para lhe dar coragem. As últimas cartas que recebera dele vinham de uma terra nas margens do Don, na Rússia. Em 1943 foi dado como desaparecido. Investigações mais atentas revelaram que fora capturado pelos russos.

— Então está vivo — comentou, agarrando-se à esperança, uma vez que todos os dias os comboios traziam de volta à pátria milhares de homens que provinham de campos de prisioneiros.

Regressou, pois, a Vertova, levando consigo Vespino, cada vez mais velho, Tilde, que tinha agora a função de governanta, duas jovens criadas e um motorista.

Mandou chamar Ermellina.

— A senhora condessa vai voltar a viver aqui? — perguntou a mulher.

Ines era ainda uma mulher muito vistosa e Ermellina, ao olhá-la, achou que não seria surpresa vê-la casar-se uma terceira vez. Como que intuindo aqueles pensamentos, Ines esclareceu:

— Nunca mais volto a casar. Só quero abrir e arranjar estes aposentos, limpar o jardim e deixar tudo mais apresentável, para o caso de decidir alugar a casa.

— Já tem alguém em mente? — ousou Ermellina.

— Talvez. Ainda não sei. Vamos ver — rematou a condessa.

Na verdade, esperava alugar a casa ao engenheiro Giovanni Biffi, proprietário da indústria de papel de Val Seriana. As duas mulheres estavam na cozinha, sentadas à mesa.

— Já soube do teu filho — disse Ines, após um instante de silêncio.

Arturo unira-se aos *partigiani* da República das Langhe e fora morto pelos alemães durante uma emboscada. Ocorrera em 1944, depois da libertação de Roma por parte dos Aliados. Arturo fugira de Turim depois de os alemães o terem recrutado para a construção dos *bunkers*, e unira-se a um movimento clandestino de libertação.

— Se tivesse ficado aqui a trabalhar como marceneiro, ainda estava vivo — disse Ermellina à condessa, que retorquiu:

— Devias sentir orgulho em ter um filho que deu a vida pela liberdade. E a pobre Vienna, como está? — quis saber.

— A minha nora é uma pérola rara. Teve uma filha. Agora vive para aquela menina e ajuda-me a governar a casa — explicou.

— Diz-lhe que venha ter comigo. Guardo dela uma boa recordação. E diz-lhe também que me traga a menina, quero dar-lhe um presente.

Para aquela ocasião, a condessa foi a Bérgamo comprar um fio de ouro com uma medalhinha da Virgem, e mandou gravar o nome da criança: Martina.

O restauro da *villa* exigiu muito tempo. Entretanto Ines convidara o engenheiro Biffi já por duas vezes, para tomar café. Ficara viúvo aos cinquenta anos e tinha agora um filho na escola primária.

Os convites reiterados da condessa levaram-no a acreditar que ela tinha intenções matrimoniais e aquela ideia não lhe desagradava de todo.

Ines, pelo contrário, tinha em mente uma coisa completamente diferente. Consumira toda a sua paixão nos braços de Ubaldo, e agora só pretendia passar uma velhice tranquila ao lado de Stefano. Sonhava com o dia em que o voltaria a abraçar, porque o coração lhe assegurava o seu regresso. Elaborava também fantasias sobre a mulher com quem Stefano se casaria e sobre os netos que ambos lhe dariam. Mas por nada deste mundo queria um terceiro marido. Costumava dizer a propósito:

— O amor entre dois jovens é maravilhoso, entre dois velhos é patético.

O objetivo de Ines era levar o industrial a alugar a *villa* e a encarregar-se dos numerosos restauros que eram agora indispensáveis. Ele esperava conquistar o coração da condessa, e ela aproveitar-se da sua carteira. Entretanto mantinha-o preso e enumerava as vantagens daquela *villa,* uma autêntica joia *liberty*.

— Não pode continuar a viver em Clusone, senhor engenheiro. Até porque a sua casa atual não tem categoria. Um belo brasão no portão de entrada tem sempre uma influência positiva nas relações de trabalho. Para além do mais, a Villa Ceppi fica muito perto de Bérgamo. Se eu tivesse toda a atividade que tem por estes vales, não hesitaria por um só minuto.

Ines estava certa de que, mais cedo ou mais tarde, o industrial acabaria por morder o isco. Já alugara outras propriedades da família usando essa mesma técnica.

O contrato de aluguer, onde ficou estipulado que o engenheiro Biffi assumiria por inteiro as despesas do restauro da casa e do jardim, não tardou a ser celebrado.

E só então, apercebendo-se que o engenheiro Biffi ainda esperava que ela o tomasse em consideração como pretendente, Ines o levou até diante de um espelho e disse:

— Olhe para estes dois velhotes: entre nós haverá sempre uma grande e profunda amizade. Nada mais.

Ines fez as malas e preparou-se para partir para Milão com os criados. No domingo de manhã, antes de deixar

Vertova, foi à missa e, ao sair, cruzou-se com Vienna que trazia a menina pela mão. Notoriamente mais magra, tornara-se numa mulher ainda mais bonita. Então Ines lembrou-se da medalhinha de ouro que comprara em Bérgamo.

— Porque não foste ter comigo? A tua sogra não te avisou que eu estava à tua espera? — perguntou-lhe.

Vienna assentiu e corou.

— Tímida e discreta como sempre — comentou a condessa, e depois inclinou-se e observou a menina.

— É a tua filha? — perguntou.

— É a Martina — anuiu Vienna, com o coração cheio de emoção. Não lhe apetecera voltar à Villa Ceppi, onde vivera aquela fantástica história de amor com Stefano e concebera a sua filha. Diante da condessa Ceppi, não conseguiu conter as lágrimas.

— Pobre rapariga — sussurrou Ines, envolvendo-a num olhar de compaixão. — Já soube que perdeste o teu marido. Tu és jovem, e o bom Deus dar-te-á dar um novo companheiro. Eu é que estou velha, e não sei se volto a ver o meu filho — disse, comovida.

Depois inclinou-se para a criança, que tinha os olhos azuis como o céu e os cabelos negros como as asas de um corvo.

Observou-a durante muito tempo, com ternura, e depois reparou:

— Que estranho... a tua filha não se parece contigo. O narizinho, talvez. Mas não tem nada dos Agrestis.

Vienna conteve a respiração. Ines abriu a carteira e tirou a caixinha da ourivesaria com o fio de ouro.

— Toma, querida. Põe isto ao pescoço da tua Martina e que a Virgem a proteja sempre. — Deu meia-volta e afastou-se.

CAPÍTULO 22

Ines estava no apartamento da Via Serbeloni, em Milão, quando recebeu uma comunicação do Ministério das Forças Armadas anunciando o «falecimento do tenente de infantaria Stefano Ceppi Bruno di Calvera, ocorrido num campo de prisioneiros, na Rússia em agosto de 1944».

Com aquela carta, chegou também um baú contendo os objetos pessoais do filho.

Ines abriu o cadeado e levantou a tampa, repetindo, desesperada:

— Não é verdade. Não acredito. Não pode ser verdade!

Viu o boné de ordenança e o capote militar de Stefano. Acariciou-os, ajoelhou-se e enterrou o rosto nos pertences do filho, sem um grito nem uma lágrima, petrificada pela dor.

Quando Tilde entrou na sala, Ines ordenou:

— Manda levar o baú para o meu quarto e que o ponham aos pés da cama.

Fechou a tampa e enfiou a chave do cadeado no cordão que trazia ao pescoço.

Durante dois dias não saiu do quarto, com o coração apertado numa dor que não lhe dava paz. Proibiu quem quer que fosse de ali entrar ou de lhe servir comida. De vez em quando, abria a porta e retirava uma peça de fruta ou uma tigela de sopa do tabuleiro que Tilde pousava no armário do corredor. Passava as horas a chorar, estendida na cama ou de joelhos ao lado do baú.

Ao terceiro dia bateram à porta, e alguém disse:

— Ines, sou eu, deixa-me entrar.

Reconheceu a voz da sua amiga Lillina e abriu.

A condessa Adelaide era agora uma velha senhora, vítima de muitos achaques, mas continuava a ter a mesma vitalidade e espírito de iniciativa. Ofereceu a Ines um longo abraço e sussurrou-lhe:

— Aceita a ajuda de quem te quer bem. E eu, minha querida, gosto muito de ti, como tu bem sabes.

Voltou-se e ordenou a Tilde e à criada, que observavam atónitas à entrada da porta, o quarto em que a condessa se fechara durante dois longos dias:

— Arejem este túmulo e preparem um banho quente e uma chávena de chocolate.

Foi Tilde quem lhe telefonou a pedir que viesse à Via Serbelloni.

Ines e Adelaide Montini passaram o dia a conversar, a chorar e a recordar. Por fim a condessa Adelaide convenceu a amiga a sair de Milão. Na manhã seguinte partiram juntas para a *villa* de Robecco. Lillina obrigou-a a ocupar-se, juntamente com ela, da empresa agrícola e das muitas obras de assistência a que se dedicava. O trabalho, a amizade e o afeto de Lillina, a pouco e pouco, ajudaram Ines a superar a dor pela perda de Stefano.

A primavera acabou. Passou também o verão. Chegou o outono.

— Gostava de voltar para minha casa — disse Ines. Estava uma tarde de nevoeiro e as duas senhoras faziam malha em frente à lareira acesa.

— Já? — exclamou Lillina.

— Não sei se te apercebeste, mas já passaram seis meses desde que aqui cheguei.
— Perfeitamente. E então?
— Tenho de começar a viver.
— Parece-me um excelente propósito.

A lenha crepitava na lareira e as fagulhas dançavam no meio das chamas. O relógio antigo deu as horas num tom solene.

Lillina confecionava um pulôver azul para um dos seus muitos netos. Parou de tricotar, levantou os olhos para a amiga e perguntou-lhe:

— Lembras-te de quando vieste pela primeira vez a esta casa?
— Tinha quase vinte e cinco anos, era viúva e tu consideravas-me a tua *protégée*. Nasceste com um instinto de Cruz Vermelha.
— Estavas tensa como uma corda de violino. Sentias-te atraída e assustada em relação a mim, ao mundo que eu representava. Eras uma flor, um vulcão de vitalidade. O Ubaldo estava apaixonado por ti, tu aproveitaste a oportunidade e, se não me engano, acabaste por amá-lo profundamente.
— Quantos anos, e quantas coisas aconteceram — suspirou Ines. — Aceitei a morte do Ubaldo e, agora, a do Stefano. Fica-me a pena de um neto. Paciência! Foi assim.
— Há um mundo inteiro, lá fora, que precisa de ti — disse Lillina para a reconfortar, mirando através da janela da sala a longa alameda de choupos que naquele momento o feitor percorria com os filhos para regressar a casa. Durante o verão, Ines ajudara aquelas crianças a fazer os deveres de férias.
— Talvez. Mas a verdade, é que sou eu quem preciso do mundo lá fora — garantiu Ines.

Assim que regressou ao apartamento de Milão, mandou transferir o baú de Stefano para o antigo quarto do filho. Teria de passar mais algum tempo até reencontrar forças para o voltar a abrir.

Lançou-se assim com grande tenacidade nas atividades de beneficência, dedicou-se à administração do seu património e reabriu o salão, para receber os amigos, às quintas-feiras à noite.

Quando se sentava à secretária, observava demoradamente a fotografia de Stefano com a farda militar que colocara ao lado do tinteiro de prata. Percorria a forma oval do rosto, os lábios perfeitos, o nariz direito, os olhos azuis daquele filho tão amado.

Um dia, de repente, teve uma sensação curiosa. Aos traços de Stefano sobrepuseram-se outros traços, um pouco confusos, de um rosto infantil. Onde, como e quando vira uma criança parecida com o filho? Tentou recordar, mas a memória não a ajudou. Talvez porque não havia nada para recordar. No entanto, seria uma consolação descobrir que o seu filho continuava a viver em alguém que era parte dele.

CAPÍTULO
23

Vienna era agora o pilar em volta do qual girava a família Agrestis. Os filhos de Ermellina, já adultos, casaram um a seguir ao outro e trabalhavam na marcenaria que se tornava cada vez maior e mais importante. Choviam encomendas para mobilar as várias residências que se construíam em Vertova e nas aldeias próximas. Também os Agrestis ampliaram a casa acrescentando novos quartos e casas de banho. Instalaram ainda um aquecimento central.

— Não é uma *villa* — dizia Ermellina às amigas da aldeia —, mas agora temos todas as comodidades, até uma máquina de lavar. A trabalheira de lavar os lençóis no rio acabou.

Mas continuava a tratar da família com a ajuda de Vienna, que cuidava de tudo e de todos.

Na altura em que Arturo morreu, Vienna manifestou o desejo de se juntar à sua família, na montanha. Os Agrestis, que gostavam muito dela e não a queriam perder, convenceram-na, apelando ao seu bom senso.

— Não pensas no futuro da Martina? Em Vertova há infantário e escola. Se a levares para a montanha, o que vai ser dela?

Na realidade, atormentava-a a ideia de uma filha que usurpava aquele apelido. Causava-lhe estranheza o facto de ninguém reparar o quanto Martina destoava do resto da família. Por outro lado, também temia essa eventualidade, porque a sua história com Stefano deveria permanecer um segredo. Assim tinha decidido com Arturo e assim devia ser.

Às vezes Martina observava a fotografia de Arturo e pedia-lhe:

— Fala-me do meu pai.

— O teu pai era o melhor e o mais bonito homem do mundo — explicava ela.

Enquanto a criança olhava para o retrato de Arturo, Vienna pensava em Stefano. O que aconteceria quando ele visse aquela menina? Não passava um dia sem que Vienna recordasse os poucos e preciosos momentos que viveram juntos.

Entretanto Ermellina voltara a trabalhar durante algumas horas na Villa Ceppi, onde viviam o engenheiro Biffi e o filho, Bruno.

À noite, quando regressava a casa, comentava com a família:

— É mesmo verdade que «não se aprende a ser senhor, nasce-se». Quando lá viviam os condes Ceppi, era outra coisa. O engenheiro é mal-educado, e o filho é como ele.

— Quem te manda ir para lá trabalhar? Não tens necessidade nenhuma — dizia o marido, apoiado pelos filhos. Mas Ermellina considerava o trabalho uma distração à qual não tencionava renunciar, pelo menos naquele momento.

Uma noite regressou a casa com uma notícia terrível. Contou-a quando a família já se encontrava reunida à mesa para o jantar.

— O filho dos condes Ceppi morreu — anunciou. — A condessa Ines recebeu a comunicação oficial do ministério. Foi o engenheiro Biffi que me disse.

Vienna empalideceu e levantou-se da mesa.

— Estou tonta — justificou-se, cambaleando para fora da cozinha. Uma das cunhadas tentou ir atrás, mas ela assegurou: — Não é nada. Vou apanhar um pouco de ar.

Desceu até ao rio e sentou-se numa pedra.

Com a cabeça entre as mãos e chorou, desesperada. O coração dizia-lhe há muito tempo que o pai da sua menina não ia voltar, mas obstinava-se em acreditar naquilo que se dizia na aldeia: que o conde Ceppi estava prisioneiro dos russos. E ela agarrara-se à esperança de o voltar a ver. Mas Stefano estava morto, sem saber que tinha uma filha. Vienna sabia que ninguém a podia reconfortar, aliás, precisava de esconder aquela dor. Molhou a face, recompôs-se e regressou à cozinha.

A família acabara de jantar e só Ermellina permanecia sentada à mesa.

— Deixei-te a sopa no fogão. Como estás?

— Estou bem — respondeu ela, a sorrir.

— És sempre tão calada que eu nunca sei se há alguma coisa que te atormenta — disse ainda Ermellina, preocupada.

— O que acha que me atormenta?

— Nós, mulheres, temos sempre alguma dor secreta — acrescentou Ermellina.

Vienna não fez comentários. Comeu a sopa e depois anunciou:

— Está na hora do terço.

Todas as noites, depois do jantar, a família reunia-se para rezar o terço. Era Ermellina quem conduzia e, naquela noite, entre as almas dos defuntos por quem rezar, acrescentou a de Stefano.

Pouco depois, quando Vienna meteu a filha na cama, disse:

— Esta noite vamos rezar para que o teu pai vele por nós.

Martina pensou na fotografia de Arturo, Vienna no rosto luminoso de Stefano.

HOJE

CAPÍTULO 24

— Velha como sou, trago ainda no coração a dor intacta, como se tudo tivesse acontecido apenas ontem — confessou Vienna. — Enquanto a vossa mãe foi viva, uma parte de Stefano permaneceu comigo. Agora que também ela me deixou, peço ao Senhor que me leve depressa, porque preciso de me juntar a eles. Portanto, agora já sabem por que sempre defendi que a Martina era uma senhora — concluiu.

— Foi por isso que herdou a *villa?* — perguntou Giuliana.

— A *villa* e muito mais — explicou a avó.

— Então alguém da família Ceppi sabia, para além de ti? — interveio Maria.

— A certa altura soube também a condessa Ines. Mas isso é outra longa história. Agora estou cansada e vou dormir.

Vienna abraçou Leandro e as netas e foi para o quarto.

— Quer dizer que eu tenho uma parte de sangue azul — comentou Osvalda, estupefacta.

— És muito parva — deixou escapar Maria. Osvalda, por uma vez, não replicou.

As três irmãs ficaram de tal maneira cativadas pela história da avó que não se aperceberam do cair da noite. E continuava a nevar. Leandro, que escutara paciente as palavras de Vienna apesar de já conhecer a história, perguntou então:

— Que horas são?

— São onze — respondeu Maria: — Tenho de telefonar à Maura. Os meus filhos estão em casa dela. — Tentou usar o telemóvel sem êxito, o que a irritou.

— Vamos para casa? — propôs Osvalda às irmãs.

As três mulheres e Leandro dirigiram-se para a saída. O médico abriu a porta da rua e foi abalroado pela neve que se acumulara à entrada.

— Estamos isolados — constatou, enquanto observava, do outro lado da rua, os automóveis cobertos de neve como bolos com *chantilly*.

— Mas nós não podemos ficar aqui! — disse Giuliana, alarmada.

— Fechem a porta, porque senão congelamos — pediu Maria.

Giuliana tentou sair mas ficou presa na neve até aos joelhos. Reentrou em casa com dificuldade e sacudiu as calças.

— Meninas, eu vou dormir — anunciou Leandro, que conhecia bem aquela velha casa. Avançou pelo corredor e entrou no quarto que ocupava com Martina quando ficavam a dormir com Vienna. Afastou a colcha de lã e estendeu-se em cima da cama, vestido. Estava cansado e sentia-se só, desesperado e doía-lhe o corpo. Tapou-se com a coberta e esperou adormecer.

As três irmãs regressaram à cozinha, cada uma ruminando os seus próprios pensamentos.

— O telefone da avó também não funciona. Não posso falar com os meus filhos — disse Maria, preocupada.

— Os teus filhos devem estar ótimos — tranquilizou-a Giuliana.

— Hoje de manhã deixei as janelas do rés do chão entreabertas. Nem sei que desastre ali vou encontrar — lamentou-se Osvalda.

Estavam de novo sentadas à volta da mesa a depenicar uns biscoitos.

— Estou morta de cansaço. Demasiadas emoções, todas ao mesmo tempo. Nem sei se chore ou se tente dormir, mas sei que não quero passar a noite na cozinha, sentada nesta cadeira — afirmou Giuliana, levantando-se.

— Para onde vais? — perguntou Osvalda.

— Para o quarto dos tios.

Era um quarto com uma grande cama de casal, sobre a qual Giuliana se deixou cair. As irmãs, que a tinham seguido, estenderam-se ali também.

— Está frio aqui dentro — observou Maria.

— Já sabes que a avó corta nas despesas e desliga o aquecimento nos sítios onde não é preciso — observou Osvalda. Encontraram um cobertor de lã com o qual se taparam.

— Estou quase contente por ter ficado bloqueada. Não me apetecia nada dormir sozinha naquela casa esta noite — confessou ainda Osvalda, sufocando um bocejo.

— Vocês já viram a avó? Quem diria que guardava um segredo destes? — perguntou Maria.

— O avô Arturo não era o nosso avô. Era o Stefano Ceppi. Alguma vez vimos uma fotografia dele? — perguntou Giuliana. — Será verdade que era assim tão bonito?

— Chamamo-nos todas Agrestis e não temos sequer uma pinga do sangue deles! Para além disso, temos três pais diferentes — atestou Maria. E precisou: — Pelo menos, eu casei-me, e os meus filhos são legítimos.

— E foi só sarilhos — retorquiu Osvalda.

— Uma vez a mãe contou-me que tinha passado metade da vida metida em confusões e a outra metade a tentar superá-las — recordou Giuliana.

— Viveu como quis, desafiando todos os preconceitos e, no fim, casou com o homem que amara desde sempre. Nós bem podemos esquecer porque um homem como o Leandro nunca vamos encontrar — afirmou Maria. Naquele momento, entre a vigília e o sono, surgiu na sua mente a figura de Raul Draghi, o farmacêutico. Viu-o de bata branca, com o rosto severo e meigo, o trato de cavalheiro de antigamente. E a pensar nele adormeceu. Foi acordada pelo raspar das pás, do lado de fora da janela de onde provinha uma luz leitosa.

Deslizou para fora da cama onde Osvalda e Giuliana continuavam a dormir. Saiu do quarto em bicos de pés e entrou na casa de banho. Num cabide de madeira estavam penduradas toalhas de linho branco com uma franja comprida e bordadas a vermelho. Abriu o pequeno armário ao lado do espelho e encontrou uma série de escovas de dentes descartáveis. Nas embalagens podia ler-se os nomes dos hotéis de onde haviam sido trazidas.

— Giuliana — sussurrou. Era ela quem as dava a Vienna quando regressava das suas viagens, e a avó conservava-as para «qualquer eventualidade», como costumava dizer. *Aqui está a eventualidade,* pensou Maria.

Na cozinha encontrou Leandro a fazer sopas de leite. Tinha os olhos vincados e as faces veladas pela barba por fazer. A avó acendia o fogão para a cafeteira. Naquela grande cozinha sentia-se um calor envolvente e íntimo. Maria beijou a avó na face e sorriu a Leandro.

— Já repuseram as linhas telefónicas e lá fora estão a retirar a neve — comunicou o médico.

— Que pena — sussurrou Maria, sentando-se à mesa. Pensou como seria bom esquecer-se de tudo e parar o tempo naquele aposento quente e silencioso.

— Que pena? — perguntou Leandro.

— Senti-me bem aqui, ontem ao serão e esta noite. Sinto-me bem convosco e com as minhas irmãs. Sinto-me bem na companhia de um passado que não conhecia. É como quando era pequena e descobria uma coisa nova. Era uma sensação de encantamento que me provocava um formigueiro, no peito. Gosto muito de vocês — declarou com o seu sorriso límpido.

— E há ainda muitas coisas que vocês não sabem — disse a avó, enquanto deitava café numa tigela.

— Mais cedo ou mais tarde, vais-nos contar — disse Maria, acrescentando leite quente ao café.

— Mais cedo ou mais tarde — repetiu Vienna, levantando os olhos para Osvalda e Giuliana que vinham a entrar na cozinha. — Mais cedo ou mais tarde vou ter também de ler o testamento da Martina. Há anos que o tenho guardado na gaveta da cómoda e nunca pensei que tivesse de o fazer, porque uma mãe nunca devia enterrar uma filha. Depois de me ter levado Stefano, o Senhor podia ter-me poupado a tamanha infelicidade.

CAPÍTULO
25

Maria demorou mais do que o habitual no chuveiro, debaixo da água quente, enquanto os filhos travavam uma guerra de almofadas em cima da sua cama. Aquelas gargalhadas reconfortavam-na, porque eram a síntese da alegria de viver, que era também a sua, apesar da dor pela perda da mãe.

Decidiu que chegara o momento de refazer a sua vida, porque era isso que Martina gostaria que fizesse.

A mãe surgia-lhe constantemente nos pensamentos. Fizera-lhe companhia no regresso de Vertova, enquanto respondia às perguntas dos filhos e também agora, no duche. Uma mãe singular que brincava, ria e chorava com ela, quando era pequena, que a levava à descoberta dos bosques na montanha, que lhe ensinava os nomes dos pássaros e das plantas, que lhe falava dos duendes que moravam nas velhas árvores, que se entusiasmava com as suas primeiras histórias amorosas e que lhe dizia: «Que bonito, conta-me tudo, porque eu sou louca por histórias de amor.» Uma mãe que passava o tempo todo com ela e com Osvalda, ao contrário das outras mães forçadas a trabalhar o dia inteiro.

Às vezes, partia subitamente e regressava ao fim de um dia ou de um mês carregada de prendas e de felicidade, enquanto a avó abanava a cabeça e dizia: «A minha Martina é assim. É pegar ou largar.» E Maria pensava: *Eu adoro-a.*

Ouviu-se um barulho ensurdecedor, seguido de um silêncio irreal. Sobressaltada Maria embrulhou-se numa toalha e precipitou-se em direção ao quarto de Pietro, que acabara de atirar ao chão o precioso camiseiro do século XIX, prenda de casamento de Giuliana. O rapaz olhou para ela, atónito.

— Hoje é véspera de Natal e esta noite o menino Jesus não se vai lembrar de ti — ameaçou-o, enquanto levantava o móvel a muito custo para verificar a extensão dos danos.

— Queres dizer que não nos vais dar os presentes que escondeste em cima do armário? — perguntou Pietro. Do quarto ao lado chegou uma espécie de assobio.

— Oh meu Deus! A Elisabetta não está bem. O *Ventilan*, depressa! Onde está o *Ventilan?* — gritou Maria, apressando-se em direção ao quarto da filha que, assustando-se com o barulho, reagira com a habitual crise de asma. — Deixo-vos num orfanato — ameaçou-os, enquanto aplicava o medicamento na garganta da filha.

Elisabetta, envergonhada, conseguiu recuperar o fôlego, relaxou, readquiriu alguma cor e sorriu. Maria abraçou-a e anunciou:

— Agora tenho de me vestir para ir trabalhar.

Regressou à casa de banho, secou o cabelo e tirou do armário um creme ótimo para depois do banho que a mãe lhe oferecera e que nunca o usara. Decidida a tratar de si, animou o rosto com um pouco de maquilhagem. Depois vestiu-se, beijou os filhos e relembrou-os:

— Só mais umas horas, e logo à noite temos festa! — Sorria ao olhar as suas caras espertas e deliciosas. Já se esquecera dos estragos causados naquela preciosa peça de antiquário.

— Puseste perfume? — perguntou Elisabetta, espantada.
— Sim, porquê, fiz mal?
— Fazes-me lembrar a avó Martina — sussurrou Elisabetta. A mãe não a ouviu. Já descia as escadas a correr.
— Eu nunca vi um Natal assim — comentou Maura, quando Maria chegou ao quiosque. — Vendemos quase tudo — acrescentou, apontando para as prateleiras já vazias. Havia sobrado algumas plantas em vasos, as rosas vermelhas mais caras e uma dezena de arranjos mistos de flores secas e frescas. O marido de Maura, que atendia os clientes, suspirou de alívio ao ver Maria. O frio e a neve derretida não impediam o fluxo de clientes ansiosos por fazer as últimas compras.
— A partir deste momento, está tudo a metade do preço — anunciou Maria às pessoas que aguardavam ser atendidas. E voltando-se para Maura: — Muito obrigada por tudo.
— Puseste perfume? — perguntou a amiga, baixinho.
— Olha outra! É assim tão estranho que uma mulher ponha perfume?
— É, tratando-se de ti... — murmurou Maura, enquanto confecionava um ramo de rosas que acabava de vender.
— Vou dizer-te a verdade: foi a minha mãe que mo ofereceu — explicou Maria, com um suspiro.
Quando os últimos clientes abandonaram a loja, Maura anunciou-lhe:
— Preparei uma pequena ceia lá em casa. Não me perguntes como consegui. Espero-te mais logo com os teus filhos.
Eram quase oito da noite quando fecharam o quiosque.

— Vou a casa buscar os miúdos — disse Maria, afastando-se para pouco depois se deter e perguntar: — Foi mesmo o farmacêutico quem fez as entregas?

— Trabalhou que nem um louco. A propósito, também o convidei para esta noite — respondeu a amiga, com um sorriso malicioso.

CAPÍTULO 26

O avião sobrevoava uma infinita extensão de fofas nuvens brancas. Giuliana baixou a cortina, porque a luz do Sol que entrava pela janela lhe feria os olhos. Conseguira arranjar um voo para Roma. Ela que era tão segura, forte e vital, estava agora encolhida no assento e sentia-se fraca, só e indefesa.

Sempre considerara Martina como uma mãe inatingível e incompreensível. Só agora se dava conta do quanto fora importante a presença da mãe em todos os momentos da sua vida. A perda de Martina provocara-lhe uma espécie de vertigem, como quando era pequena e a mãe a agarrava pelos pulsos e a fazia girar às voltas, até levantá-la do chão. Então Martina parava, abraçavam-se, e a mãe dizia: «Estou tonta. Não fazemos mais esta brincadeira.» Mas voltavam a repeti-la.

Às vezes, depois de um dia de passeios e de brincadeiras, Giuliana dizia: «Mãe, tenho fome.» Martina arregalava os olhos azuis como o céu. «A sério?», exclamava. «Juro», garantia. «Oh, que distraída! E o que te vou dar?», perguntava. Abria o frigorífico e perguntava com um ar aflito: «O que te posso arranjar?». «Mãe, mas tu não tens fome?», perguntava Giuliana. «Claro! Sobretudo se pensar numa boa chávena de chocolate quente», respondia. O chocolate era a única coisa que Martina sabia preparar. Para além, como é evidente, das saladas com atum de conserva, ou das fatias de pão torrado com queijos variados.

Quando Giuliana fez dez anos, a mãe tinha vinte e cinco e, juntas, pareciam duas raparigas. Trauteavam as canções do festival de Sanremo, aprendiam as novas danças e brincavam às cabeleireiras. Era habitual Martina dar-lhe a mão e determinar:

— Vamos à igreja falar um bocadinho com o Senhor.

A avó Vienna zangava-se com Martina pela maneira como educava a filha.

— Vais fazer dela uma vagabunda como tu — dizia-lhe.

Martina abraçava-a e replicava:

— Não é assim tão mau como isso, levar uma vida errante.

E Giuliana, acabou por escolher uma profissão que lhe permitia viver como uma nómada. Tinha um apartamento em Roma, mas passava lá pouquíssimo tempo porque, como costumava dizer, a casa dela era o mundo. Como todas as atrizes de teatro, saltava de uma cidade para outra, de um hotel para outro, com a ligeireza de uma borboleta. E com a mesma ligeireza entretecera histórias de amor breves e exaltantes, incluindo a atual com um homem muito mais novo do que ela. Sabia que aquela relação com Stefano era absurda, mas podia dar-se ao luxo daquela aventura porque tinha um pilar importante na sua vida: a mãe. Que agora a abandonara.

— Fazes-me tanta falta — sussurrou, ao mesmo tempo que o avião iniciava a descida sobre a capital.

Já no aeroporto ligou o telemóvel e telefonou à filha.

— Onde estás? — perguntou-lhe.

— Aterrei agora mesmo — respondeu Giuliana.

— Eu já estou em casa — anunciou Camilla, que, umas horas antes, combinara encontrar-se com ela em Roma, evitando-lhe uma viagem a Londres.

— Vemo-nos daqui a pouco.

Dora abriu a porta de casa e disse a Giuliana:

— Os meus sentimentos, minha senhora.

A notícia da morte de Martina, mãe da grande atriz de teatro que o público venerava, espalhara-se rapidamente e o telefone tocava sem parar.

— O telefone não tem parado — comunicou-lhe a criada, enquanto a ajudava a despir o casaco.

— Não atendas — ordenou Giuliana, dirigindo-se ao quarto da filha.

Camilla foi ao seu encontro e refugiou-se nos braços da mãe.

— Eu gostava muito da avó Martina — disse, contendo as lágrimas.

— Eu sei. Também estou muito triste — respondeu a mãe. Agarrou-a pela mão e foram sentar-se no sofá da sala.

— Quero ver a bisavó — anunciou Camilla, referindo-se a Vienna.

— Iremos ter com ela logo que seja possível — garantiu Giuliana, pensando que, nessa ocasião, lhe contaria a história de Martina.

Camilla quis saber pormenores daquela morte súbita.

— Um enfarte. Sempre nos preocupámos com aquelas dores de cabeça, mas afinal o verdadeiro problema era o coração — explicou Giuliana. E recordou como as enxaquecas de Martina haviam sido o fio condutor da sua existência.

Em pequena, a mãe dizia-lhe muitas vezes: «Agora deixa-me um bocadinho sossegada.» Tomava uma aspirina e fechava-se no quarto, às escuras. Se ela fizesse barulho, a avó intervinha. «Vai lá para fora brincar e não incomodes a tua mãe», recomendava-lhe. E Giuliana perguntava: «Porque é que a mãe tem sempre dores de cabeça? Eu também vou ter, quando for grande?» «Não, só ela é que tem, porque é especial», respondia Vienna. «Porque nasceu de sete meses, não foi?», perguntava Giuliana. Em Vertova toda a gente sabia que Martina nascera de sete meses, e quando herdou uma fortuna comentaram: «Pois é, quem nasce de sete meses tem muita sorte na vida.» Giuliana sabia agora que isso não era verdade, mas guardou para si aquelas considerações e lastimou:

— Não vamos ter um Natal muito alegre.

— E eu, ainda por cima, não estou propriamente a atravessar uma fase cintilante — confessou Camilla.

— O que se passa? — perguntou Giuliana, preocupada com a afirmação da filha.

— Acabei com o meu namorado. Sabes, estava a ficar demasiado possessivo e preciso do meu espaço — explicou. Camilla mantinha há um ano uma relação com um jovem cabeleireiro romano a viver em Londres, para aprender inglês e cortes de Além-Mancha. Giuliana assustou-se.

— Será que estás...
— Grávida?

A mãe anuiu. Fugir de um homem carregando um filho no ventre estava na linha da tradição familiar.

— Não sei — disse Camilla, deixando-a sem fôlego.

CAPÍTULO 27

Osvalda passou várias horas a enxugar o soalho da grande sala do rés do chão onde, ao regressar a casa, encontrara vários montes de neve que tinham entrado pelas portas envidraçadas entreabertas. Limpava, chorava e recordava a história da sua família. Talvez tivesse sido melhor não saber de nada. Se a mãe não o divulgara, lá teria as suas razões não valia a pena falar mais no assunto.

Naquele momento apercebeu-se de que aquela era a sala que outrora havia sido transformada no quarto do conde Ubaldo Ceppi Bruno di Calavera.

Giuliana herdara o carácter estouvado do bisavô e a beleza do avô Stefano. O dinamismo da bisavó Ines, por sua vez, fora herdado por Maria. E ela? Que traços de carácter adquirira dos Ceppi? Não se reconhecia em nenhum deles. Desagradava-lhe ter de o admitir, mas decerto só corria nela sangue da avó Vienna.

Entretanto o telefone continuava a tocar. Ligavam os Agrestis que viviam em Bérgamo, as gentes da aldeia e os amigos, os seus alunos e as mães. Osvalda tinha de explicar a todos o porquê de o funeral ter sido realizado em segredo:

— Apenas respeitámos a vontade da mãe — repetia, continuando a não estar de acordo com aquilo que considerava ser uma decisão arbitrária da avó, apoiada pelas palermas das irmãs.

Depois telefonou Galeazzo Bigoni, o seu assíduo admirador.

— Sinto muito, por ti e pela tua família — disse, simplesmente.

Osvalda recomeçou a chorar.

— Aqui na terra diz-se que a tua mãe casou com o professor Bertola — revelou.

— Infringindo a sua regra, de não querer um marido — explicou ela, em soluços.

— Vou ter contigo — decidiu Galeazzo.

— Não! — exclamou. Mas ele não ouviu aquela recusa, porque já tinha desligado.

Como o chão custava a secar, ligou o aquecimento no máximo. Ao soltar um espirro resmungou: «Estourada como estou, só me faltava mesmo uma constipação.»

Subiu ao primeiro andar, entrou na casa de banho, encheu a banheira de água muito quente e mergulhou até ao pescoço.

De entre os seus alunos, que tivera ao longo dos anos, alguns eram órfãos de mãe. Mimava-os mais do que aos outros. Mas só agora sabia o que significava não ter mãe. Sem Martina, a sua vida desmoronava-se como uma parede velha fragilizada pela pancada de uma picareta. Cimentara o futuro naquele convívio, justificando a sua fixação mórbida pela mãe como uma necessidade de ajudar aquela mulher tão desatinada. Mas agora sabia que Martina não necessitava de proteção. Enquanto ela, Osvalda, era uma pessoa frágil, insegura, sempre assustada.

Recordou uma ocasião, em pequena, na qual fora ter com a mãe ao pomar e descobrira-a empoleirada numa figueira. Martina apanhava os frutos carnudos e pousava-os com delicadeza num cestinho que tinha enfiado no braço.

— Mamã, eu também quero apanhar figos — disse Osvalda, olhando para cima.

— Anda ter comigo — sugeriu Martina.

— Tenho medo de me magoar — respondeu Osvalda.

— Se não trepares não podes saber como é, e vais continuar com medo — disse a mãe. Tomou-a pela mão e incitou: — Anda, sobe. Agarra-te a mim.

Osvalda confiava na mãe e deixou que ela a ajudasse a trepar pelo tronco. Mas quando ficou a meio metro do solo assustou-se e começou a gritar:

— Socorro, socorro! Põe-me no chão!

Martina ajudou-a a descer, abraçou-a e gracejou:

— És uma medricas como o teu pai, minha pequenina.

— Porque é que o meu pai tem medo? — perguntou ela, curiosa.

— Porque é como todos os homens. Comportam-se como se fossem portos seguros onde nos podemos refugiar e depois revelam-se como realmente são: apenas uns meninos assustados — explicou Martina, sorrindo.

No entanto, também Martina se rendera ao matrimónio. Talvez Leandro fosse diferente dos outros homens. Mas então porque a mãe guardara segredo em relação ao marido? Por medo de que ela ficasse com ciúmes? Quanto mais meditava sobre a vida de Martina mais misteriosa lhe parecia. *E se não houvesse nada para perceber?*, perguntou a si mesma, saíndo da banheira ao toque insistente da campainha.

Enfiou um roupão, saiu para o corredor e carregou no botão que abria a porta da entrada. Depois debruçou-se nas escadas e viu Galeazzo embrulhado numa capa de lã com um cachecol à volta do pescoço.

— Estou aqui — disse Osvalda. Ele levantou os olhos.

— Também eu estou aqui — respondeu ele.

— Sobe — sugeriu. Ele libertou-se do agasalho e começou a subir as escadas, enquanto ela se refugiava no quarto, enfiando-se debaixo do edredão.

Galeazzo assomou à porta.

— O que estás a fazer?

— Passei de um banho quente ao calor da cama. Assim espero neutralizar o princípio de uma constipação. É uma receita da minha mãe — explicou, cobrindo-se até ao queixo.

Ele ficou ali, especado aos pés da cama, sem saber se havia de sorrir ou de se mostrar pesaroso por aquele luto recente. Prevaleceu o sorriso em relação àquela situação inesperada.

— Estás cómica — disse com meiguice.

— Estou um farrapo — confessou, baixando os olhos cheios de lágrimas.

Sentiu o toque ligeiro de uma carícia na cabeça. Galeazzo sentara-se na beira da cama e sorria-lhe com ternura.

— Posso estender-me ao pé de ti, se me deres espaço — sussurrou ele.

Ela afastou-se e ele deslizou para junto dela.

Era já noite quando Osvalda pousou os pés no tapete e sentiu um arrepio, porque estava nua. Sorriu ao pensar naquilo que acontecera debaixo do edredão macio e quente, abraçada ao primeiro homem da sua vida.

— Precisava de chegar aos trinta anos para descobrir o amor — disse a Galeazzo, enquanto vestia um roupão.

— Temos a vida inteira para recuperar — garantiu ele, da cama.

— É incrível! Ninguém nos incomodou.
— Óbvio! Desliguei o telefone — confessou, candidamente, enquanto a convidava a voltar para junto dele.

Osvalda abrigou-se de novo no corpo daquele homem e o seu coração apaziguou: *Era isto que a mãe desejava para mim. Tinha razão.*

CAPÍTULO

28

Só ao entrar na cozinha é que Vienna se apercebeu de que Leandro e as três netas haviam passado a noite em sua casa. Tinha-lhe sabido bem tomar o pequeno-almoço com eles.

Depois de todos partirem, arrumou os quartos, ignorando o telefone que insistia a tocar. Finalmente preparou um café duplo, forte e bem açucarado como gostava. Aproximou-se da janela, segurando na mão a chávena quente e perfumada, e começou a bebericar o café, observando para lá dos vidros a paisagem coberta de neve que aclarava o céu opaco e tingia de chumbo a água impetuosa do rio. Da caleira da casa desciam pequenas estalactites de gelo. Decidiu esperar que a temperatura subisse antes de sair para fazer umas compras no minimercado da rua, para evitar o risco de escorregar. Bebeu o café até à última gota. Foi ao quarto, abriu o armário e pousou em cima da cama a caixa que Martina lhe oferecera no dia do seu aniversário. Abriu-a e ficou a admirar a beleza daquela roupa interior tão requintada.

Recordou o dia em que, cinco anos antes, a filha se apresentara em sua casa com Leandro e lhe contara:

— Mãe, casámo-nos.

Uma maçã partida ao meio, cogitou então, porque Martina era muito parecida com o pai. A mesma figura esguia, a mesma graça nos gestos e a mesma beleza.

Trazia vestido um *tailleur* cor de nata de uma caxemira macia que lhe realçava o corpo magro. Os sapatos de dois tons, nata e bege, de salto alto, sublinhavam-lhe as pernas delgadas, compridas como as de uma gazela. Vienna pensou: *Meu Deus, como é fina e delicada a minha Martina.*

Leandro, ao lado dela, era a imagem da felicidade. Estendeu-lhe um grande ramo de peónias brancas, dizendo:

— Trouxemos-te as flores que mais gostas.

— Casaram às escondidas? — perguntou Vienna.

— Claro, e vai continuar a ser um segredo — respondeu Martina, com coqueteria.

— Porquê?

— Sabes, mãe, se tivéssemos vinte anos... mas na nossa idade!

— E tu, concordaste? — perguntou a Leandro.

— Eu concordo sempre com a Martina — respondeu o médico com um ar inocente. — A tua filha tem de ser encarada tal como é. De resto, também a conheces.

— Não quero mexericos e, sobretudo, quero evitar que a pobre da Osvalda faça disto uma tragédia — explicou Martina.

— Mais cedo ou mais tarde acabará por saber — comentou Vienna.

— Aquela rapariga é a minha cruz: a Giuliana e a Maria têm a vida delas. Mas ela só me tem a mim. Por isso mais vale não saber, pelo menos por enquanto. E se ninguém souber, também ela não saberá — concluiu Martina.

— Só me pergunto por que não se casaram quando tinham vinte anos. Até porque sei muito bem que sempre gostaram um do outro — desabafou Vienna: — Que Deus vos abençoe e vos conceda muitos anos para passarem juntos.

— Mas Deus concedera-lhes poucos, pouquíssimos.

— É terrível para uma mãe enterrar a própria filha — sussurrou agora, acariciando a prenda de anos que Osvalda tinha asperamente criticado.

E sorriu, dizendo, como se falasse com a filha:

— A Osvalda tem razão. Eu sou uma montanhesa, devias ter-me comprado um roupão de lã. Mas fico feliz por não o teres feito.

O telefone continuava a tocar e Vienna não atendia. Quando soou a campainha da porta, foi obrigada a abrir.

Entraram Lilly e Giusy, filhas dos cunhados que viviam em Bérgamo, num edifício antigo restaurado por arquitetos da moda.

Vienna não teve outro remédio senão deixá-las entrar em casa.

— É véspera de Natal, temos um monte de coisas para fazer, e fomos obrigadas a largar tudo e correr até aqui, porque tu não atendes o telefone — começou Lilly.

— Já sabes que sou meio surda. É claro que não ouvi — mentiu Vienna.

As duas mulheres apressaram-se a explicar a dor que sentiam pela perda de Martina e a ansiedade que as trouxera até ali, por causa do silêncio de Vienna e das três netas.

Vienna conhecia a subtil maledicência da família Agrestis em relação a ela e a Martina.

Os Agrestis eram trabalhadores dedicados e tinham arduamente conquistado o seu atual bem-estar. Mas não perdoavam a Vienna aquela filha que, sem trabalho, ganhara a *villa* mais bonita da povoação bem como uma conspícua conta bancária, de um doador desconhecido. E, sobretudo, não perdoavam a Martina o facto de ter sido sempre tão diferente deles, tanto nos traços como nos comportamentos. Martina era um mistério que ninguém tinha conseguido descobrir.

Vienna desculpou-se e disse:

— Agradeço a vossa preocupação comigo. Mas agora, por favor, deixem-me só. A minha filha já nos deixou e eu preciso de a chorar em paz.

Lilly e Giusy foram obrigadas a render-se, embora tivessem preferido o ritual do luto, como era costume na aldeia. Achavam que a tia Vienna sempre fora uma excêntrica, uma intelectual que lia romances e poemas.

— Tia, amanhã é Natal e viremos todos a Vertova. Vamos juntos ao cemitério visitar a Martina e depois levamos-te para Bérgamo, porque queremos que passes o Natal com a família.

— Agradeço-vos, mas prefiro ficar em casa sozinha, e passar o Natal com a minha Martina. Assim como eu respeitei a vontade da minha filha, que não quis ninguém no funeral além de mim, das filhas e do marido, peço-vos que respeitem este meu desejo. — Deu-se conta demasiado tarde de que dissera uma palavra a mais.

— Então é verdade que a Martina se casou com o professor Bertola! — exclamou Lilly.

Agora estava feito. Um esclarecimento poderia pelo menos calar os outros mexericos.

— A Martina e o Leandro estavam casados há anos mas ninguém, para além de mim, sabia. Como vocês sempre disseram, a minha filha era um mundo misterioso. Agora, por favor, vão sossegar o resto da família. Eu estou bem e desejo-vos um bom Natal.

Não hesitaram em desaparecer dali. Tinham muito de que falar entre elas e com todos os outros Agrestis.

Vienna sorriu perante a ideia daquele mar de parentes que, reunidos na ceia de Natal, em vez de criticar o recheio dos *ravioli* ou do capão, iam ter como alvo os segredos de Vienna, da filha, das netas e também os da casa Bertola, um apelido que, só de ser pronunciado, suscitava respeito.

Vienna foi às compras. Quando regressou a casa, estendeu sobre a mesa uma bonita toalha de renda onde colocou uma jarra com flores frescas e uma fotografia da filha tirada no dia da primeira comunhão. Depois abriu o álbum de fotografias, que reunia imagens de Martina desde o tempo em que andava de fraldas até à última, tirada por Leandro no dia em que lhe declarara o seu amor. Começou a folheá-lo e recordou o encontro com a condessa Ines, numa manhã de verão.

ONTEM

CAPÍTULO 29

A condessa Ines chegou a Vertova e entrou no pátio barulhento da casa dos Agrestis. Apresentou-se ao fim da manhã, quando as mulheres da família estavam na fábrica ou a fazer as compras na aldeia e os homens trabalhavam na oficina de marcenaria. O ruído das serras elétricas, das plainas, dos tornos, dos pregos batidos com martelo, misturavam-se com os gritos das crianças, todas pequenas, que rolavam em cima de um monte de feno. Entretanto, Vienna, a fada do lar, preparava o almoço para a família.

As crianças viram aquela estranha de figura austera, vestido de seda mais preto do que azul, chapéu de ráfia de aba larga, e calaram-se de imediato. Ela observou-os um a um com curiosidade. E identificou Martina. Então sorriu-lhe. Vienna, apreensiva com aquele silêncio repentino das crianças, filhas dos cunhados e das cunhadas e entregues aos seus cuidados, surgiu à porta da cozinha. Reconheceu a condessa e foi ao seu encontro sentindo o acelerar das batidas do coração.

— Bom dia, senhora condessa — cumprimentou-a.

— Bom dia, querida — retorquiu Ines, que continuava a observar Martina.

— Não estávamos à espera da sua visita — esclareceu Vienna.

— Passei aqui por acaso e resolvi parar para te cumprimentar — explicou. — Tantas crianças — acrescentou, estendendo o sorriso a todos eles.

Vienna chamou a filha para junto de si e disse-lhe:

— Esta é a senhora que te ofereceu a medalhinha que trazes ao pescoço.

Martina rodeou, com uns braços ternos, as pernas da mãe e escondeu o rosto atrás das pregas da saia.

— Não fiques envergonhada. Agradece à senhora condessa.

— Obrigada — sussurrou Martina, presenteando a visitante com um olhar curioso.

As outras crianças, recomeçaram a brincadeira.

— Vejo que estás de boa saúde — disse Ines a Vienna.

— Graças a Deus — respondeu Vienna. — Posso ser-lhe útil?

— Como disse, passei por acaso — repetiu a condessa, hesitante, com o olhar fixo em Martina, que continuava agarrada à mãe. — A tua menina é muito bonita.

— E também é boa aluna — afirmou Vienna, orgulhosa.

— Quero que vás à *villa* logo ao fim da tarde — pediu Ines.

Os Biffi tinham alugado a Villa Ceppi, mas não a ocupavam inteiramente. Ines mantivera alguns aposentos, nos quais conservava os quadros, as pratas, os tapetes, a roupa de casa e alguns móveis antigos de grande valor. Ocasionalmente ia a Vertova trazer ou levar alguma coisa, e também verificar o estado em que os Biffi conservavam a casa. Mas nunca acontecera chegar em pleno verão depois de os Biffi fecharem a *villa,* para partirem de férias.

— Diz à tua sogra que te pedi ajuda para pôr as minhas coisas em ordem — sugeriu-lhe.

Vienna preferiu não se questionar demasiado a propósito daquele estranho convite e foi à *villa* depois do pôr do sol, quando a família já tinha jantado e as crianças estavam na cama.

— Mãe, o que aquela senhora quer de ti? — perguntou Martina, depois de ter feito as suas orações.

— Quer que a ajude a pôr as coisas dela em ordem — explicou Vienna.

— Porquê tu?

— Há muito tempo, antes de tu nasceres, a mãe trabalhou na casa dela. Já te tinha contado isso. Conheço a casa melhor do que a condessa Ines.

— A avó Ermellina também a conhece.

— Mas a senhora pediu-me a mim.

Martina não parecia convencida em relação àquele compromisso que lhe levava a mãe.

— Eu volto cedo — garantiu Vienna.

Ines abriu-lhe o portão da *villa* e conduziu-a pelo caminho da entrada até à varanda das traseiras, onde havia uns divãs e umas poltronas de bambu. Numa mesinha estavam dois copos e um jarro de limonada fresca.

— Senta-te, Vienna — convidou a condessa.

Usava um vestidinho sem mangas. Vienna reparou nos braços magros. As rugas haviam-lhe cavado sulcos profundos no rosto.

— Há umas semanas abri o baú que há anos arrumei num quarto. Contém os objetos pessoais do Stefano, que o ministério me devolveu após a comunicação da sua morte. Precisei de deixar passar algum tempo para ganhar coragem e ver aquelas coisas. Há roupas, objetos de *toilette*, os livros de que nunca se separava, os binóculos que o pai lhe oferecera, a máquina fotográfica e um maço de cartas dirigidas a ti e que nunca foram enviadas — explicou, emocionada.

Vienna agarrou-se aos braços da poltrona, esforçando-se por não chorar.

— Foi um rasgo de luz na escuridão. Lembrei-me imediatamente do dia em que nos encontrámos no adro da igreja e vi a tua menina. Fiquei impressionada com aqueles olhos azuis, idênticos aos do meu filho. — Fez uma pausa e depois perguntou: — Porque não soube de nada?

Vienna não respondeu. Um nó de comoção apertava-lhe a garganta, impedindo-a de falar.

— Uma outra mulher, certamente, teria avançado com exigências. Mas tu calaste-te. Imagino o que sofreste ao saber da morte de Stefano na guerra. Enquanto eu podia mostrar a toda a gente a minha dor e deixar que me reconfortassem, tu sofreste em silêncio. Porque não me disseste nada?

— Era uma mulher casada. Quando o meu marido soube da gravidez, assumiu a paternidade. Para toda a gente, incluindo a família Agrestis, a Martina nasceu de sete meses e é filha do Arturo. O meu marido quis que fosse assim, e assim foi — explicou Vienna, com a voz destroçada pelo choro e com o pensamento nas cartas de que a condessa lhe falara e que ela tanto desejava ler.

— Alguma vez pensaste que a tua filha também é minha neta? Que é sangue do meu sangue? — perguntou Ines, com ternura.

— Se o Stefano tivesse regressado da guerra e a senhora condessa descobrisse que tínhamos uma filha, tê-la-ia recebido de braços abertos? Ou não teria antes desejado que a mãe da menina não lhe arranjasse complicações, porque o seu filho estava destinado a um casamento com alguém da mesma condição social?

— Agora percebo por que razão o meu filho se apaixonou por ti. És uma mulher especial, Vienna.

— Então deixe-nos em paz, até por respeito à família Agrestis, que me recebeu como uma filha. À Martina não falta nada, cresce no meio de gente honesta, tem uma infância tranquila. Não nos complique a vida — pediu serena, mas firme.

— Nestas semanas atormentei-me com mil e uma perguntas, antes de me decidir a procurar-te. Peço-te que reconsideres que na Martina eu revejo o meu filho, uma parte do Stefano revive nela. Será assim tão pouco razoável o meu desejo de a querer ver crescer? Ele morreu, a filha dele está aqui, a poucos passos de mim, e eu não a posso abraçar.

— Senhora condessa, eu amei o Stefano mais do que pode imaginar. Sabia que a nossa história não teria futuro, mas conservo-a intacta e secreta no meu coração e revivo-a na Martina.

Lágrimas silenciosas caíam pelo rosto de Ines, a lua de agosto afagava as sombras do jardim, um ouriço saiu da toca e atravessou o saibro branco do caminho, o campanário da Assunta espalhava os toques das horas e da estrada, para lá do muro, chegaram as gargalhadas felizes de um grupo de jovens que por ali passava.

— Tenho aqui as cartas que o meu filho não te pôde enviar. São tuas — disse, indicando o embrulho atado com um fio que estava pousado em cima da mesa.

— Guarde-as, senhora condessa. Estaria a faltar ao respeito dos Agrestis e à memória do Arturo se ficasse com elas — assegurou Vienna, levantando-se, imitada por Ines.

Vienna pousou-lhe uma mão no ombro.

— Coragem — sussurrou. — A vida dá-nos mais dores do que alegrias.

— Tu, pelo menos, tens a Martina — disse Ines, apertando-lhe a mão.

— E a senhora tem as suas recordações — concluiu a jovem.

Ao regressar a casa, viu que toda a gente dormia, incluindo a sua menina. Vienna agradeceu ao céu por aquele silêncio.

CAPÍTULO 30

As crianças de Vertova que, depois da escola primária, prosseguiam os estudos, tinham de ir para Clusone frequentar o liceu.

A professora dissera a Vienna:

— A tua filha tem vontade de estudar. Vou prepará-la para o exame de admissão ao liceu, se estiveres de acordo.

— Está bem — respondeu Vienna, orgulhosa dos bons resultados da filha.

Martina passou com distinção no exame e, todas as manhãs, apanhava o comboio que a levava a Clusone. Com ela ia Leandro Bertola, o único dos colegas de escola que se matriculara no liceu.

Quando acabou a guerra, a família Bertola regressou a Bérgamo, ao palácio da família. Em Vertova, na *villa* do século XIX, ficaram os avós e o filho mais novo do doutor Pietro, Leandro.

Em Bérgamo, no pós-guerra, as desordens eram frequentes, e os pais decidiram deixá-lo na aldeia com os avós até que fosse obrigado a continuar os seus estudos na cidade.

Martina e Leandro tinham andado na mesma sala durante toda a primária, mas estavam agora em duas turmas diferentes, embora fossem e viessem juntos da escola. No comboio sentavam-se ao lado um do outro, trocavam cromos de atores e futebolistas, comparavam os trabalhos de casa, criticavam os professores, dividindo-os entre parciais e imparciais. Os dois, nas respetivas áreas, eram os melhores alunos das suas turmas e sentiam-se orgulhosos por deterem essa supremacia.

No Natal e na Páscoa, Leandro ia de carro com os avós para Bérgamo. No verão ia para a praia e mandava um postal a Martina, que ficava em Vertova.

Para Martina, as férias de verão eram deprimentes, porque não sabia o que fazer. Despachava os trabalhos de férias em poucos dias e depois deambulava pela casa até que Vienna se decidia a levá-la para a montanha, para casa dos avós. Mas depressa se aborrecia também ali, sentia a falta da mãe e pedia para voltar para casa.

Nessas ocasiões queixava-se:

— Os meus colegas vão para a praia, e eu tenho de ficar em Vertova.

— Que colegas? — perguntava Vienna.

— O Leandro, por exemplo.

— Esses são senhores. Nós não nos podemos dar a esse luxo.

— Então manda-me para a colónia de férias. Eu gostava de ir.

— Eu já te conheço. Indisciplinada e irrequieta como és, fugias ao fim de dois dias.

Martina sabia que a mãe tinha razão. De vez em quando, à noite, Vienna levava-a ao cinema paroquial, ao ar livre, a ver filmes a preto e branco que nunca chegavam ao fim, porque a fita partia. Ao domingo, com alguma frequência, apanhavam o comboio e iam a Bérgamo comer um gelado, sentadas a uma mesinha do Bar Centrale.

Martina reclamava:

— Se dependesse de mim, abolia as férias de verão.

Mas nunca aboliria as férias de Natal, quando o avô e os tios fechavam a marcenaria, as máquinas se calavam e ficavam todos juntos, no meio de muita alegria. Com o Natal, chegava também o embrulho da condessa.

Desde sempre, os condes Ceppi ofereciam o *panettone* e o espumante aos criados.

A condessa Ines mantivera a tradição, mesmo depois de se mudar para Milão, apesar de os criados não continuarem ao seu serviço.

Ermellina e Vienna recebiam dois embrulhos distintos que, após o fim da guerra, continham também tabletes de torrão e chocolate, caixas de rebuçados, frasquinhos de mel e creme de *gianduia*, frutos coloridos de massa de amêndoa, tâmaras e frutos secos. Martina não era gulosa, mas toda aquela abundância enchia-a de alegria. Zangava-se com os primos, que se atiravam aos doces e, uma vez que era a mais velha deles todos, distribuía raspanetes e sapatadas. Por vezes a condessa enfiava nos embrulhos algum pequeno presente mais pessoal: uma écharpe, um par de luvas, uma caixa de lenços de mão ou de meias de *nylon*.

A partir do Natal em que Martina completou os sete anos, logo após Vienna ter falado com a condessa, Ermellina passou a encontrar também no seu embrulho um envelope com uma conspícua soma em dinheiro e um bilhete em que Ines explicava que aquilo se destinava às necessidades de todas as crianças Agrestis.

A família vivia agora mais desafogadamente, porque o trabalho da marcenaria aumentara e obtinha maiores lucros. Mas aquele dinheiro era sempre bem-vindo. Ermellina dividia equitativamente o dinheiro entre os pais dos seus netos e encarregava Vienna, que era a mais instruída da família, de escrever uma carta de agradecimento. Vienna sabia que aquele dinheiro, na realidade, se destinava sobretudo a Martina e apreciava a discrição da condessa, que não a queria deixar atrapalhada.

Com a soma que Ermellina lhe entregava, Vienna partia para Bérgamo com a filha e vestia-a da cabeça aos pés, dizendo-lhe:

— Quando fores grande, vais ter de agradecer pessoalmente à senhora condessa.

Uma vez, com aquele dinheiro, Vienna comprou-lhe um casaco forrado de pele de coelho. Martina estreou-o na manhã de Natal e pavoneou-se durante a missa.

Quando, no primeiro dia de escola do terceiro ano de liceu, Martina e Leandro se reencontraram no comboio, o rapaz pasmou de admiração, porque a amiga crescera muito durante o verão. Estava mais bonita, e ele disse-lho.

— Tive um febrão medonho. Fiquei muitos dias na cama e, quando me levantei, estava mais alta — explicou.

— Estás mais alta do que eu — observou ele, aborrecido.

— Tu também vais crescer — garantiu ela.

— Vou mas é ficar um taco como o meu pai.

A mudança de Martina devia-se ao facto de ter tido as primeiras regras durante o verão. Mas não o disse ao companheiro de escola. Quem soube foi o pai de Leandro, a quem Vienna levou Martina para uma consulta.

— A minha menina de vez em quando queixa-se de dores de cabeça, sobretudo quando está para vir a menstruação.

O doutor Pietro observou-a e sentenciou:

— Está sã como um pero. Não a trates mais por menina, ela já é uma mulher. É linda como o sol e em breve vais ter de usar a vassoura para afastar os pretendentes. Dá-lhe uma aspirina quando estiver com enxaqueca.

— Estás parecida com a Ava Gardner, mas és mais bonita do que ela — confessou Leandro, corando. Martina sorriu, satisfeita, porque gostava do amigo e achava que ele também gostava muito dela.

Na escola, Leandro começou a procurá-la nos intervalos, quando todos os alunos desciam para o recreio. Os colegas, apercebendo-se da sintonia que existia entre os dois, começaram a tratá-los por *os namorados*. Quando o ouviram pela primeira vez, Martina e Leandro zangaram-se muito.

De regresso a Vertova, sentados um ao lado do outro, permaneceram em silêncio. Depois Leandro deixou de a procurar e Martina não fez nada para se aproximar dele. Ele gostaria de lhe ter dito que não se interessava pelos comentários dos colegas, que lhe bastava vê-la para que o coração partisse a galope. Ela tinha vontade de lhe dizer o mesmo, mas ficaram os dois calados e passaram a evitar-se.

No fim do ano letivo, porém, Leandro convidou-a para um lanche no jardim da Villa Bertola.

— Também lá vão estar as minhas duas irmãs e alguns amigos. Se fores, fico contente.

Martina aceitou o convite. Ia já a meio da alameda do jardim quando Leandro a viu e ficou sem fôlego, tal era a sua beleza. Trazia um vestidinho de piqué rosa-velho e pintinhas azuis com o corpo justo e a saia larga. Calçava umas sandálias de couro que lhe realçavam as pernas compridas e finas. Uma fita de veludo azul segurava uma cascata de cabelos negros e ondulados. Tinha um passo medido e uma postura elegante e desenvolta. Parecia uma princesa. Leandro ficou de tal maneira ofuscado que, em vez de ir ao encontro dela, corou vistosamente, baixou os olhos e continuou a falar com um amigo, sem sequer se dar conta do que dizia.

Havia uma grande confusão no relvado em frente à *villa*. De um gramofone chegava a todo o volume a voz de Bill Halley a cantar *Rock around the Clock* e as irmãs de Leandro e as amigas dançavam com os rapazes mais velhos, que Martina não conhecia. Mas reconheceu Bruno, o filho do engenheiro Biffi, que andava no sétimo ano do liceu e se mexia como um acrobata ao ritmo do *rock*.

Quando a irmã mais velha de Leandro, Delia Bertola, viu Martina, perguntou a Bruno Biffi, com quem dançava:

— De onde veio esta maravilha?

— Nunca a vi — respondeu ele, visivelmente impressionado com a rapariga que acabava de chegar.

Foi o doutor Pietro Bertola quem a recebeu:

— Olá, Martina! Fizeste bem em vir.

— O Leandro convidou-me — esclareceu, intimidada com aquele grupo de jovens desconhecidos.

— Leandro, está aqui a tua amiga — gritou o médico, para se fazer ouvir por cima do barulho da música.

Vencendo a timidez, Leandro decidiu-se a ir ter com ela.

— Colega de escola — precisou em voz alta, para que não houvesse equívocos sobre aquela relação. E não teria havido se tivesse evitado aquele sublinhado. Ao dizê-lo, o doutor Bertola e a mulher repararam no rubor de Leandro, nos olhares atrapalhados dos dois jovens, e concluíram que devia existir alguma simpatia entre eles. Para os tirar daquele embaraço, a jovem *signorina* Bertola rodeou afetuosamente os ombros de Martina e pediu-lhe notícias da família.

— Estão todos bem, obrigada — respondeu ela.
— E as tuas dores de cabeça? — perguntou o médico.
— Já não são tão frequentes — disse.
— Quando sentires que a dor está para chegar, toma logo uma aspirina com muita água mas, atenção, nunca com o estômago vazio. A aspirina é um remédio excelente — reforçou o médico, convencido de que a enxaqueca de Martina era de origem psicossomática.

Pietro Bertola sempre achara que Martina não era uma Agrestis. No seu tempo, quando tratava o conde Ubaldo, não lhe escapara o entendimento que existia entre Stefano e a bela Vienna. Fora ele quem ajudara a menina a nascer e apercebera-se logo de que não era um bebé de sete meses. Para além disso, Martina sempre fora diferente da família cujo apelido possuía e a enxaqueca podia ser a somatização de um mal-estar de que não tinha consciência.

— Leandro, apresenta a tua colega aos vossos amigos — sugeriu a *signorina* Bertola.
— Não é preciso. Já toda a gente reparou nela — resmungou. Sentia-se inquieto ao lado de Martina pensando no quanto fora estúpido ao convidá-la para aquela festa cheia de rapazes mais velhos, que agora faziam de tudo para chamar a atenção da amiga.

Um deles aproximou-se e convidou-a para dançar.
— Não sou capaz — desculpou-se Martina.
— Eu ensino-te — ofereceu-se o rapaz.
— Ia sentir-me ridícula — confessou, crendo que Leandro repararia na sua falta de jeito.

Bruno Biffi avançou e perguntou a Leandro:
— Quantos anos tem a tua colega?

— Porque lhe perguntas a ele? Achas que eu não sou capaz de responder? — interveio Martina com agressividade.

— Era só para meter conversa — disse Bruno. E disparou: — Dezasseis? Dezassete?

— Tem menos do que tu, que tens mais de vinte anos e ainda andas no sétimo ano do liceu — atacou Leandro, irritado com a intromissão de Bruno.

Bruno ignorou aquelas palavras, deu-lhe um toque com o cotovelo e sussurrou-lhe:

— Para mim, é uma bela maçã, pronta para ser colhida.

— Então atira-te a ela — provocou Leandro, apercebendo-se de toda a sua inépcia de rapazinho perante um adulto descarado e seguro de si.

Bruno atirou-se a ela. Para Leandro, a festa acabou naquele momento, e só por sua culpa. Deixou os convidados, entrou em casa e fechou-se no quarto, sentindo-se profundamente infeliz.

CAPÍTULO
31

Todas as manhãs, de madrugada, Martina apanhava o comboio para Bérgamo. Frequentava agora o Liceu Paolo Scarpi e sentia-se muito compenetrada no seu papel de aluna modelo, depois de ter sido gabada pelos novos professores pelos resultados obtidos no ano anterior. Em Vertova eram poucas as raparigas da sua idade que frequentavam a escola, na cidade. Com ela andava a filha do farmacêutico, que estava no quinto ano do liceu, Bruno Biffi, que estava a repetir o sétimo, e Carmine Gurrado, o filho do comandante da polícia, inscrito no quarto ano.

Às vezes, naquele comboio que levava para a cidade estudantes e trabalhadores, viajava também *don* Angelo, o pároco, que ia conversar com o bispo, e Luigi Nalocchi, o filho do padeiro, que andava em Ciências e tinha a alcunha de *Luigina* porque era um sujeito alto e seco, com um grande nariz, uma voz rouca, gestos efeminados e um temperamento irascível. Preferia andar com as raparigas, sentindo mais afinidades com elas, e olhava de lado para os homens, sobretudo quando eram bonitos. Bruno Biffi era a sua paixão e não conseguia escondê-lo. Bruno gozava-o muitíssimo. Luigi corava e depois sussurrava:

— Quem desdenha quer comprar.

Luigi descobrira em Martina, a quem Bruno fazia assiduamente a corte desde o lanche em casa dos Bertola, um motivo para o provocar e atrair a atenção dele sobre si próprio.

Bruno reagia dizendo a Martina:

— Se aquele fulano não deixa de se armar em cretino, ainda apanha uma carga de pancada. — Acendia um cigarro e falava-lhe das suas aventuras sentimentais e desportivas.

Quando chegavam a Bérgamo, os estudantes avançavam apressados pela Viale Roma para apanhar a rua que, entre moradias e jardins, levava à parte alta da cidade, onde ficava o liceu.

Às vezes *don* Angelo passava ao lado dos dois jovens e dizia em voz alta para Martina:

— Fica longe do Bruno, que é um mandrião.

Este parecia orgulhoso daquela fama.

— Eu cá pego nas mulheres, dou cabo delas e deito-as fora — afirmava.

Bruno Biffi era o ídolo das colegas de Martina, que eram doidas por ele e que a detestavam a ela, a menina bonita do terceiro ano que andava sempre agarrada ao rapaz. Leandro, que se roía de ciúmes, odiava Bruno. Martina, que não tinha esquecido a afronta no jardim de Vertova, quando Leandro, depois de a ter convidado, a deixou ali pendurada, procurava por todos os meios chamar a sua atenção quando estava com Bruno e se cruzava com ele no átrio ou nas escadas da escola. Leandro fazia os possíveis por ignorá-la ou fingir indiferença, mas sofria atrozmente.

Um dia Martina viu-o afastar-se da escola abraçado a uma colega chamada Valentina que pertencia a uma família rica de Bérgamo. Aproximou-se deles e, ao passar por Leandro, disse-lhe:

— Que pena!

— Que pena o quê? — perguntou ele.

— Tu seres um mentiroso encartado — provocou ela, e seguiu o seu caminho de cabeça erguida.

Leandro foi atrás dela, agarrou-a por um braço e interpelou-a com um ar furibundo.

— Explica-me porque sou um mentiroso.

— Das duas, uma: ou me mentias a mim, ou lhe mentes a ela — respondeu, e fugiu a correr.

Ele corou, odiou-a e decidiu que ia deixar de cumprimentá-la.

A colega, que assistira à cena, constatou:

— Pouco faltou para lhe dares uma tareia. Pareceu-me até uma discussão de apaixonados.

— Eu, apaixonado por aquela? És mesmo parva — declarou, furioso.

Martina estava igualmente furibunda e, durante alguns dias, tratou muito mal quem lhe dirigia a palavra.

Quando a mãe tentou indagar sobre aquele mau humor, explodiu numa cena de histeria.

— Tu andas a espiar-me! Toda a gente nesta casa me espia! Pensas que não dei conta? Chega, estou farta de vos aturar — gritou, no meio de um pranto.

As tias e os tios aconselharam Vienna:

— Tem paciência. A pobre da rapariga cresceu sem pai.

Eram todos muito afetuosos com ela. Martina, no entanto, via-os como inimigos.

Concentrou-se nos estudos e, quando se sentava à mesa da cozinha para fazer os trabalhos de casa, a mãe ordenava aos mais novos:

— Não façam barulho, porque a Martina está a estudar.

Na realidade, a ela bastava-lhe memorizar as lições dos professores, durante o tempo de aulas, para ser a aluna mais brilhante da turma. Em casa, despachava rapidamente os deveres e depois lia. Françoise Sagan, Vasco Pratolini, Tolstoi, procurando, talvez, as respostas para a sua inquietação e descontentamento. Também Vienna não era feliz, porque a filha era muito complicada e ela não sabia como lidar com isso. Olhava quase com inveja para os filhos dos cunhados, todos alunos pouco brilhantes, mas decerto com temperamentos mais simples do que o da filha.

Naquele Natal, Martina ignorou até o monumental presente da condessa Ines e recusou-se a enviar-lhe o habitual bilhete de agradecimento que agora lhe cabia a si redigir.

— É uma idade difícil — comentava a velha Ermellina que, atingida por uma artrite reumatismal, passava os dias sentada numa poltrona a fazer malha.

— Porque não é como os outros? — perguntou-lhe Vienna.

Ermellina suspirou profundamente e respondeu:

— A tua filha é um cisne, os outros são uns patinhos.

Vienna ficou calada, absorvida nos seus pensamentos.

Numa manhã de janeiro, depois das festas, a condessa Ceppi apresentou-se em casa dos Agrestis.

Ermellina estava sentada na sua poltrona, na sala, e pediu desculpa por não se conseguir levantar. Vienna convidou a condessa a sentar-se no sofá e sentou-se ao seu lado.

— Vendi a *villa* — anunciou a condessa.

— Ao engenheiro Biffi? — perguntou Ermellina.

— Não. A uma sociedade suíça.

— E o engenheiro? — perguntou Vienna.

— Vai lá ficar até arranjar um outro sítio para morar. De qualquer maneira ainda temos alguns meses.

Depois falou de Vespino, que morrera em casa, e de Tilde que, pobrezinha, sofria de cancro e estava no hospital.

— É muito triste ficar velho, senhora condessa — suspirou Ermellina, apresentando o rol de todos os seus males.

— O problema é que ninguém quer morrer com saúde — tentou brincar Ines. Depois voltou-se para Vienna e disse: — Não queres vir comigo à *villa* para me ajudares a empacotar uns pratos?

Vienna achou que a condessa queria falar de Martina e preparou-se para ir atrás dela.

Saíram juntas e o motorista, que as esperava na rua, levou-as de carro até à Villa Ceppi.

Ines conduziu Vienna através dos aposentos que não tinha alugado, mandou-a entrar numa pequena sala e, depois de se instalarem em dois cadeirões de veludo, disse:

— A sociedade suíça é minha. Constituí-a para que a tua filha receba de uma forma anónima o meu património, quando eu já cá não estiver. Ainda tens a certeza que queres continuar a guardar segredo sobre a paternidade da minha neta?

— A Martina já me dá problemas que cheguem. Imagine se ela descobria que é filha de Stefano Ceppi. Nem pensar nisso — replicou Vienna, decidida.

— Que problemas é que ela te dá? É linda como o sol e ótima na escola — interrompeu-a Ines.

— Como sabe? — perguntou Vienna, curiosa.

— Tenho as minhas fontes de informação. E depois vou a Bérgamo quase todas as semanas espiá-la, quando sai da escola. É igual ao meu filho. E eu sou uma avó que nem sequer a pode abraçar — lamentou-se. E acrescentou: — Ela nunca te pergunta pelo pai?

— Fazia-o quando era pequena e eu mostrava-lhe as fotografias do Arturo. Quando tiver superado estes anos complicados, conto-lhe a verdade.

— És mais teimosa que uma mula e estás a fazer a Martina perder a oportunidade de viver num ambiente mais estimulante, mais próprio para ela.

— Não me vai fazer mudar de opinião. De qualquer maneira, agradeço-lhe muito pelo dinheiro que nos manda todos os anos. Quanto à herança, preferia que a minha filha não a recebesse.

— Isso é um assunto meu e não te diz respeito. Agora ajuda-me a encher umas caixas. Tenho pouca coisa para levar e preciso de fazer esta pantomina por causa da tua mania dos segredos — resmungou.

Embalaram um serviço de pratos, enquanto conversavam sobre banalidades.

Antes de chamar o motorista para levar Vienna a casa, Ines disse-lhe:

— Arranja maneira de manter a Martina afastada do filho do Biffi.

— Porquê? — perguntou Vienna, alarmada.

— É um inútil, e isso só por si nem fazia mal nenhum porque o mundo está cheio de cabeças ocas. Mas, para além disso, aquele rapaz não me convence — preveniu-a.

Vienna foi-se embora com mais uma preocupação.

CAPÍTULO 32

Martina bateu energicamente à porta da sacristia e acordou *don* Angelo, que estava a fazer a sesta. Ele foi à janela, reconheceu Martina e perguntou-lhe:

— O que queres?

— Queria ir à igreja rezar, mas está fechada — disse ela. — Por favor, *don* Angelo, abra-me a porta, peço-lhe.

Pouco depois, o padre abriu a porta lateral e deixou-a entrar.

— Já sabes que a igreja só abre às quatro horas — ralhou-lhe, com bonomia. Tinha a túnica desabotoada, o colarinho de lado e os poucos cabelos, pretos e brancos, formavam uma risca no crânio brilhante.

Martina sorriu-lhe e disse:

— Desculpe-me, mas preciso de falar com o Senhor, imediatamente — e avançou pela nave central da igreja.

O homem juntou as mãos, levantou os olhos ao céu pedindo:

— Meu Deus, tem paciência para a ouvires e para a ajudares.

Atravessou a nave, inclinou-se diante do altar-mor e desapareceu na sacristia. Martina ajoelhou-se diante da imagem de Jesus e ficou durante algum tempo a admirar a sua beleza. Depois sentou-se num banco, escondeu a cara entre as mãos e sussurrou:

— Querido Senhor, fiz uma grande asneira. E tu sabes, porque sabes tudo. E agora, como saio desta?

Calou-se, como se estivesse à espera de uma resposta. Levantou os olhos para o rosto de Jesus e prosseguiu:

— Porque me abandonaste? Porque tu não estavas com certeza no carro do Bruno com os Platters a cantar o *Only You*, enquanto nós fazíamos amor. E agora estou grávida.

Aquela lindíssima imagem de Jesus olhava para ela com benevolência e sorria-lhe. Martina baixou a cabeça e começou a chorar. *Don* Angelo, depois de se ter arranjado, voltou à igreja e ficou preocupado ao ver Martina tão desesperada.

Pensou no dia em que, com palavras veladas, alertara Vienna a propósito das conversas que ouvira sobre Martina e Bruno Biffi.

Ela perguntara-lhe:

— O que devo fazer? Fechá-la em casa?

— Eu não disse isso.

— Segui-la como se fosse um polícia?

— A propósito de polícias, eu no teu lugar ia trocar duas palavras com o comandante Gurrado — sugeriu-lhe o pároco.

Don Angelo aproximou-se de Martina e fez-lhe uma festa na cabeça, para a animar.

— Podia sempre casar com ele — murmurou Martina, a olhar para o pároco.

Don Angelo, alarmado, perguntou-lhe:

— Queres dizer que podias casar-te ou que deves casar-te?

Ela hesitou, e depois sussurrou:

— Devia casar-me — respondeu, e correu para fora da igreja a chorar.

Chegou a casa, refugiou-se nos braços de Vienna e contou-lhe tudo.

Vienna ouviu-a e angustiou-se:

— As culpas das mães acabam sempre por cair em cima dos filhos.

— O que tens a ver com isso?

— É uma história longa e difícil. Quando fores mais velha, conto-ta. Agora és apenas uma menina, apesar de teres corpo de mulher.

— Achas que eu devia casar com o Bruno? — perguntou a filha, com uma voz hesitante.

— Não sei, minha pequenina — respondeu a mãe, em voz baixa.

Depois da conversa com *don* Angelo, e recordando também as palavras da condessa Ceppi, Vienna foi mesmo ter com o comandante da polícia e, em grande segredo, expôs-lhe os seus cuidados quanto à relação da filha com Bruno Biffi. O comandante Gurrado serenara-a:

— *Signora* Agrestis, se eu fosse a si, não me preocupava. O jovem Biffi é um pouco... um pouco... — Com os dedos, fez um gesto esclarecedor.

— É um pouco... — repetiu Vienna, estupefacta, ao entender o significado daquele gesto.

— Exato. Arma-se em fanfarrão com as mulheres mas... entende-se com um jovem da terra.

— *A Luigina?* O filho do padeiro?

— Eu não disse nada, *signora* Agrestis. De qualquer maneira, para bom entendedor...

Todo aquele dizer e não dizer deixou-a mais tranquila.

Agora perguntava a si mesma se tinha interpretado mal os gestos do comandante. Em todo o caso, disse a Martina:

— Vai para o teu quarto e espera por mim. Eu tenho de sair — e foi ter com o comandante Gurrado.

— E se eu lhe dissesse que o jovem Biffi também se armou em fanfarrão com a minha filha, para além do que seria legítimo, o senhor fazia-me outra vez aquele gesto com os dedos? — perguntou-lhe de um só fôlego.

— Se me dissesse uma coisa dessas, eu ficava muito aborrecido. Mas, sempre no campo das hipóteses, o que me diria a senhora se uma patrulha minha tivesse surpreendido a altas horas da noite o tal jovem em, digamos assim, colóquio íntimo com quem nós sabemos? — replicou o comandante.

— Diria que é um pervertido — exclamou Vienna.

— Ora, precisamente. Dá para os dois lados.

— Isto, senhor comandante, não me tinha dito.

— Isto, *signora* Agrestis, eu não sabia. Sabia de um lado, mas não sabia do outro. Sinto muito.

Vienna regressou a casa com o coração apertado. Sabia que a filha era menor e que Bruno Biffi era obrigado a casar-se com ela. Mas com que coragem entregaria Martina a um pervertido?

A gravidez de Martina em breve estaria na boca de toda a gente, e não só ela, como também os Agrestis, iam sofrer com isso. Podia levá-la à cidade, a uma parteira que interrompesse a gravidez. Mais do que uma rapariga, na aldeia, tinha recorrido àquele remédio. Mas pareceu-lhe uma ideia aterradora. O aborto, pensou, é o pior dos delitos, porque é efetuado sobre uma alma que não tem nenhuma possibilidade de se defender. Então agarrou-se a uma esperança: talvez Martina não estivesse grávida. Encontrou-a a chorar, estendida na cama.

Vienna começou a acariciar-lhe os ombros.

— Tens mesmo a certeza da gravidez? — perguntou-lhe.

— Há dois meses que não me vem o período.

— Pode ser um problema passageiro.

— Os enjoos também? As tias vomitam sempre quando estão grávidas — disse Martina, lavada em lágrimas.

— E isso resolve a questão — concluiu Vienna. Depois acrescentou: — O Bruno sabe?

— Ainda não.

— Sê sincera: queres casar com ele?

A esta pergunta, Martina desatou a soluçar.

— Eu não estou apaixonada pelo Bruno, nem sequer gosto nada dele. Estive com ele uma só vez e não quero voltar a estar — confessou, desesperada.

— Então porque fizeste isso? — perguntou Vienna, com dureza.

— Não sei, não sei explicar. Fi-lo porque estava tremendamente infeliz e não queria saber de nada — explicou, a soluçar.

— Faz-se amor com o homem por quem se está apaixonada, e está-se na disposição de carregar com as consequências. Porque um filho é o maior presente que uma mulher pode oferecer a si própria — afirmou Vienna, com um tom seco. E acrescentou: — Arranja maneira de o Bruno nunca vir a saber.

— Vai ver-me com uma grande barriga — disse Martina, a chorar.

— Não te vai ver, porque tu não voltas à escola e ele não vai continuar a viver em Vertova. Não te disse que está a mudar de casa? A condessa Ceppi vendeu a *villa* — e naquele momento Vienna teve uma ideia.

CAPÍTULO 33

Na família a que Vienna e a filha pertenciam sabia-se e discutia-se sobre tudo e todos. O problema de cada um tornava-se o problema de todos. A gravidez de Martina não podia ser escondida. Vienna sentiu necessidade de um conselho respeitável e esclarecido antes de falar com os Agrestis.

— Vamos ter de falar com a condessa Ceppi. Ela saberá indicar-nos o que é melhor — anunciou a Martina.

— O que a condessa tem a ver com isto? — perguntou.

— Eu confio nela. Tu, confia em mim — respondeu Vienna. E de seguida telefonou a Ines para lhe pedir que a recebesse.

A condessa estava na praia, na Ligúria, em casa da sua velha amiga Adelaide Montini.

— A Martina meteu-se em sarilhos. Talvez a senhora nos possa ajudar — disse Vienna, simplesmente.

— Vou já mandar o meu motorista a Vertova. Venham cá ter, a San Michele, e conversamos — propôs Ines, sem hesitações.

Vienna ficou assustada.

— Um motorista, aqui? Não quero mexericos, até porque a seguir já vai haver que chegue.

Assim, o motorista foi buscá-las à estação de Milão e levou-as à *villa* de San Michele, abrigada num promontório rochoso a pique sobre o mar.

Ines estava à espera delas e foi ao seu encontro, ao longo da alameda bordejada de sebes de oleandros em flor.

Viu a neta, abraçou-a com uma alegria que lhe explodia no coração e exclamou:

— Martina, estás um espanto!

— Senhora condessa, acho que vai mudar de opinião muito em breve — sussurrou Martina.

— Não acredito, de todo — insistiu Ines, ao mesmo tempo que lhe dava umas pancadinhas afetuosas no ombro. Nada podia quebrar a felicidade de estar ao lado da filha de Stefano.

Deu o braço a Vienna e entrou em casa com as duas hóspedes, dizendo:

— Devem estar cansadas. Precisam de descansar um pouco e não pensar em mais nada, porque há remédio para tudo.

Aquelas palavras foram um bálsamo para a inquietação de Vienna, que ficou convencida de ter feito a escolha acertada ao procurar a condessa.

— Vão refrescar-se. Depois falamos — insistiu Ines radiante, porque depois de ter esperado tanto, era-lhe por fim reconhecido um papel na vida da neta.

Pouco depois, Ines e Vienna ficaram sozinhas numa salinha que dava para o mar e Vienna contou-lhe tudo.

— Vai ser um escândalo! A minha filha vai ser apontada por toda a gente da aldeia. Não tem futuro. Está arruinada — concluiu, lavada em lágrimas.

— Aquilo que as pessoas pensam ou dizem, a nós não nos interessa — começou Ines, que a tinha escutado sem interromper. — Uma vez que o aborto está fora de questão e que o casamento com aquele Biffi não é desejável, não nos resta senão enfrentar a situação de cabeça erguida. Lembra-te que a tua filha é uma Ceppi, e os Ceppi nunca derramam lágrimas sobre si mesmos — sentenciou. Depois elaborou um plano com Vienna.

Enquanto as duas mulheres estavam fechadas na sala, Martina vagueava pelos aposentos daquela residência antiga que revelava, sem ostentação, o poder e a solidez de quem a habitava. Pensou que ela, na realidade, não sabia onde se situar, sentindo-se pouco à-vontade quer com os Agrestis, quer com as famílias importantes.

Quando era jovem, não considerava a diferença social entre ela e Leandro. Agora, pelo contrário, dava-se conta de que existia um muro que a separava do mundo dos senhores. Neste muro, abrira algumas brechas: primeiro com Leandro, depois com Bruno Biffi, e agora com a condessa Ceppi. Leandro afastara-se dela, Bruno revelara-se um canalha, e com a condessa as coisas não iam correr melhor.

Entrou no jardim, pelo meio de grandes tufos de agaves floridas, muros de buganvílias, manchas de alfazema e hortênsias. Olhou para o mar, encostada a uma balaustrada de pedra, e entregou-se à carícia do vento. O padre e a mãe achavam que ela se metera num sarilho por causa do filho que crescia no seu ventre. Mas seria mesmo um sarilho, aquela criança? Era, com certeza, porque ela não tinha marido.

— Mas ele, coitadinho, que culpa tem? A mãe tem razão, ele é um presente maravilhoso — sussurrou, e afagou o ventre com ternura. Pela primeira vez pensava concretamente no filho e sentiu que o amava imensamente.

Este sentimento fê-la sentir-se importante. Ela pertencia ao filho e o filho pertencia-lhe a ela. Tudo o resto não tinha qualquer significado.

Voltou a subir os degraus da *villa,* entrou no átrio e cruzou-se com uma senhora idosa que caminhava lentamente com a ajuda de uma bengala.

— Tu és a Martina — cumprimentou-a a senhora, enquanto a observava com atenção. E acrescentou, dedicando-lhe um sorriso afetuoso: — Mas é claro, não podes ser senão tu.

A rapariga não soube o que dizer e limitou-se a apertar-lhe a mão com um ar atrapalhado.

— Eu sou a Lillina, a amiga da Ines. — Ia dizer: «A amiga da tua avó», porque aquela rapariga era mesmo o retrato de Stefano.

— A sua casa é muito bonita e agradeço-lhe muito a sua hospitalidade — disse Martina.

Naquele momento Ines apareceu à porta da sala e chamou-a.

— Dá-me licença? — despediu-se Martina.

Adelaide Montini continuou em direção ao jardim, ao mesmo tempo que a porta da sala se fechava.

— Senta-te e ouve — disse a condessa Ines à neta.

Não estava com muita curiosidade em saber o que a mãe e Ines Ceppi haviam dito uma à outra. Sentia no peito um formigueiro agradável, o desejo de sorrir à vida. Sabe-se lá como, depois de tantos dias de choro, de repente sentia-se feliz. Esforçou-se de alguma maneira por assumir uma atitude compungida.

— A senhora condessa ofereceu-se para te receber em sua casa, para tratar de ti durante a gravidez e para te permitir continuar a estudar, de forma a que não percas o ano — explicou Vienna, sucintamente.

— É uma proposta muito generosa — disse Martina. Depois voltou-se para Vienna: — E tu, mãe, estás de acordo?

— Mais do que de acordo — respondeu Vienna.

Naquele momento o coração de Ines exultou de felicidade. Fora preciso um grande sarilho para ter finalmente consigo o sangue do seu sangue.

Martina pensou que a sorte, personificada naquela senhora tão rica e tão só, decidira que ela devia mover-se na esfera social oposta à dos Agrestis. Mas será que se ia sentir bem naquele mundo a que aspirava, mas ao qual não pertencia?

Fez essa pergunta à condessa, que garantiu:

— Aqui as pessoas habituam-se imediatamente aos outros, acredita.

Enquanto falavam, Martina observava uma fotografia emoldurada, colocada bem à vista sobre o tampo de uma escrivaninha. Retratava a condessa vestida com um elegante *tailleur* claro, os olhos levemente escurecidos pelo véu de um chapeuzinho, de braço dado com um rapaz extraordinário que tinha mais um palmo de altura do que ela. A fotografia fora tirada enquanto caminhavam os dois numa rua de Milão, porque se via o Duomo ao fundo.

— Aquele é o seu filho? — perguntou Martina, de repente.

Vienna ficou sem fôlego e os olhos de Ines encheram-se de lágrimas. Gostaria de poder abraçar Martina e de lhe gritar, por fim, a verdade. «Aquele é o teu pai, minha pequenina. Aquele é o teu pai, um rapaz lindíssimo, que uma guerra feroz e insensata me roubou a mim e a ti.» Mas limitou-se a tirar um lencinho do bolso do vestido, limpar os olhos e assentir.

— É muito bonito! — sussurrou Martina, um pouco confusa porque também Vienna tinha os olhos vermelhos de lágrimas.

— Era, sim — confirmou Ines, esperando que a neta se reconhecesse a si própria nos traços do pai.

— Eu acho que vou saber enfrentar os meus problemas continuando a viver em Vertova, com a mãe e com toda a minha família. É melhor não voltar para a escola, mesmo perdendo um ano, porque vou ganhar um filho. Deixa-me feliz a ideia de ter uma criança só minha. E se isto é bom para mim, vai ser bom para todos. Eu sou a Martina Agrestis, uma pessoa que não se quer esconder — disse com uma altivez de que não tinha sequer consciência.

Depois da partida de Vienna e Martina, Ines contou tudo à sua amiga Lillina, que comentou:

— *Chapeau!* É uma autêntica Ceppi Bruno di Calvera. Que importância tem se lhe espetaram com outro apelido? Ela é, de facto, a filha do Stefano.

CAPÍTULO 34

Era o fim de junho. Leandro acabara de chegar de Bérgamo. Com o objetivo de se preparar para o exame de aptidão, decidira refugiar-se na Villa Bertola, em casa dos avós, para estudar em sossego. Pousou em cima da mesa do jardim o saco dos livros e avisou a avó:

— Vou até ao rio esticar as pernas.

Na realidade, queria passar perto da casa dos Agrestis, na esperança de ver Martina.

Haviam passado três anos desde que Martina fomentara o mexerico na aldeia.

Na escola, os professores recomendaram aos alunos que evitassem os boatos sobre um caso tão difícil de uma aluna tão promissora.

O doutor Pietro Bertola e a mulher disseram a Leandro:

— A Martina merece respeito pela sua coragem. Não se quis libertar de um filho incómodo, e nem sequer exigiu um casamento reparador. Deu provas de uma dignidade que muita gente não possui.

O doutor Pietro fora a Vertova ajudar Martina no momento do parto. Depois regressou a Bérgamo e informou:

— A Martina teve uma menina, forte e sã como um pero.

Murmurava-se que o pai era Bruno Biffi. Mas eram apenas rumores, porque dos Agrestis não viera qualquer comentário. De resto, o engenheiro Biffi e o filho trocaram Val Seriana pelas Marche antes da gravidez se tornar pública. A fábrica de papel fora adquirida por uma família de industriais de Verona, e dos Biffi, ao fim de algum tempo, ninguém voltou a falar.

Quando o pai lhe anunciou o nascimento, Leandro fechou-se no quarto e chorou. Nem ele sabia muito bem porquê, mas sentia o peito sacudido pelos soluços. No fim, percebeu que gostaria de ser ele o pai daquela menina.

Mais que uma vez estivera prestes a voltar a Vertova para procurar Martina e, de todas as vezes, faltara-lhe a coragem. Agora haviam passado três anos e, uma vez que Martina continuava a insinuar-se nos seus pensamentos, Leandro queria voltar a vê-la.

Tinha dezanove anos, era já um homem, no outono entrava para a universidade e tinha também uma espécie de namorada que vivia em Inglaterra. Conheceram-se em Londres, durante umas férias de estudo, escreveram-se durante meses, voltaram a ver-se entre o Natal e o Ano Novo e agora continuavam a corresponder-se.

Ela ia chegar a Itália depois de ele fazer o exame de aptidão e iam passar as férias a Espanha, com um grupo de amigos.

Leandro fechou atrás de si o portão da *villa* dos avós, seguiu até à igreja e daí continuou a descer até ao rio.

Vertova estava a mudar. A periferia estava a ser invadida por casas horríveis e pequenas fábricas, e outras ainda estavam a nascer. Os avós Bertola aconselhavam a Leandro:

— Quando já cá não estivermos, vende a casa, porque Vertova deixou de ser uma ilha de tranquilidade.

Ao contrário de quando era pequeno e conhecia toda a gente, agora cruzava-se com pessoas que nunca tinha visto.

Naquele dia, Martina fora até ao rio com a pequena Giuliana. Aquela menina era como um jogo que nunca a cansava. Dormiam, brincavam e comiam sempre juntas. Tinha muitos ciúmes dela e não a deixava com ninguém, só com a mãe, e quando era obrigada a fazê-lo.

Deu-lhe de mamar até que Giuliana fez um ano e o doutor Pietro lhe ordenou:

— Já chega! Está na hora de começares a dar-lhe umas papas.

Acocoradas junto a uma pequena enseada, onde a água do rio repousava tranquila, mãe e filha colhiam flores de dente-de-leão, enquanto Martina respondia às perguntas incessantes de Giuliana.

— Quando vamos para a praia?
— Na próxima semana.
— Quando é a próxima semana?
— Daqui a sete dias.
— Porquê?
— Porquê, o quê?
— Por que vamos para a praia?
— Para aprender a nadar.
— O que é nadar?
— É deixar-se embalar pela água.
— Isto também é água.
— Sim, isto também é água, mas isto é um rio, não é o mar, e não me perguntes porquê.

Giuliana riu-se, divertida. Martina abraçou-a e cobriu-a de beijos.

— Tu és a maravilha das maravilhas. Não há no mundo nenhuma menina tão fantástica como tu.

— Porquê?

— Porque és minha filha, e não me perguntes porquê — respondeu Martina, a rir. Pegou-lhe numa mão, levantaram-se e dirigiram-se à estrada.

— Onde vamos?

— À igreja, falar um bocadinho com Nosso Senhor.

— Nosso Senhor também fala?

— Claro que também fala.

— Porque é que não o ouço?

— Porque a voz dele não chega aos ouvidos, vai direta ao coração. Põe aqui uma mãozinha, no peito, e vais sentir *bum bum bum*. É a voz de Jesus.

Entraram na igreja e passaram ao lado de *don* Angelo, que esvaziava a caixa das esmolas.

— Sempre sem véu e de braços nus — ralhou o padre, com bonomia, sorrindo para a criança.

Depois olhou para elas enquanto se dirigiam à capela onde se destacava aquela bonita figura de Jesus. Martina mandou a filha sentar-se num banco e depois voltou junto do padre.

— Estou sem dinheiro. Empresta-me uma vela? No domingo pago-lha — disse.

Don Angelo sorriu e deu-lhe o círio mais bonito. Apesar das aparências, aquela cabeça louca de Martina era uma alma genuína e muitas vezes lhe apetecera dá-la como exemplo a algumas jovens paroquianas que, por trás de uma aparente integridade, eram mais pérfidas que uma serpente.

Giuliana sabia que, quando a mãe falava em voz baixa, a olhar Jesus nos olhos, ela tinha de ficar quieta e em silêncio. Por isso esperou paciente que Martina concluísse aquele longo monólogo.

Quando saíram da igreja era já meio-dia. Dirigiram-se a casa. A rua estava inundada de sol.

— Tenho fome — disse Giuliana.

— Já vamos comer.

— Quero massa e batatas fritas — anunciou Giuliana.

— Tens sempre mais olhos que barriga — respondeu Martina. Naquele momento achou-se diante de Leandro. Ele tinha os olhos semicerrados por causa da luz do sol. Ela, em contraluz, observou-o durante um longo instante e o seu coração deu uma cambalhota.

— Olá — cumprimentou Leandro, corando à medida que sentia perder o fôlego perante a beleza de Martina que excedia todas as suas recordações. Os cabelos negros, que lhe afagavam os ombros, libertavam reflexos azuis. Trazia um vestido às flores, tão justo que parecia impudico se fosse usado por uma mulher de formas excessivas. Mas ela tinha um corpo elegante, o ventre plano e as pernas compridas, bem torneadas, perfeitas.

— Olá — respondeu ela.

— Como estás? — perguntou. Enfiara as mãos nos bolsos dos calções, porque estava tremendamente emocionado.

— Estou bem, obrigada. Esta é a minha Giuliana.

Leandro sorriu à criança, que lhe perguntou:

— Quem és?

— Era um amigo da tua mãe — respondeu ele.

— Pois é. Depois o tempo passa, as coisas mudam... — disse Martina.

— Mãe, vamos comer? — interrompeu Giuliana.

Martina e Leandro despediram-se com um simples adeus.

Leandro retomou o seu caminho com a certeza de que ela era a mulher da sua vida e a ele não importava que tivesse feito amor com outro, nem que tivesse uma filha. Ele queria-a tal como era, porque só a amava a ela. Mas Martina vivia noutro planeta. *Tenho de a tirar da cabeça*, disse, desesperado.

— Mãe, porque não falas comigo? — perguntou Giuliana, enquanto se dirigiam a casa.

— Porque hoje de manhã já conversámos bastante — respondeu, absorta nos seus pensamentos. Leandro, o homem que amava com todo o seu ser, apenas lhe deixara ali um adeus seco, e nada mais.

Sou uma palerma. Quando vou deixar de o amar? Nunca, é esse o meu problema, pensou.

CAPÍTULO 35

Mãe e filha regressaram a casa no preciso momento em que Vienna levava para a mesa o *tagliatelle* com carne picada. As mulheres e as crianças já estavam sentadas à mesa, à espera que as servissem. Os homens iam chegando aos poucos da marcenaria. Ermellina já não lhes fazia companhia. Falecera há um ano, a poucos meses da morte do marido, e Vienna assumira oficialmente o papel de dona da casa.

Viu Martina entrar com um passo expedito e percebeu que havia ali ar de caso. Com efeito, a filha disse-lhe:

— Toma tu conta da Giuliana.

Tomou uma aspirina e desapareceu no andar de cima.

— Meninos, não façam barulho, porque a tia está com dores de cabeça — recomendou Vienna, achando que devia ir vê-la depois do almoço.

Quando entrou no quarto, Martina estava estendida na cama com a cabeça escondida debaixo do travesseiro.

— Dói-te assim tanto? — perguntou Vienna.

— Um pouco — disse Martina.

— O que aconteceu hoje de manhã? — indagou.

Conhecia bem a filha e sabia que a habitual enxaqueca não justificava aquele olhar carregado.

— Encontrei o Leandro — confessou.

Vienna soltou um longo suspiro. Sabia que Martina estava apaixonada pelo jovem Bertola desde sempre, mas era evidente que ele nunca a tomara em consideração. Muito menos agora que ela era a mãe solteira da terra. Ainda que, apesar da sua situação, e uma vez que era evidente que Martina não andava à procura de aventuras, nenhum pretendente ousasse andar à volta dela. Todos lhe tinham muito respeito.

— Veio para cá preparar-se para o exame de aptidão. Ouvi o velho doutor Bertola dizer isso hoje de manhã, na farmácia — explicou Vienna.

— Quero lá saber — resmungou a filha.

— Antes assim.

— Deixa-me dormir — pediu Martina.

— Deixei-te a massa na fornalha.

— Como-a logo à noite.

Mentia, e a mãe sabia-o. Qualquer pretexto era bom para não comer. Felizmente estava prestes a partir para a praia. Em San Michele, na *villa* da condessa Montini, Ines estava à espera dela e da pequena Giuliana. Era o segundo ano que as recebia e, no verão anterior, haviam regressado em ótima forma. Como era óbvio, longe de casa Martina ficava mais tranquila.

Vienna saiu em silêncio do quarto e desceu até à cozinha para tratar das crianças.

Ines telefonou naquele preciso momento para acertar alguns pormenores sobre a viagem.

— Porque não vens tu também? — propôs-lhe.

— Sabe bem, senhora condessa, que precisam de mim aqui. Muito obrigada pelo convite — desculpou-se.

Sabia que Ines continuava a desejar contar toda a verdade à filha, mas para o fazer precisava da sua autorização.

Já há algum tempo que Vienna se questionava sobre a sua própria obstinação em não querer revelar a Martina as suas raízes. No início fizera-o por respeito em relação à família Agrestis. Mas quando Martina engravidou e acabou na boca do povo, achou que seria a ocasião certa para esclarecer a situação em todas as frentes. No entanto, continuou calada, e agora sabia a razão disso: sentia uns ciúmes tremendos em relação a Ines, porque temia que lhe usurpasse o amor da filha.

Enquanto Martina considerasse a condessa Ceppi como uma pessoa generosa, grata à mãe pelos serviços prestados na assistência ao marido doente e também por lhe preencher o vazio da existência, Vienna sentia-se segura. Mas como reagiria no dia em que descobrisse que Ines era sua avó? Se, por acaso, exposto o parentesco com os Ceppi, Martina lhe dissesse: «Chegou o momento de aceitar o convite da condessa que em tempos recusei. Vou viver para Milão com a minha filha», ela sentir-se-ia abandonada.

Porque era uma mulher inteligente, sabia que tais receios eram ditados pela sua insegurança.

De resto, interrogava-se muitas vezes sobre o futuro daquela filha tão amada que não terminara os estudos, não tinha uma profissão nem trabalho. Por enquanto brincava a fazer de mãe, mas Giuliana cresceria, e quando se tornasse mais autónoma, o que faria Martina?

— Veja a senhora se consegue perceber o que quer fazer da vida esta bendita rapariga, que me anda a girar pela casa sem um projeto para o futuro — disse-o a Ines.

Do outro lado do telefone chegou uma gargalhada.

— Tem apenas dezanove anos. Que projetos queres que ela tenha? — respondeu a condessa.
— Então vamos ter nós de lhe sugerir alguma coisa.
— Haverá talvez alguém a zumbir à volta dela? — perguntou a interlocutora, alarmada.
— Não há ninguém. Acho que, neste ponto, afugenta os homens como a peste. E nem sequer é justo, porque na idade dela uma mulher não pode estar sem um homem.
— Tu estiveste.
— Tinha uma família para tratar e, como a senhora bem sabe, a recordação de um grande amor. Mas a Martina não viveu nenhum grande amor.
— Vienna, estás a fazer uma grande confusão. Queres que a tua filha arranje trabalho ou um marido? — perguntou Ines, impaciente.
— Só quero que seja feliz. E agora não o é — afirmou Vienna, sabendo que Martina estava apaixonada por um rapaz que a ignorava.
— Vienna, chegou o momento de a tua filha saber quem realmente é. Não te apercebes de que a obrigas a viver na ambiguidade?
Quando Martina partiu para a praia com a filha, Vienna alertou-a:
— É possível que a senhora condessa te conte uma certa história de família. Por favor, não me julgues com demasiada severidade. — Estavam na estação de Vertova, à espera do comboio.
— Queres dizer que me vai revelar quem era o meu pai? — perguntou Martina, afagando-lhe a face. Vienna sentiu faltar-lhe o chão debaixo dos pés.
— Tu sabes? — sussurrou.
— Acho que sei.

— Desde quando?

— Desde sempre e tu raramente me falavas do meu pai. Quando o fazias, as tuas palavras nunca coincidiam com as descrições da família. E, entretanto, a condessa Ines andava sempre a zumbir à minha volta. Até vinha a Bérgamo espiar-me, quando eu saía da escola. Depois, quando fiquei grávida e fomos a San Michele, vi a fotografia de Stefano Ceppi. Reconheci-me nele de imediato e percebi.

— Porque não disseste nada?

— Porque tu não querias falar no assunto.

Chegou o comboio. Martina abraçou a mãe demoradamente.

— Talvez tenha errado — sussurrou Vienna, que estava à beira de um ataque de choro.

— Tu pensaste estar a fazer o que era melhor. Está tudo bem, acredita. És uma mãe maravilhosa e eu gosto muito de ti — murmurou Martina.

Depois entrou na carruagem de primeira classe com Giuliana ao colo. Quando apareceram à janela, Martina atirou-lhe um beijo com as pontas dos dedos.

O comboio afastou-se e Vienna desatou num pranto.

O chefe da estação, que a conhecia, e que interpretara à sua maneira a razão daqueles soluços, disse-lhe:

— Coragem. As tuas mulheres não partiram para a América!

Ela estava cheia de dor, de remorso, de vergonha por nunca ter tido a coragem de falar de si com a filha que, no entanto, sabia e não a julgara. Martina era uma criatura de facto especial, e pareceu-lhe não se sentir digna de ser sua mãe. Nunca deixara de ser uma montanhesa rude, enquanto a filha era na verdade uma Ceppi e tinha no sangue a dignidade da estirpe.

Quando chegou a casa, telefonou a Ines e contou-lhe.

CAPÍTULO 36

Naquele verão, em San Michele, sucederam dois factos importantes a Martina: familiarizou-se com a família do pai, Stefano Ceppi, e foi quase abalroada por Sandro Montini, que entrou na sua vida como um ciclone.

Ines entregou a Martina algumas fotografias e as cartas que Stefano escrevera a Vienna e contou-lhe histórias de uma forma tão viva, que pareceu a Martina que o pai estava ali presente. Ines falou-lhe do temperamento irascível e das expressões indecifráveis de Stefano, das coisas que amava e das que detestava, das pequenas manias e do seu sentido de ordem, da sua predileção pela vida da aldeia e da sua aversão pela vida mundana.

— Tal e qual o meu marido — decretou. — E tal como ele, teria feito feliz a mulher com quem se tivesse casado. Se tivesse podido conhecer-te, pegar-te ao colo, abraçar-te, terias sido a luz dos seus olhos. — E concluiu: — Obviamente, ter-te-ia dado o apelido que te cabe.

Martina fingiu não captar esta última consideração e observou mais algumas velhas fotografias a preto e branco. Havia uma especial, tirada por Tilde, em frente aos limoeiros de Vertova. Retratava Stefano e Vienna a brincar com um cão pastor ainda cachorro.

—É a *Traquina* — disse logo Martina. — Crescemos juntas. Seguia-me para onde quer que eu fosse. Servia-me de almofada quando eu ia para a cama. Não imagina os gritos da minha mãe, sempre que encontrava a *Traquina* debaixo dos meus cobertores. Devo dizer que, por mais que me esforçasse por mantê-la limpa, com todo aquele pelo, acabava por andar sempre suja. Mas éramos inseparáveis. A mãe nunca me disse que ela tinha nascido na montanha, em casa dos avós. Viveu muitos anos e morreu depois do nascimento da Giuliana.

Estavam no terraço, debruçado sobre o mar, observando a pequena Giuliana a brincar na praia. Com ela estavam Lillina e uma *nurse* que Ines trouxera de Milão. Martina, de vez em quando, lançava um olhar ansioso à filha.

— Vou descer para ir buscar a menina — anunciou, enquanto se levantava.

Ines reteve-a por um braço.

— Não lhe transmitas a tua ansiedade. Ela está bem guardada. Mas, sobretudo, não mintas a ti mesma, fazendo de Giuliana o objetivo da tua vida.

— Ela é o objetivo da minha vida — retorquiu segura.

— Isso é uma história que contas a ti própria, porque não sabes o que fazer de ti.

— Não é bem assim, mas anda lá perto — admitiu, quase contrariada.

— Volto a fazer-te a proposta que fiz há três anos. Vem viver para Milão, retomas os estudos que interrompeste e fazes amigos. Meu Deus, se eu tivesse a tua idade, virava o mundo de pernas para o ar.

— Está a censurar-me?

— Só estou a tentar dar-te um abanão.

— Em outubro recomeço a estudar. Há uma escola particular, em Bérgamo, que prepara os repetentes. Já me informei e até já pedi os programas. Acho que posso fazer o exame de aptidão daqui a dois anos.

— Porque não me disseste isso antes?

— Estava à espera de um estímulo.

Uma lancha aproximou-se do cais privativo da *villa* com dois rapazes e uma rapariga.

— Até que enfim chegaram os netos da Lillina — exclamou a condessa.

Martina assustou-se.

— Não faças essa cara e não te escondas. São a Nicoletta e o Alessandro Montini, e o terceiro, o Giovanni Paganessi, é o namorado da Nicoletta. Vêm de Lerici, onde passaram o dia na *villa* do Giovanni.

Ficaram os três na praia, e Lillina regressou a casa com a *nurse* e Giuliana.

Antes do jantar, quando Martina passeava pelo jardim com a menina, Alessandro Montini surgiu de súbito à sua frente. Era um rapaz de vinte e nove anos com um corpo de atleta, o rosto curtido pelo sol e com uma auréola de cabelos loiros e despenteados.

Observou-as demoradamente e perguntou:

— É este o anjinho que diverte tanto a minha avó? — E apontando para Martina: — Ou és tu, que pareces um anjo das trevas?

Giuliana abraçara-se à perna da mãe e olhava o desconhecido de cima a baixo, em silêncio.

— Eu sou a Martina e esta é a minha filha, Giuliana — explicou.

Ele levantou a criança do chão.

— Eu sei. A avó já me disse.

Com um braço segurava Giuliana e com o outro rodeou os ombros de Martina, dizendo:

— Força, vamos lá jantar. Hoje eu e a minha irmã pescámos uns robalos fantásticos.

Martina afastou o braço de Alessandro:

— Não percebi o teu nome.

— Não to disse. Sou tão presunçoso que acho que toda a gente me conhece. — Sempre com Giuliana ao colo, levou o braço livre à altura do peito e exibiu-se numa vénia de mosqueteiro do rei, enquanto dizia: — Se me posso apresentar a Sua Alteza, sou Sandro Montini, notário em Milão, com um número considerável de clientes. Sou um solteirão irredutível, para além de bobo da família. A minha mãe chama-me a sua «dor de cabeça» e a avó já decretou que para mim não há esperança.

— Esperança de quê? — perguntou Martina, divertida.

— Não sei, nem nunca me preocupei em saber.

Giuliana não se convenceu quando a mãe tentou pegar nela ao colo. O pescoço de Sandro estava envolto num abraço firme e deixou-se estar agarrada até se sentarem à mesa. Quando por fim o largou, perguntou-lhe em voz baixa:

— Tu és o meu pai?

Ele sorriu e respondeu:

— Gostava de te poder dizer que sim.

Martina compreendeu que começara a idade das perguntas difíceis.

Depois de jantar, juntou-se à menina, que dormia tranquila numa caminha no seu quarto.

Adormeceu imediatamente ao lado dela.

Foi acordada por um tiquetaque de pedrinhas na varanda. Pareciam fragmentos de saibro a saltar em frente à porta envidraçada aberta para aquela noite de agosto. Levantou-se e foi ver o que se passava.

— Por fim! — exclamou o atirador de pedras.
— Sandro! O que foi? — perguntou Martina.
— Despacha-te, vamos a Santa Margherita.
— A esta hora? — perguntou. Eram só onze horas, mas para ela era já noite dentro, habituada como estava a deitar-se cedo e a levantar-se de madrugada, quando Giuliana acordava.
— Se não te despachas, eu trepo como Romeu até à tua varanda e, se partir o pescoço, a culpa é tua.
— Acordas a minha filha — ralhou.
— Martina, não te faças rogada — interveio Nicoletta, surgindo ao lado do irmão. — Veste-te e desce — pediu-lhe.

Não sabia o que quereriam dela os netos de Lillina que mal a conheciam e se comportavam já como velhos amigos. Era de supor que a dona da casa tivesse elaborado um plano para a afastar do seu isolamento. Como poderia explicar que não se sentia nada isolada? Em Santa Margherita havia alguns estabelecimentos noturnos, o Covo, onde cantava Pino Donaggio, e todo um mundo que se animava durante a noite. Ela nunca tivera curiosidade em conhecê-lo.

Também se aproximou Giovanni Paganessi, anunciando:
— A *nurse* vem aí para ficar no teu lugar. Tens cinco minutos para desceres.

Martina considerou-se uma refém nas mãos de três raptores, enquanto se dirigiam a Santa Margherita no descapotável de Sandro.

O que mais a impressionara era a espontaneidade dos três jovens, que pareciam considerá-la uma irmã mais nova de quem deviam tomar conta. Mas ela era demasiado desconfiada para se meter debaixo da asa deles.

Sentaram-se a uma mesa no Covo a beber *Coca-Cola* e a conversar alegremente. Martina pensava em Giuliana, esperando que a *nurse* tomasse bem conta dela, e em si própria, catapultada para um mundo que lhe era estranho.

— Anda, vamos dançar — propôs Sandro.

— Eu não sei dançar — confessou.

— Nem eu. Aliás, se não fosse para ter nos braços uma rapariga bonita, nem ia para a pista. Portanto, vamos lá. — Martina seguiu-o, indagando: — E se a rapariga bonita não se quisesse deixar abraçar?

— Sabes que a dança está entre as necessidades primordiais do homem? É como a necessidade de acreditar em Deus. Para os povos primitivos era o prelúdio do amor. E ainda o é nos nossos dias.

— É por isso que não me interessa.

— O quê?

— O prelúdio do amor muitas vezes é só hipocrisia — disse, já na pista de dança enquanto tentavam, desajeitados, acompanhar o ritmo.

— Tens razão. Vamos embora — concordou ele, pegando-lhe na mão.

— Psst, boneca, escolheste um bailarino de terceira categoria — disse um rapaz puxando-lhe um braço de novo em direção à pista.

Martina tentou soltar-se.

— Talvez devesses primeiro perguntar se ela quer dançar — interveio Sandro, fulminando aquele rapaz com um olhar feroz, com ar de brutamontes de província que, seguramente, viera ali parar por engano.

— Mas tu quem és? Quem é te conhece? — provocou o brutamontes, com expressão também agressiva.

— Pede-lhe desculpas — ordenou Sandro. — E larga-a imediatamente — acrescentou.

— O que queres? — resmungou o outro, enquanto reforçava o aperto ao braço de Martina, para a obrigar a segui-lo. Um gancho de direita, desferido por Sandro com uma rapidez incrível, atirou-o ao chão.

A orquestra parou de tocar e os dançarinos estacaram, fazendo um círculo largo à volta dos três. O brutamontes abanou várias vezes a cabeça, levantou-se e com idêntica rapidez atingiu Sandro no estômago. Martina ouviu uma espécie de *crac* de costelas partidas e a respiração sibilante de Sandro, dobrado sobre si cheio de dores.

— Então, não se dança? — perguntou o outro, voltando-se para a orquestra.

Foi então que o jovem Montini o atingiu entre o pescoço e o ombro com um murro que tinha a força de um malho. O brutamontes caiu pesadamente no chão e dois gorilas agarraram Sandro arrastando-o dali para fora, enquanto alguns dançarinos se inclinavam sobre o corpo inanimado do provocador.

— Despachou-o — disse uma rapariga.

Martina ficou ali, especada, incapaz de compreender o que acontecera.

O brutamontes não estava morto, apenas desmaiado. E acabou também na esquadra da polícia com Martina, Nicoletta, Giovanni e algumas testemunhas, gente amiga dos jovens Montini.

— Andou à luta por tua causa — disse-lhe Nicoletta.

Quando regressaram a San Michele, Sandro foi encaminhado para a cama com duas costelas partidas, enquanto a avó dizia:

— Para ele não há esperança.

CAPÍTULO 37

Depois souberam que o brutamontes era um cadastrado, já condenado por desacatos.

Sandro ficou de cama uns dias, pisado e dorido. Mas a imobilidade a que o obrigava a fratura das costelas não lhe alterou o bom humor.

— Ele tem o sentido lúdico da vida — explicou Nicoletta a Martina —, não há acontecimento, por mais dramático que seja, que não consiga converter em riso. Se eu te contasse as confusões que ele arma no escritório... No entanto, os clientes adoram-no, e o pai já deixou de se escandalizar. É o irmão mais adorável que a sorte me podia oferecer. E, por mais estranho que pareça, é uma pessoa em quem se pode confiar. — Era evidente que a irmã o adorava e o estimava.

Martina fazia-lhe companhia, enquanto Nicoletta e o namorado desapareciam muitas vezes.

Giuliana ia sempre visitá-lo com a mãe. Trepava para cima da cama, estendia-se ao lado dele e ficava imóvel e silenciosa.

Um dia Sandro confessou a Martina:

— Naquela noite, antes do acidente, queria levar-te à praia.

— Porquê?

— Tenho a certeza de que nunca estiveste na praia à noite.

— É verdade.

— É o momento mais bonito para apreciar o mar.

— À noite são os casais que para lá vão.

— Eu também vou. Quase sempre sozinho. Meto-me num barco, um qualquer, deito-me no fundo e olho para as estrelas sentindo-me embalar pela água. É uma sensação indescritível.

— E quando não vais sozinho?

— Vou com uma rapariga.

— E naquela noite tinhas-me escolhido a mim?

— Postas assim as coisas, parece um pouco censurável — lamentou-se. Depois pensou e disse: — Tu não és uma rapariga qualquer. És a mãe deste anjinho. É diferente, percebes?

— Olha que eu não confundo pirilampos com lanternas.

O anjinho escutava atentamente aquele diálogo, sem perder uma única palavra.

— Tenho a impressão de que alguém te fez mal — revelou Sandro.

— Referes-te à minha maternidade? Sabes, as experiências, mesmo aquelas que parecem negativas, se as enfrentares com algum bom senso, podem tornar-se grandes oportunidades. Com a minha filha, eu cresci depressa. Satisfiz muitas curiosidades e agora sei que onde não há amor não há história. Em suma, Sandro, eu não sou a rapariga indicada para se levar à praia à noite — concluiu Martina com um sorriso.

A brisa vinda do mar enfunava as cortinas como velas.

— A avó tem razão, não há mesmo esperança para mim.

— Esperança de quê? — perguntou Martina.

— De me tornar irresistível aos teus olhos.

— Mas até és. Se assim não fosse, eu não estava aqui.

— Quem te perceber, ganha o Nobel — comentou ele.

— Descobriste que a água é molhada. Eu já sei isso há algum tempo. Tenho duas certezas: a minha mãe e a minha filha. Agora tenho uma terceira: que tu finges estar doente, quando afinal estás cheio de saúde. — Pegou em Giuliana ao colo, adormecida, e saiu rapidamente do quarto de Sandro.

Entregou a criança à *nurse* e foi à procura de Ines.

A condessa Ceppi estava na sala com Lillina, que se estendera no sofá para «deixar descansar a perna», como ela dizia.

— Tenho de me decidir a fazer a operação — dizia Adelaide Montini, que arrastava há dez anos a rutura de um menisco e temia as complicações de uma intervenção cirúrgica.

— Eu não te aconselho em nenhum sentido. Mas se te decidires pela operação, terás em mim a mais fiável das enfermeiras — garantiu Ines.

— Sabes o que diziam em tempos os médicos? *Quieta non movere.*

— *Et mota quietare*. Há anos que repetes isso.

— Então falemos de outra coisa.

— Por exemplo?

— Daqueles dois jovens. Tenho a impressão de que o Sandro está apaixonado. — O neto «sem esperança» era o seu predileto, por muitas razões, mas sobretudo porque sabia pô-la bem-humorada.

— Gostava de poder dizer a mesma coisa da Martina — suspirou Ines.

— Mas ela está sempre a visitá-lo.

— Só está a fazer de boa samaritana — precisou Ines.

— Se tu conseguisses dar-lhe o apelido dos Ceppi, saía dali um belíssimo casamento — comentou Lillina.

— Com um pequeno problema: a Giuliana.

— Os Montini e os Ceppi são superiores a esses disparates. E, se queres que te diga, a Martina merece muito mais confiança do que grande parte dessas raparigas que vejo a borboletear à volta dele. Sabes que o Sandro rompeu com a filha dos Taverna Broggi?

— Já me tinhas anunciado isso há três meses e, desde então, repetiste-o não sei quantas vezes.

— Estou mesmo velha e, como todos os velhos, repito as mesmas coisas até ao infinito.

Martina surgiu à porta da sala.

Ines e Lillina fascinavam-na, porque aos seus olhos representavam a síntese do requinte. Ines ultrapassara já os sessenta anos e a amiga os oitenta. Tinham ambas uma elegância refinada e uma conversa sempre viva e agradável. Martina nunca se aborrecia com elas. Observava-as e, apesar de evitar a imitação, absorvia todas aquelas particularidades.

— Incomodo? — indagou.

— Nunca — respondeu Lillina. E perguntou: — Como está o nosso doente?

— Acho que está a fazer de conta que lhe doem as costelas. Está ótimo — disse Martina, sentando-se num pufe ao lado de Ines.

— Qualquer homem fazia de conta, se tivesse à mão uma enfermeira como tu — observou a anfitriã.

— Esta enfermeira decidiu ir-se embora — anunciou.

— Já queres regressar a Vertova? — perguntou Ines, alarmada.

— Sim, e espero que não fique muito zangada.

— Alguma coisa correu mal? — perguntou.

Naquele momento, achou que subestimara a inteligência de Martina que, provavelmente, estava a pôr em prática uma estratégia tão antiga como o mundo: no amor vence quem foge.

— Seria difícil para qualquer pessoa acreditar que, nesta casa, alguma coisa possa correr mal. Tudo é deliciosamente perfeito. Mas sinto falta da minha terra e da minha mãe. Digam-me as duas que posso ir-me embora sem me sentir demasiado culpada.

— O meu neto vai levar-te — propôs Lillina.

— Não. — Foi um não pronunciado quase com medo e as duas mulheres perceberam que Martina estava a fugir de Sandro.

E era verdade. Apercebera-se de que gostava dele e que lhe apetecia de facto ir passear com ele à beira-mar. Mas não estava apaixonada. Sandro entrara na sua vida como um turbilhão e ela receava deixar-se derrubar.

— Não percebeste que ele está apaixonado por ti? Pelo que diz a Lillina, que o conhece bem, podia até pedir-te em casamento — disse-lhe Ines.

Martina abraçou-a sussurrando-lhe com ternura:

— Ainda não estou preparada para casar. Mas gosto tanto de si, avó.

Era a primeira vez que a tratava por avó, e Ines ficou comovida. Mas era mesmo a filha de Stefano, teimosa como uma mula.

Sandro acompanhou Martina e Giuliana até ao carro. Abraçou a menina e depois abraçou-a a ela.

— Diz-me onde foi que eu errei — perguntou-lhe.
— Não erraste em coisa nenhuma, juro-te.
— Gostava tanto de estar contigo. Não por um dia, mas para toda a vida. Posso ao menos saber se amas outro homem?
— Desde criança. Para ele eu não existo, mas sou muito teimosa e, um dia, ainda o vou conseguir conquistar.

CAPÍTULO 38

Vienna moldou rapidamente a massa areada na forma. Tirou da despensa um frasquinho de compota de alperce feita com os frutos que Martina apanhava no pomar da Villa Ceppi, fechada havia já muitos anos, e estendeu-a por cima da massa com a ajuda de uma colher.

A filha e a neta estavam sentadas à mesa da cozinha. Martina seguia, passo a passo, a tradução de uma frase de Cícero que Giuliana estava a preparar para a escola.

— Parece-me que chegámos lá. Tenta só não ser tão literal — aconselhou a Giuliana.

— Também tenho de estudar matemática — anunciou a filha.

— Para isso vais ter de esperar pelo tio Lucio — disse Martina, que nunca se tinha dado muito bem com os números.

— O tio só chega à noite. Posso sair agora? — perguntou Giuliana.

— Aonde vais?

— Vou ao centro paroquial, para os ensaios — disse, guardando na pasta os cadernos e os livros.

O velho padre, que tanta influência tivera na vida dos paroquianos, falecera. *Don* Luigi, um padre jovem e dinâmico ocupara agora o seu lugar. De entre as novidades trazidas à orientação da paróquia contava-se uma companhia de teatro. Os textos eram escritos por ele, alinhavando histórias moralizadoras de final feliz, em que se castigavam os maus e se premiavam os bons. Giuliana ficava sempre com o papel da protagonista.

— A tua filha é uma atriz nata — dizia *don* Luigi a Martina, que ia aos espetáculos pelo prazer de admirar as capacidades daquela sua menina bonita. Tratava-a por «menina», apesar de Giuliana ter quase catorze anos e ser uma aluna brilhante no liceu.

Os textos eram muito ingénuos e Giuliana salvava-os com a sua habilidade.

Por instinto, sabia modular o timbre de voz em função das exigências do diálogo. Quando o texto o exigia, conseguia até chorar.

— Mas como faz ela? — Também Martina lhe perguntava.

— Não sei, mãe. Às vezes nem percebo o que estou a declamar, mas quando é preciso chorar comprimo o estômago, aperto os olhos com força e aparecem as lágrimas.
— E confessava: — Sempre que tenho de entrar em cena, tremem-me as pernas. Sei muito bem que não é o público do teatro de Bérgamo, mas assusta-me na mesma. Então penso que tenho pela frente uma plateia em cuecas. Eu, pelo contrário, estou vestida, e o medo passa.

Quando Giuliana saiu, Vienna anunciou:

— O Leandro vai casar-se.

Martina tinha nas mãos uma blusa que cosia e espetou-se no dedo com a agulha.

— Eu estava na Câmara para renovar o bilhete de identidade e ouvi a professora Ghisolfi a falar com os Locatelli. Vai casar com a filha do professor Boriani, o melhor anestesista de Bérgamo — continuou Vienna.

Martina continuava calada.

— Não dizes nada? — perguntou a mãe.

— Não digo nada — respondeu ela, num tom vago.

— Se admitisses que lamentas, seria melhor.

— Seria uma mentira, porque de facto não lamento. Quanto muito dilacera-me. Vienna suspirou.

— Martina, tens quase trinta anos. Queres envelhecer com essa fixação pelo Leandro?

Ela sentiu-se profundamente ofendida com a notícia da mãe. Leandro podia ao menos ter-lhe comunicado, quando se encontraram por acaso em Milão, pouco tempo antes.

Deixou o trabalho de costura, saiu para o pátio e foi direta ao galinheiro buscar os ovos. Depois enfiou-se na loja a preparar a ração para o porco. Os Agrestis continuavam a criar o animal para ser abatido no ritual da matança. Era um espetáculo desagradável que Martina não apreciava.

Enquanto misturava batatas cozidas e milho, recordou aquela viagem recente a Milão para se encontrar com os administradores do seu património.

A avó Ines falecera havia já alguns anos e nomeara-a herdeira de grande parte dos seus bens, oficialmente legados a uma sociedade suíça. Martina deixou as coisas como estavam e continuou a confiar nos administradores nomeados por Ines. Tanto o apartamento da Via Serbelloni como a *villa* de Vertova faziam parte da herança. Ela poderia escolher mudar-se para Milão, ou para a Villa Ceppi. Mas continuava a viver em casa dos Agrestis com a mãe.

No escritório dos contabilistas, na Via Montenapoleone, tomou nota dos dividendos, depois foi ao banco levantar dinheiro e por fim deu-se ao luxo de uma pausa no café Cova.

Ao balcão encontrou Leandro, com dois amigos.

Viram-se e trocaram um sorriso. Ele corou enquanto lhe apresentava os dois colegas, cardiologistas como ele.

Leandro, tal como o pai e o avô, formara-se em Medicina, especializando-se em Cardiologia, e um dia seria professor.

— As raparigas de Bérgamo são todas assim tão bonitas? — comentou um dos dois médicos, revelando uma medíocre atitude de galanteria.

— Nem todas. A Martina é a exceção — replicou Leandro e, nesse momento, corou até às orelhas.

— Eu venho de uma aldeia de Val Seriana e considero que se deve apreciar a inteligência de uma mulher, mais do que a beleza — retorquiu Martina, depois de pedir ao empregado um chocolate quente.

Era outono e o frio já se fazia sentir. Algumas mulheres ostentavam os primeiros casacos de pele, outras casacos quentes de caxemira. Martina, alta e magra como era, usava uma echarpe de lã cinzento-pérola que cobria em parte o fato de calça e casaco. Cortara o cabelo e usava-o curto, volumoso, penteado para trás. Não se pintava, porque sabia que não precisava disso para fazer sobressair os olhos de um azul desconcertante e os lábios grandes e carnudos. Muitas pessoas pensavam que era modelo.

— Esqueci-me de dizer que, para além de bonita, a Martina é de uma inteligência prodigiosa. Formou-se em Letras aos vinte e cinco anos, apesar de ter interrompido o liceu durante três anos — especificou Leandro.

— Não gosto que se fale de mim — disse ela, levando aos lábios a chávena de chocolate.

Os dois médicos eclipsaram-se. Aperceberam-se que entre Leandro e aquela mulher lindíssima encontrada casualmente havia algo mais do que um simples conhecimento.

— Conservaste intacta a tua capacidade de deixar as pessoas pouco à-vontade — censurou Leandro.

— A sério? — perguntou, com uma falsa candura.
— A tua frieza gelou-me os ossos.

Martina observava-o no espelho. Era o rapaz de sempre, não bonito mas muito agradável, deliciosamente atrapalhado, grande senhor, com o complexo da estatura: havia alguns centímetros de diferença entre eles.

— Bebe tu também um chocolate, assim aqueces — sugeriu-lhe.

— Quando eras pequena conseguias ser mais simpática — provocou-a. Amava-a muito, mas preferia deixar-se esganar a dizer-lho, porque ela era capaz de se rir dele e não seria capaz de o suportar.

— Tu também. E pronto, foi um prazer voltar a ver-te. Fica bem, Leandro. — Fugiu, para não lhe dar a satisfação de lhe ver os olhos cheios de lágrimas. Estava loucamente apaixonada por ele e não suportava aquela frieza.

Leandro, sabe-se lá porquê, construíra um muro entre eles, tão alto que nem sequer lhe disse que estava noivo e prestes a casar.

Martina deixou cair lágrimas quentes na ração do porco. Tinha de fazer alguma coisa, qualquer coisa, arranjar uma distração. Regressou à cozinha e foi envolvida pelo calor do fogo e pelo aroma de baunilha da tarte que estava a cozer no forno.

— Quando matam o porco? — perguntou.
— Amanhã — respondeu Vienna.
— Então vou-me embora. E já — anunciou. — Já sabes que estes rituais bárbaros me fazem sentir mal.
— Aonde vais?
— A Milão. Quero gozar as luzes de Natal de uma grande cidade.

CAPÍTULO 39

Martina herdara de Ines Ceppi o grande apartamento da Via Serbelloni, que ocupava um andar inteiro do edifício. Os administradores sugeriram que o alugasse, mas ela não se decidia a fazê-lo, até porque, quando ia a Milão, gostava de ficar naquela casa espaçosa, acolhedora, cheia de recordações, cuidada por uma criada interna. Por vezes ficava ali alguns dias para se encontrar com os seus amigos milaneses.

Ines, fiel ao pedido de Martina de respeitar a família Agrestis, mesmo depois da morte de Antonio e da mulher, sempre a apresentara a todos como a sua protegida.

Ao longo dos anos, Martina alargara o círculo das suas amizades consolidando a que tinha já com a família Montini. O seu amigo mais querido era Sandro, que com quarenta anos continuava a fazer a sua vida de solteirão. A amiga mais querida era Nicoletta, que se casara com Giovanni Paganessi e era já mãe de três filhos.

Uma vez que Nicoletta a convidara repetidamente para passar a véspera de Natal com a família Montini, Martina decidiu que tinha chegado o momento certo para se afastar da aldeia e das crónicas diárias sobre o casamento de Leandro com a bonita filha do professor Boriani.

Na noite da Consoada recebeu um telefonema da mãe:

— Já perdeste o espetáculo da Giuliana, que fez um enorme êxito. Amanhã é dia de Natal. Não me digas que não vens, porque a tua filha está à tua espera. Vai cá estar a família toda e, se tu estás de mau humor por causa do Leandro, não é justo que a tua filha apanhe por tabela — reclamou Vienna, furibunda.

Quando queria, a mãe sabia muito bem como feri-la. E Martina não lhe ficava atrás. Reagiu.

— Não me ensines a fazer de mãe, depois de tu me teres deixado crescer na ambiguidade.

Vienna ressentiu-se e desligou a chamada. Durante muitos anos, escondera da filha a sua verdadeira paternidade, entrincheirando-se por detrás da promessa feita ao marido, até porque assim satisfazia a sua necessidade de respeitabilidade. Sempre lhe tinha agradado o facto de ser considerada como uma mulher irrepreensível e o papel de protetora da família gratificava-a.

Com a fortuna alcançada no negócio dos móveis, os Agrestis mudaram-se para Bérgamo e viviam num luxuoso edifício no centro histórico da cidade. Da velha casa de família, em Vertova, não sabiam o que fazer. Por isso deixaram-na a Vienna, que ali vivia com a filha, a neta e o cunhado Lucio, que muito em breve se ia casar e mudar para a cidade. Nenhum deles sabia que Martina herdara uma fortuna de Ines Ceppi, até porque ela fazia a mesma vida de sempre. Mas uma vez que, pela maneira como gastava, era evidente que dispunha de muito dinheiro, em casa e na aldeia surgira a crença de que eram os Biffi quem providenciava ao seu sustento. Também esse foi um equívoco que Vienna nunca chegou a esclarecer.

Havia de facto muitos lados obscuros na história da sua vida e na da filha. Mais do que uma vez, perante a família reunida, estivera à beira de contar toda a verdade e de se livrar de um peso, mas faltou-lhe sempre a coragem e continuou calada.

— Avó, porque estás a chorar? — perguntou-lhe Giuliana. Acabara de entrar na cozinha com o cestinho cheio de ovos do galinheiro.

— Discuti com a tua mãe — explicou, limpando os olhos.

— Mas que novidade — resmungou Giuliana.

— Não me parece que venha passar o Natal connosco

— E tu não sabes como hás de justificá-la perante os tios. Porque tu precisas sempre de a justificar, em vez de a aceitares tal como é — disse, deixando-a estupefacta.

Giuliana era muito atenta e intuía mais do que dava a entender à mãe e à avó. Quando andava na escola primária sempre fizera finca-pé para saber quem era o pai, e Martina decidiu dizer-lhe a verdade:

— Tu és fruto da minha primeira e única relação amorosa, que foi casual. Era uma rapariguinha de quinze anos, tão ignorante que não sabia os riscos que corria. Ele tinha mais alguns anos do que eu e era completamente irresponsável. Nunca chegou a saber que eu engravidei e eu nunca senti a necessidade de lho dizer, porque não nos amávamos.

Giuliana aceitou a explicação da mãe, sem fazer comentários. Mas não tinha a certeza de partilhar aquele ponto de vista, porque sempre desejara um pai e sofrera muito por não ter nenhum. Agora com catorze anos, Giuliana considerava a mãe uma amiga preciosa que nunca a desiludia.

Por isso a defendera em relação à avó. Por outro lado sabia que, no dia seguinte, Martina ia estar ali, a festejar o Natal com ela, para a encher de presentes e irem à missa.

A avó começou a resmungar em voz baixa, enquanto esticava a massa para fazer os *ravioli*. Giuliana pousou os ovos no peitoril da janela e depois eclipsou-se, porque o cheiro a comida a incomodava.

Àquela hora, Martina preparava-se para ir a casa dos Paganessi festejar a Consoada. Escolheu um vestido preto, justo, de manga curta, em caxemira, marcando a cintura com uma corrente dourada. Calçou uns sapatos rasos de camurça. Colocou uns brincos de ouro e arranjou o cabelo com duas escovadelas. Ines deixara-lhe todas as suas joias. Ela tinha-as depositado num banco, num cofre, conservando apenas algumas peças que usava em raras ocasiões.

Escolheu um casaco preto forrado a pele de castor para levar à missa, no Duomo, depois do jantar.

Saiu de casa e foi a pé até à residência dos Paganessi, na Via Bigli. Levava um enorme saco com os presentes para os amigos e para os filhos destes que estavam já na cama, quando chegou. Nicoletta arrumou os presentes da «tia Martina» na árvore.

— Somos só nós os quatro — disse. E explicou que alguns primos Montini festejavam o Natal em Cortina, onde tinham uma casa, e que outros haviam ido de férias para o estrangeiro. Desde que a avó Lillina morrera, a família tinha-se dispersado um pouco. Nicoletta e Giovanni optaram por um Natal tranquilo na cidade. Sandro, o solteirão inveterado, deixava-se adotar um pouco por toda a gente.

Estava agora na sala com o cunhado a tomar um aperitivo e recebeu Martina com um abraço.

— Nem queria acreditar quando me confirmaram que vinhas. Porque não trouxeste também a tua filha?

— A Giuliana está a representar numa récita paroquial. Quanto a mim, a minha mãe mandou chamar o homem que vai matar o porco, um ritual bárbaro que eu detesto. Fugi e regresso a Vertova amanhã de manhã — explicou.

Depois do jantar e da troca de presentes foram ao Duomo. Quando acabou a missa, Sandro levou-a de carro à Via Serbelloni.

— Não me convidas para um copo de despedida? — perguntou-lhe.

Beberam champanhe na tranquilidade acolhedora do apartamento, em frente à lareira acesa.

— Há muitos anos, pedi-te em casamento. Quero que saibas que a minha proposta ainda se mantém — declarou Sandro.

Martina anuiu, pensativa, e acariciou-lhe a mão.

— Não me parece que tu tenhas conseguido conquistar aquele outro de quem gostavas desde pequena — acrescentou.

— É verdade.

— Queres ficar sozinha para o resto da tua vida e deixar-me morrer de desilusão?

Ela riu-se escondendo o embaraço ao constatar que começava a nutrir por ele um sentimento diferente da amizade.

— Não vais morrer de desilusão — prometeu.

— Não, se conseguir ficar contigo. — Apertou-a nos braços e beijou-a.

Naquela noite dormiram juntos e Martina não pensou em Leandro.

— Feliz Natal. — Sandro acordou-a com um beijo.

— Feliz Natal para ti também — respondeu ela a sorrir.

— Queres casar comigo?

— Não me pressiones — disse Martina, saindo da cama.

— Estou a falar-te de sentimentos, não de tempo — precisou ele.

— Vou à cozinha preparar o pequeno-almoço — anunciou Martina.

Quando se reuniu com Martina, de roupão vestido, ela já tinha a mesa posta com o leite, café e *panettone*.

— Não me respondeste — insistiu Sandro, servindo-se de café.

— Dá-me tempo, por favor — sussurrou ela. Beijou-o na ponta do nariz e sentou-se à sua frente.

— A mais cem natais como este — brincou ele, enquanto erguia a chávena.

— A outros cem — respondeu Martina. — Não se pode dizer que comigo tenha sido amor à primeira vista, mas garanto-te que neste momento me sinto muito feliz.

Sandro preferia que ela lhe tivesse dito que o amava loucamente.

Em qualquer caso, pedira-lhe tempo e ele ia dar-lho.

Martina aproximou-se da janela, olhou para o céu e disse:

— Está ar de neve.

— Como sabes?

— Nasci no campo. O céu conta-nos muitas coisas se aprendermos a conhecê-lo. Agora diz que vem neve, e isso faz-me feliz.

— Quero levar-te a Vertova — decidiu ele.

— Tenho o meu carro aqui em baixo.

— Deixa-o lá estar. Quero ter-te junto a mim mais um pouco. Começou a nevar quando estavam já na autoestrada.

Martina reclinou a cabeça sobre o ombro de Sandro, fechou os olhos e sussurrou:

— Agora é mesmo Natal, e eu acho que te amo.

CAPÍTULO

40

Pouco depois de acordar, Vienna desceu à cozinha e tomou o pequeno-almoço. Enfiou o casaco, pegou na carteira e saiu de casa para ir às compras. A um metro da porta, à sua frente, viu um peluche gigantesco muito colorido com as feições do cão Pluto, a famosa personagem da fantasia de Walt Disney.

Estava vestido como um pajem do Renascimento e tinha ao pescoço um cartaz que dizia: «MARTINA, QUERES PASSAR O FIM DE ANO COMIGO?»

Apressou-se a levá-lo para casa, antes que alguém o visse.

Chamou pela filha em voz alta, que dormia.

— Mas que novidade vem a ser esta? — perguntou Vienna, agressiva.

— O tolinho! — sussurrou Martina, com um sorriso satisfeito.

— Pode saber-se que tipo de palhaçada é esta? — perguntou Vienna.

— É pura e simplesmente um convite do Sandro Montini. Está sempre com vontade de brincar, e tem umas brincadeiras deliciosas, como vês.

— E sobretudo muito discretas — respondeu Vienna, irónica.

— O Sandro é um homem muito carinhoso e muito, muito divertido. Não vale a pena zangares-te.

— Vale sim, porque resolveste inventar uma história com ele só por despeito — provocou.

— Não inventei rigorosamente nada.

— Não me contes mentiras. O Leandro casa-se e tu, sem mais nem menos, decidiste acertar as contas. Ficas já avisada que não é nesta base que se estabelece uma relação — censurou a mãe.

— Porque não te metes na tua vida? — resmungou Martina, sabendo que Vienna tinha razão, pelo menos em parte.

Gostava muito de Sandro, e talvez estivesse até apaixonada.

Gostava de pensar na noite que passaram, poucos dias antes, no apartamento de Milão, porque tudo entre eles fora perfeito. Esperara quinze anos para se entregar de novo a um homem, e agora sabia que escolhera o melhor. Ele era meigo e de confiança, descarado e doce. Tinham os mesmos gostos, apreciavam os mesmos livros e a mesma música. Ele era bonito, saudável e cheirava muito bem. Em suma, era um homem perfeito.

E ela era uma mulher consciente e responsável que reclamava a sua parte no amor.

— Queres que me meta na minha vida? Muito bem. Mas não venhas chorar para cima de mim no dia em que as coisas derem para o torto. Entretanto tira-me daqui este peluche, que me causa horror — ordenou, indicando o peluche. Depois dirigiu-se à porta com um passo militar. Martina levou o Pluto para o quarto, vestiu-se e correu para a igreja. Foi direta à imagem de Jesus, sentou-se no banco e rezou. Regressou a casa, convicta que Jesus lhe mostrara o que fazer.

E ela assim fez. Foi à Villa Ceppi e abriu a porta da entrada. Entrou e procurou o interruptor da luz, apesar de duvidar que o sistema elétrico estivesse ainda ativo. Mas as luzes acenderam-se, e isso pareceu-lhe um bom sinal. Recordou que aquela casa fora habitada por Bruno Biffi. Espantou-se por não se conseguir lembrar do rosto do rapaz que a engravidara. A memória apagara-lhe os traços, o som da voz, os gestos. Dele recordava apenas o sobretudo de camelo e uma frase que repetia: «Esteticamente, o homem é mais bonito do que a mulher.» Uma vez Martina tinha argumentado: «Se assim fosse, porque é que os homens olham para as mulheres nuas?» Ao que ele respondeu: «Porque não percebem nada. Os gregos souberam exaltar o nu masculino. De resto, é assim também no mundo animal. O macho é sempre mais bonito do que a fêmea.»

Era apenas isso que recordava do pai da sua filha. Entrou nos aposentos da *villa,* que ia iluminando à medida que avançava, a tremer de frio. Os móveis e os sofás estavam cobertos por grandes telas cheias de pó. Deu a volta ao rés do chão: a marquise, a sala de bilhar, a grande sala de jantar, a salinha do pequeno-almoço, a sucessão de salas de estar, o escritório, a grande cozinha. Desceu à meia-cave. Visitou a despensa, os quartos dos criados, o quarto da caldeira e a carvoaria antiga. Estava ainda cheia de carvão bem seco. E pensou em Stefano Ceppi, aquele pai lindíssimo que nunca conhecera e que tinha morado ali.

— Acho que iria gostar imenso de ti — sussurrou, como se ele pudesse ouvi-la. Voltou a subir as escadas devagar, perguntando-se porque não quisera entrar na posse daquela casa que lhe pertencia por direito durante tanto tempo. Na realidade a história da sua vida, estava ligada àquela fantástica *villa liberty*.

E, tal como Vienna, também ela preferira a simplicidade da família Agrestis. No entanto, estava decidida a instalar-se na casa do pai. Para tal, urgia colocar o aquecimento a funcionar.

Saiu para o jardim. Por cima das montanhas embranquecidas perfilava-se o Sol. Gostava de ir esquiar, mas antes tinha de procurar Bortolo, o homem que tratava das caldeiras.

Encontrou Gigliola, a mulher, que estava a arrumar o armazém.

— O Bortolo não está — disse.

— Vou deixar-te as chaves da Villa Ceppi. Preciso que o teu marido vá ligar a caldeira, porque gela-se lá dentro. Quero aquela casa quente e limpa, antes de ir viver para lá — concluiu Martina.

— Não me digas! — exclamou Gigliola, excitada com a novidade.

Havia sempre uma contrapartida a pagar com os conterrâneos, e Martina preparou-se para isso.

— Já conheces a minha mãe, é uma mulher extraordinária mas também é muito possessiva. Como todas as mães, tem sempre alguma coisa a dizer sobre tudo e não se apercebe de que eu já não sou uma menina. Sabes que vou fazer trinta anos? Necessito do meu espaço — explicou.

— Santas palavras. Tens o direito de viver a tua vida — concordou Gigliola.

— Recentemente tive a oportunidade de alugar a Villa Ceppi. Agarrei-a logo. A sociedade a que ela pertence pediu um aluguer aceitável — mentiu, fornecendo no entanto uma explicação bastante plausível. Martina sabia que a notícia depressa se tornaria do domínio público e insistia em sublinhar o facto de que ela era apenas uma inquilina, de forma a calar a curiosidade dos conterrâneos.

— Fico mesmo contente. Sabes que sempre que passo ali e vejo aquelas janelas fechadas me dá tristeza? Lembro-me de como era a *villa* no tempo dos condes: um vaivém de gente e um jardim lindíssimo. Assim como está agora, parece uma casa fantasma — comentou Gigliola. E acrescentou: — Queres tomar alguma coisa? — Sem esperar pela resposta, chamou a sogra em voz alta e pediu-lhe para fazer um café.

— A Agostina está cada vez mais confusa e surda — comentou.

Era a mãe de Bortolo, e contava já oitenta anos. Continuava a prever o futuro, mas estava quase sempre em casa, invocando dores de cabeça perenes que mitigava com uma tira de pano embebida em vinagre bem apertada em volta da cabeça.

— Não me queres ajudar a limpar a Villa Ceppi? — perguntou Martina a Gigliola.

— E ainda perguntas? Estou farta de estar aqui a ouvir as resmunguices da minha sogra. Quando começamos?

Agostina entrou no armazém com um tabuleiro e duas chávenas de café. Vestia-se ainda como uma camponesa de antigamente, de saia comprida até aos pés. Pousou a bandeja no balcão e depois voltou-se para a nora.

— O que é que esta grande senhora está aqui a fazer? — perguntou.

Gigliola levou o indicador à têmpora e sussurrou para Martina:

— Está quase sempre passada da cabeça. Mas, acreditas que as mulheres ainda aqui vêm para ela lhes prever o futuro?

— Sou a Martina, a filha da Vienna.

A mulher fitou-a durante um longo instante. Depois disse:

— És aquela que teve uma filha sem ter marido.

— Estou a ver que tem boa memória — disse Martina, a sorrir.

— Mãe, deixe-se de disparates — pediu Gigliola, embaraçada.

Agostina abriu os lábios num sorriso e afirmou:

— Os filhos são como os pingos de mel: um atrás do outro. — Referia-se aos figos mais doces: depois de se comer o primeiro, torna-se difícil parar.

— Está mesmo maluca, pobre mulher — lamentou a nora.

Quando Martina se foi embora, Gigliola comentou com a sogra:

— A Martina é muito reservada, é como a mãe. A história da Villa Ceppi não me convence nem um bocadinho.

CAPÍTULO

41

Martina foi viver para a Villa Ceppi com Giuliana.

— Finalmente temos uma casa ao nosso nível — afirmou a filha.

— Não gostei nada do que disseste — censurou a mãe. — Vê lá se não te armas em importante, porque tudo aquilo que temos devemo-lo à generosidade da condessa Ceppi. Não somos ricas e temos de administrar os nossos rendimentos com algum cuidado.

Martina tinha consciência do privilégio de poder viver sem trabalhar, até porque, se tivesse sido obrigada a sustentar-se, fá-lo-ia de má vontade. Seguramente herdara o prazer do ócio do avô Ubaldo Ceppi e sentia-se grata à avó Ines por lhe ter deixado um imenso património, para além das casas. Preocupava-se, no entanto, com o futuro de Giuliana, e queria que ela aprendesse a sustentar-se contando apenas com as suas forças.

— Mas também não somos pobres — afirmou a filha.

— Temos o suficiente — precisou a mãe. Em casa nunca se falava de dinheiro, e quando Giuliana exprimia um desejo insólito, Martina dizia: — Não sei se nos podemos dar a esse luxo. — Assim, Giuliana dava-se com as amigas de Vertova, sentindo-se uma delas, mas também se sentia à-vontade com os amigos milaneses da mãe, que vinham muitas vezes visitá-las ao fim-de-semana e nos dias de festa.

Era domingo de Páscoa e Giuliana jogava andebol no jardim da Villa Ceppi com os pequenos Paganessi.

A bola, lançada com força, voou por cima do muro que separava a propriedade dos Ceppi da dos Bertola.

— E agora, como a vamos buscar? — perguntou Giuliana, irritada.

— Pegamos no escadote e vemos onde foi parar — sugeriu um dos miúdos.

O filho mais velho de Nicoletta Montini, tendo chegado ao topo da escada, deixou correr o olhar pelo jardim do lado.

— Estou a vê-la! — gritou. — Foi parar a um arbusto de folhas verdes e amarelas.

O arbusto em questão era uma fantástica *aucuba variegata,* como constatou Giuliana, que também quis subir ao escadote para fazer o ponto da situação. Era impossível deixar-se cair do outro lado para recuperar a bola. Felizmente viu as janelas abertas do rés do chão da *villa* e deduziu que os Bertola estavam em casa.

— Estamos com sorte. Vou tocar à campainha — anunciou, dirigindo-se para fora do jardim.

Quem abriu a porta foi Leandro, recém-chegado a Vertova com a mulher para passar a Páscoa no campo.

— Podemos ir buscar a nossa bola? — perguntou Giuliana.

O homem reconheceu-a e mandou-a entrar.

— Faz de conta que estás em tua casa — disse. E sorriu-lhe.

— Estamos a fazer muito barulho? — perguntou ela, um pouco embaraçada.

— Sabes que é impressionante a tua semelhança com a Martina? — constatou.

— Toda a gente me diz isso.

— A Martina e eu fomos grandes amigos quando tínhamos a tua idade — acrescentou o médico.

Do outro lado do muro os Paganessi gritavam:

— Encontraste-a?

— Desculpe — disse Giuliana, e correu em direção ao arbusto da aucuba. Apanhou a bola e atirou-a por cima do muro. Depois voltou para junto de Leandro.

— Desculpe o incómodo, senhor doutor.

— A filha da Martina nunca me incomoda.

À porta da *villa* surgira uma mulher nova, loira, vistosamente grávida. Tinha as mãos cruzadas sobre o ventre e olhava para a rapariga.

— Como está a tua mãe? — perguntou Leandro, enquanto acompanhava Giuliana ao portão.

— Ótima, como sempre — respondeu. Depois perguntou: — E o senhor doutor, como está?

— Como me vês — respondeu, a sorrir.

Por vezes Giuliana ouvira a mãe e a avó falar dele como de um velho amigo, e não compreendia a razão de não conviverem e se cumprimentarem apenas, quando se encontravam por acaso.

— Giuliana, despachas-te? — Os amigos chamavam-na, do outro lado do muro.

Ela parou no portão, olhou Leandro nos olhos e disse:

— Parece que a mãe vai casar-se.

O sorriso de Leandro extinguiu-se, enquanto lhe pedia:

— Dá-lhe os meus parabéns.

— Eu disse que parecia, ainda não é certo — precisou Giuliana.

— Dá-lhos, de qualquer maneira.

Era quase meio-dia. Em casa, Martina estava a dar os últimos retoques à mesa com a ajuda de Gigliola, que trabalhava agora na *villa* todos os dias.

Giuliana entrou em casa a correr, parou em frente da mãe e transmitiu-lhe:

— O doutor Bertola manda-te os parabéns.

— A que propósito vem agora o doutor Bertola? — perguntou Martina, alarmada.

— Não o Pietro, o filho, o Leandro — precisou.

Giuliana sentira desde sempre alguma coisa de misterioso na vida das duas mulheres que eram o seu único ponto de referência: a mãe e a avó. Alguma coisa que, sem se dar conta, lhe causava um vago mal-estar. E que, às vezes, era irritante. Como acontecia agora com a mãe, que a olhava com uma luz indecifrável nos olhos.

— Disse-lhe que parecia que te ias casar — acrescentou.

— Tu és doida! — exclamou Martina com veemência. Era claro que Giuliana a estava a provocar, assim como era evidente que adorava Sandro. Se ela se casasse com ele, Giuliana ficaria feliz. Ela e Sandro tinham uma boa relação e estavam juntos muitas vezes. — Daqui até casar com ele, ainda vai uma distância — dissera-lhe poucos dias antes, observando depois com ternura uma sombra de desilusão no rosto da filha.

— A questão é que todas as mães têm um marido. Por não tens? — fora a reacção de Giuliana.

— Talvez porque é demasiado complicado — respondeu a mãe. — Eu vou dizer-te o que acho. As razões que levam uma mulher ao casamento são muitas e variadas. Há quem case por amor, por interesse, por uma necessidade de segurança, de pertença, para não ficar atrás das amigas que já se casaram, por medo de ficar para tia, para não incorrer no juízo das pessoas que dizem: se aquela não se casou foi porque ninguém a quis, e se ninguém a quis sabe-se lá o que está por detrás disso. Em suma, uma mulher arranja um marido por muitos motivos diferentes. Eu, porém, tive uma vida especial e estou convencida de que o casamento é uma promessa indissolúvel de amor e de fidelidade, um sacramento importante. O casamento é um facto íntimo e solene que comporta uma escolha de vida definitiva e que envolve um compromisso. Percebes?

— A mim bastava-me que tu te casasses.

— Mas se me tivesse casado com o teu pai, teríamos sido infelizes os três. Acredita, Giuliana.

— Mas com o Sandro és feliz. Ele adora-te.

— Eu também estou apaixonada por ele.

— Mas não sabes se vais conseguir amá-lo toda a vida. É isso? — perguntou a filha.

— É isso — respondeu Martina. E, mudando de tom, perguntou à filha: — Quem te autorizou a dar ao Leandro uma notícia que não é verdadeira?

— Desculpa, mamã, não o volto a fazer — disse Giuliana. Depois acrescentou: — Mas, que coisa estranha! Pareceu-me que o doutor não ficou muito satisfeito quando lhe disse que te ias casar.

— Pareceu-te? — perguntou Martina, com curiosidade. A filha anuiu.

À noite, todos os hóspedes, incluindo Sandro, partiram para Milão. Antes de adormecer, Martina, que estava com uma feroz enxaqueca, tentava encontrar a razão para Leandro ter reagido com desapontamento à notícia de um possível casamento.

CAPÍTULO 42

O toque insistente do telefone interrompeu o silêncio da noite. Martina, que dormia profundamente, ouvia-o dentro do sono como o zumbido fastidioso de um inseto, antes de acordar. Acendeu a luz e viu as horas: eram três da manhã.

Atendeu com uma voz ensonada:

— Estou...

— Martina, é o Giovanni.

— Porque me estás a telefonar a esta hora? — perguntou ela, preocupada.

— Bem... quer dizer... estou no hospital de Bérgamo.

— O que aconteceu? — quis saber assustada.

— Houve um acidente, depois de sairmos daí.

— A Nicoletta? O Sandro? — perguntou ansiosa, sabendo que os Montini deixaram Vertova em dois carros: num ia Giovanni com os filhos e no outro Sandro com a irmã.

— Pois é... é deles que se trata... Se quiseres vir...

— Vou imediatamente — disse, e desligou o telefone.

Giuliana apareceu à porta muito ensonada, enquanto Martina se vestia.

— Quem ligou a estas horas?

— Era o Giovanni, que teve um acidente de carro. Nada de grave — garantiu a mãe. — Eu vou ao hospital de

Bérgamo. Tu volta para a cama e amanhã de manhã eu conto-te tudo. Fica sossegada.

Nas urgências, Martina foi orientada para o bloco operatório.

Em frente à grande porta de vidro do serviço de cirurgia, interdito a pessoal estranho ao serviço, viu Giovanni Paganessi.

— Os miúdos? — perguntou de imediato Martina, antes mesmo de chegar junto dele.

— Estão bem. Estão na enfermaria — respondeu. Martina abraçou-o e ele desatou num pranto dilacerante, enquanto dizia: — A Nicoletta não aguentou. Os pequenos ainda não sabem.

— E o Sandro? — perguntou Martina, com um fio de voz.

— Estão a tentar operá-lo. É muito grave — explicou Giovanni, apertando-a contra si.

Depois, aos poucos, contou o sucedido. Quando saíram de Val Seriana entraram na autoestrada. Estava o habitual trânsito indisciplinado que caracteriza o início e o fim das pontes de feriados. Sandro fazia uma ultrapassagem quando foi surpreendido por um carro que circulava a grande velocidade. O impacto fora assustador. Giovanni, que ia à frente deles, assistira a tudo pelo espelho retrovisor.

— O fim do mundo — lamentou. — Nicoletta morreu enquanto a operavam. O Sandro ainda está no bloco operatório.

Martina e Giovanni continuaram abraçados, a chorar no ombro um do outro.

— Vai ter com os miúdos — disse Martina. — Eu fico aqui à espera de notícias — acrescentou.

Aninhou-se numa cadeira de plástico perguntando-se se não teria podido inverter o decurso do destino se tivesse permitido a Sandro ficar na Villa Ceppi naquela noite. E tê-lo-ia feito, se não lhe tivesse dado a habitual dor de cabeça.

Essa fora a razão por que dissera a Sandro:

— Estou com uma forte enxaqueca. É melhor ires para casa. Amanhã falamos.

Despediu-se dos amigos e enfiou-se na cama. Ao contrário do que afirmava Vienna, Martina gostava muito de Sandro. Naquela tarde, enquanto as crianças brincavam no jardim, os dois conversaram na sala de estar e ela sentiu que era aquele o homem com quem queria casar. Agora o destino decidia por ela do outro lado daquela porta envidraçada, no bloco operatório, onde os cirurgiões tentavam salvar a vida de Sandro. *Querido Jesus, se o curares, eu caso-me com ele*, pensou, enquanto limpava as lágrimas com um lenço.

Uma mão veio pousar no seu ombro e uma voz que conhecia bem murmurou-lhe:

— Olá, Martina.

Levantou os olhos e viu Leandro a olhar para ela com ternura. Vestia a bata verde do bloco operatório.

— Diz-me... tens notícias? — suplicou ela.

— Sinto muito, mas o teu namorado não sobreviveu. Coragem, Martina — encorajou-a: — Vem ao meu gabinete. — Ajudou-a a levantar-se da cadeira, deu-lhe o braço e conduziu-a pelo corredor.

— Tina, traga-me dois cafés — pediu Leandro, quando passou em frente à sala das enfermeiras. Depois guiou Martina para o interior do seu gabinete e convidou-a a sentar-se em frente à secretária.

A enfermeira entrou com o café acabado de fazer, espalhando o aroma e neutralizando o cheiro asséptico do hospital.

Martina, que seguira Leandro como um autómato, incapaz de qualquer reação, recomeçou a chorar, escondendo o rosto entre as mãos. Leandro pôs açúcar no café, aproximou-se e entregou-lhe a chávena.

— Toma — disse, afagando-lhe os cabelos com ternura.

Na véspera, manhã de Páscoa, quando Giuliana lhe disse que a mãe se ia casar, sentira uma pontada de ciúme, como se só ele tivesse direito a ambicionar tal prémio. Obviamente perdera-o, ao casar-se com Emanuela. No entanto, continuava a considerar Martina como uma espécie de feudo pessoal que ninguém podia ocupar, nem mesmo Sandro Montini. Martina apresentara-lho na noite de Natal, no adro da igreja, depois da Missa do Galo. Martina estava com Sandro e Giuliana. Leandro reparou com alguma contrariedade que o namorado da sua preciosa amiga era bonito e tinha muita classe, e admitiu para si que, daquela vez, Martina fizera uma ótima escolha. A situação não lhe agradara e continuava à espera que aquela história acabasse. Era um desejo irracional, mas tudo era irracional na sua relação com Martina.

Naquela noite, quando o chamaram do hospital para um caso gravíssimo, não imaginava tratar-se de Sandro Montini. Soubera-o no decurso da intervenção cirúrgica, enquanto fazia os possíveis para que o coração daquele homem não parasse de bater. Alguém pronunciou o nome do paciente e, nesse momento, empenhou-se ainda mais para o tentar salvar. Mas tudo foi inútil.

Martina bebeu um gole de café e perguntou:
— Sofreu?

— Não. Entrou em coma no momento do acidente e não voltou a acordar — garantiu. Depois lamentou: — Sinto muito.

Martina limpou as lágrimas e Leandro sentou-se atrás da secretária.

— Não se pode dizer que eu tenha muita sorte com os homens — lamentou-se.

— Ele ainda teve menos sorte do que tu — sublinhou Leandro.

— A minha filha queria tanto que eu me casasse com ele! Considerava-o um pai.

— E tu, casavas?

— Acho que sim. Queria dar um pai à criança que trago no ventre — confessou num sussurro.

— Outro filho? — perguntou ele. Martina anuiu.

CAPÍTULO

43

Agnese e Antonia Agrestis com os maridos, e Ermanno Agrestis com a mulher, chegaram a Vertova, a casa de Vienna. A notícia da segunda gravidez de Martina circulara pelos parentes. Não podiam acreditar que a sobrinha ia pôr no mundo outro filho sem ter um marido.

— O nome da tua filha anda na boca de toda a gente, de Bérgamo até Clusone — começou Ermanno que, depois da morte do pai, era considerado o ponto de referência da família.

Vienna acabara de preparar um tacho de polenta, e o queijo de ovelha derretido espalhava pela cozinha um perfume muito convidativo.

— Chegaram mesmo a tempo de se sentarem à mesa — disse, ignorando o preâmbulo do cunhado.

Imaginou a troca de telefonemas entre todos os Agrestis, que agora se davam a grandes ares, porque cada um tinha casa própria e automóvel, e as mulheres ostentavam imensas joias. Estavam muito compenetrados no seu papel de industriais emergentes, de católicos praticantes, de democratas-cristãos convictos, com um nome a defender.

Sobre a vida deles, Vienna sabia mais coisas do que poderiam imaginar e considerava-os impróprios para subir ao estrado e armarem-se em moralistas. Naquele momento ficou calada e colocou em cima da mesa uma garrafa de vinho do Piemonte.

Era um bonito domingo de setembro, acariciado por um sol doce e pelo perfume das uvas que acabavam de amadurecer nas vides encostadas à parede do velho *atelier*, agora desativado.

— Olha que não nos consegues amansar pela boca — avisou Agnese, que ostentava um *tailleur* de seda florida, um penteado muito armado que parecia um pudim de chocolate e as unhas arranjadas, pintadas de vermelho, sublinhando os dedos gorduchos.

— Mas eu também não vos quero amansar. Só quero que comam esta polenta de que tanto gostam — respondeu, com um olhar seráfico e um sorriso convidativo.

Agora nas casas dos cunhados cozinhavam-se *penne all'arra-biata, spaghetti alla putanesca* e *saltimboca alla romana,* porque estes pratos os faziam sentir-se pessoas mais de acordo com os tempos. Mas de facto, quando iam a Vertova, apreciavam o salame feito em casa, o arroz com chouriço e as tostas de pão com um toucinho que se derretia na boca como manteiga.

As cunhadas falavam de dietas e colesterol e, de manhã, tomavam um iogurte como pequeno-almoço, em vez de pão e café com leite, como sempre tinham feito.

— Vou fazer o café — disse Vienna, depois de levantar a mesa. Tinha a certeza de que, com o estômago cheio, estariam todos menos agressivos.

— Mas olha que tu não te cuidas o suficiente — disse Antonia ao mesmo tempo que, levantando o dedo mindinho, segurava a asa da chávena de café e a levava aos lábios. — Sempre com essa batinha de chita e esse penteado antiquado — lamentou, com o ar de uma amiga que quer dar bons conselhos.

— Por acaso tens razão. O mundo muda e eu não me adapto. Mas, para seguir a moda, é preciso ter dinheiro. Eu só tenho a pensão do meu pobre Arturo, o pouco que herdei dos meus pais e esta casa que vocês me deixaram — disse, com uma voz doce.

— A casa pertencia-te por todo o trabalho que fizeste aqui dentro — reconheceu Ermanno. Nesse momento Vienna lançou a primeira estocada.

— Na verdade devia pertencer-me muito mais, se vocês tivessem respeitado o testamento do pai Antonio, que dividiu tudo, entre os oito filhos, o Arturo inclusive, apesar de o meu marido já cá não estar nessa altura.

— Mas tu concordaste! — interveio Agnese.

— E ainda concordo. Mas não me apetece nada ouvir dizer que não me cuido o suficiente e que devo à vossa generosidade a casa onde vivo — precisou.

Acabava de exprimir alguns conceitos concretos que eles entendiam, colocando-os numa posição difícil, pois previa aquilo que seria dito a seguir.

— Bem, a tua filha não passa grandes privações, apesar de não se saber de onde lhe vem o dinheiro — observou a mulher de Ermanno, que morria de curiosidade.

— E então? — perguntou Vienna.

— Parece que, de cada vez que fica grávida, alguém abre os cordões à bolsa — disse Antonia.

Portanto, era aquilo que pensavam, achou Vienna. Primeiro o dinheiro dos Biffi e agora o dos Montini. Estavam redondamente enganados, e era bom que assim fosse.

— Vê-se que é uma rapariga com sorte — sugeriu.

— E também que é um pouco irresponsável — argumentou Agnese.

— Antes de falar da Martina, aconselho-te a passar a boca por água — declarou, pondo as garras de fora.

— Eu até podia, mas acontece que o vale inteiro fala nisso.

— Porque tem filhos sem ter um marido? Olha que esta! Mas porque é que cada um não olha para dentro da sua própria casa? A Martina faz a vida dela à luz do Sol. Mas tu, tu e tu — disse Vienna, apontando o dedo aos presentes —, têm assim tanto a certeza de fazer a mesma coisa?

— O que queres dizer com isso? — reagiu Ermanno.

Vienna sabia que, desde que os negócios prosperavam, Ermanno arranjara uma amante, uma ruiva vistosa que vivia em Castione e a quem ele chamava «a minha gazela». Toda a gente sabia, exceto a mulher.

— Ermanno, não me obrigues a dizer coisas que mais vale calar. Uma gravidez não se pode esconder. Outras coisas, menos bonitas do que o nascimento de um filho, sim.

— Bem, agora que começaste vai até ao fim — reagiu Antonia, furiosa, ao mesmo tempo que o irmão se levantava da mesa.

— Tu és toda casa e igreja, portanto sabes muito bem o que nos ensina o Evangelho: dai a César o que é de César e a Deus o que é de Deus. No entanto, tens a contabilidade organizada de uma forma pouco clara, e isso é pecado — retorquiu Vienna, que sabia que os Agrestis faziam como todos aqueles que tinham empresas lucrativas. Fugiam aos impostos, utilizando duas contabilidades: uma oficial e outra escondida, que permitia acumular os lucros.

Vienna tinha um parâmetro de avaliação dos pecados muito seu, e roubar ao Estado, e portanto aos cidadãos, segundo ela era bem mais grave do que ter filhos fora do casamento.

— Estamos a falar de moralidade. O que a contabilidade tem a ver com isto? — reagiu o marido de Antonia, que era guarda-livros e sabia mascarar os lucros, considerando aquela manobra absolutamente lícita.

— Convosco não adianta, mas eu quero-vos bem na mesma — sussurrou Vienna, a abanar a cabeça, conformando-se com o facto de não ser compreendida.

— Em suma, dois filhos ilegítimos são uma grande desonra para a família — disse Agnese, fazendo tilintar os ouros em volta do braço. Era a filha mais nova de Ermellina e gabava-se de ter um diploma que lhe permitia trabalhar. De toda a família, era a única que prosseguira com os estudos para além da escola primária. Casara com um engenheiro técnico, que agora trabalhava na empresa familiar. Tiveram em casa uma criada jovem e engraçada por quem o marido se apaixonara. Ela, que sabia, ficou calada mas despediu-a no dia em que a rapariga ficou grávida, e o marido não mexeu um dedo para a ajudar. Vienna desprezava-o por isso. Provocou:

— Não é a única que os tem, nesta família.

Não os julgava, mas não estava disposta a aceitar que eles viessem criticar a vida da sua filha. Vieram a Vertova saber o porquê, o como, e formular juízos. Foram-se embora com o rabo entre as pernas, a remoer as suas próprias culpas. Subsistia ainda, em cada um deles, uma sombra da honestidade passada que os deixou pouco à-vontade. De tal maneira que Ermanno comentou:

— Afinal, mais valia que nos tivéssemos metido na nossa vida.

CAPÍTULO

44

O professor Pietro Bertola, chefe de serviço de Medicina Interna, soubera pela freira que Martina Agrestis, uma sua conterrânea, dera à luz uma filha alguns dias antes.

— Não é apenas uma pessoa da minha terra. Fui eu quem a ajudou a nascer, há trinta anos. É quase uma afilhada. Via-a crescer e conheço a família toda — explicou. — Muito obrigado pela informação, irmã. Vou vê-la mais logo — acrescentou.

De tarde, bateu à porta do quarto.

— Posso entrar?

Viu Giuliana aninhada em cima da cama. Quanto a Martina, estava sentada no cadeirão, com a pequenina ao colo.

— Bom dia, senhor doutor — disse Giuliana, levantando-se. E acrescentou: — Venha ver a minha irmãzinha.

— Mais uma menina — constatou ele, pousando uma mão no ombro de Martina, que sorria feliz.

A menina dormia e o médico observou com ternura aquele rosto de recém-nascida.

— É muito feinha, não é? — comentou Giuliana.

— Pois, mas tu não sabes como eras nesta idade — brincou o velho médico, que também a ajudara a nascer.

— É muito bonita — protestou a mãe.

— Falei com o teu ginecologista. Soube que tiveste um parto um pouco complicado — disse Pietro.

— Esta inconsciente queria nascer de pés. Ao menos, tive uma espécie de premonição e decidi tê-la no hospital.

— Eu estava do lado de fora da sala de partos e ouvi os gritos da minha mãe. Nunca vou querer ter filhos — afirmou Giuliana.

— Bem, a tua mãe está aqui, inteira e sorridente. Que importância tem um pouco de dor, se o resultado é esta pequenina deliciosa? — disse Pietro.

— Chamei-lhe Maria, como a mãe de Jesus — disse Martina.

Naquele momento a recém-nascida abriu os olhos, agitou os braços e começou a chorar.

Martina afastou o roupão, abriu a camisa e deu-lhe o peito. A bebé começou a mamar e acalmou.

Pietro Bertola comovia-se sempre perante a sacralidade da imagem de uma mãe a dar de mamar ao filho. Para além disso, Martina tinha em si qualquer coisa de majestoso que suscitava respeito e admiração. Houve um tempo em que desejara que Martina e Leandro namorassem e se casassem. Considerava-os feitos um para o outro e continuava a acreditar nisso quando via o filho saturado da mulher e Martina a levar uma vida extravagante, sempre em busca de algo que não conseguia encontrar.

— A mãe está a mimar a Maria mais do que é aceitável. Basta ela gritar para lhe dar imediatamente de mamar — queixou-se Giuliana.

Pietro sorriu e saiu.

— Tens ciúmes? — perguntou Martina à filha. E acrescentou: — Olha que eu fazia a mesma coisa contigo. Já te esqueceste de todos os teus caprichos e dos mimos que recebeste? — disse Martina. Depois esticou um braço, tirou um pequeno embrulho de dentro da gaveta da mesa de cabeceira e entregou-lho. — É para ti, querida. Estás a tomar posse como irmã mais velha.

Giuliana abriu um estojo de joalharia e viu uma pulseira de ouro cravejada de pequenas safiras e rubis.

— Não é assim tão mau o papel de irmã mais velha — constatou. Beijou a mãe na testa e percebeu que, apesar de ter perdido o papel de filha única, Martina não a amaria menos por isso.

Nos dias seguintes chegaram os parentes Agrestis e os amigos. Levaram camisas de seda para Maria, guizos para o berço, medalhinhas de ouro, pequenas caixas de música em prata e flores. Todos festejavam o nascimento da segunda filha de Martina, sem fazer comentários. De Milão chegou também Giovanni Paganessi, que lhe perguntou por que se recusava a dar à filha o apelido de Sandro.

— Ia fazer mal à Giuliana. Seria a mesma coisa que sublinhar que a Maria tem um pai e ela não. Assim está bem — decidiu.

Sentia-se exausta com todas aquelas visitas e tantas palavras inúteis e suspirou de alívio quando, por fim, as visitas acabaram.

Era o fim de novembro. O Sol punha-se a meio da tarde, perseguido pelas sombras da noite.

Naquele serviço do hospital de Bérgamo, às seis da tarde as visitas iam-se embora, as empregadas retiravam os pratos do jantar e as enfermeiras mediam a temperatura às pacientes.

Martina mal provara a sopa de massa que «sabia a hospital» e uma maçã cozida com demasiada canela. Pegou em

Maria ao colo, sentou-se na poltrona e deu-lhe de mamar. A pequena estava esfomeada e ela pensou em Sandro, enquanto dava de mamar à filha. Recordava tudo nele: o rosto iluminado, o sorriso franco, a capacidade de transformar tudo em brincadeira, o amor que lhe dera, os sonhos de que não lhe falara, o perfume da pele. Nos seus braços, Martina fora plenamente feliz. Com ele sentira-se mulher. A experiência tida quinze anos antes com Bruno Biffi fora uma coisa de adolescente que a precipitara num poço profundo de inquietação e infelicidade. Com o pai da pequena Maria tivera uma relação consciente, feita de respeito recíproco, de alegria e de comoção.

— Imagina, minha pequenina, se por um milagre o teu pai estivesse aqui e te visse — sussurrou. Os olhos transbordaram de lágrimas ao aperceber-se de que segurava nos braços a flor de uma história de amor breve e intensa. Teria Vienna experimentado as mesmas sensações ao dar-lhe de mamar? Pensaria em Stefano Ceppi? — Eu sei que agora ele está aqui, perto de nós, está a ver-nos e é feliz — acrescentou.

A pequena Maria abandonou o mamilo da mãe, que lhe limpou a boca e a levantou contra si, dando-lhe pancadinhas afectuosas nas costas. Martina chorava baixinho, porque se sentia feliz e grata à sorte que lhe ofertara uma nova vida para ter nos braços.

Duas enfermeiras entraram no quarto.

— Chore, minha senhora. Todas as parturientes choram — disse uma delas, enquanto a outra deitava Maria no berço. Depois acrescentou: — Agora é melhor levantar-se da poltrona e ir para a cama.

Martina obedeceu.

— Não deve ter tantas flores no quarto — observou uma enfermeira. — Quer que as levemos a Nossa Senhora?

— Dividam-nas entre as duas e levem-nas para casa. No inverno, as flores dão alegria — disse Martina.

As mulheres não esperaram que ela repetisse a oferta.

Depois, uma delas pegou em Maria ao colo e disse:

— Vamos pô-la na enfermaria para poder dormir sossegada.

Martina reagiu logo:

— A Maria é muito sossegadinha: come e dorme, como podem ver. Quero ficar com ela aqui.

Apagaram as luzes à exceção de uma pequena lâmpada na mesinha ao lado da cama e saíram.

Martina adormeceu.

Uma carícia na testa acordou-a. Na penumbra viu Leandro, que estava de pé ao lado da cama e lhe sorria.

— O que estás aqui a fazer? — perguntou Martina.

— Cchhh! Fala baixo, ou acordas a menina — sussurrou ele, levando um dedo aos lábios. — Estou a sair do bloco operatório. O meu pai disse-me que já tinhas tido a criança, e eu vim visitar-te. É uma menina lindíssima e sei que se chama Maria. Como estás, Martina? — perguntou com ternura.

— Senta-te — pediu.

Leandro encostou uma cadeira à cama, sentou-se e segurou as mãos da amiga.

— Sabes, eu também fui pai pela segunda vez, há uns meses.

— Eu soube.

— Pode ser que a tua Maria case com o meu filho — gracejou.

Ao fim de tanto tempo, na tranquilidade acolhedora daquele quarto de hospital, as suas almas abriam-se como se tivessem reencontrado o entendimento de quando eram crianças.

— Estás feliz? — perguntou Martina.
— Estou sereno. E tu?

A pequena Maria começou a chorar e quebrou o encanto daquele momento mágico.

— Tenho de tratar da minha menina — respondeu ela, largando as mãos de Leandro.

CAPÍTULO 45

Quando se instalava na Via Serbelloni por períodos prolongados, Martina convidava os amigos mais íntimos para almoçar ou para jantar. Naquela noite convidou Giovanni Paganessi e os filhos, que chegaram antes do previsto, quando ela estava a deitar a pequena Maria. Quem os recebeu foi Giuliana, que era excelente a fazer as honras da casa. Serviu os aperitivos na sala de estar.

— A Maria não adormece se a mãe não lhe ler uma história primeiro. É muito esperta: escolhe sempre as mais compridas — explicava Giuliana, enquanto servia o vinho espumante.

— Mas adormeceu antes do fim — disse Martina, ao entrar na sala.

Giovanni e os filhos abraçaram-na. Era muito querida pelos Paganessi, que a consideravam como um membro da família.

— Quantos dias vais ficar em Milão? — perguntou-lhe Giovanni.

— O tempo necessário para perceber o que a Giuliana anda a tramar — sussurrou, aproveitando o facto de os mais novos terem posto a tocar no gira-discos os êxitos discográficos do momento.

— Não estás tranquila?

— Digamos que estou a tentar perceber de que lado sopra o vento — explicou Martina, enquanto conduzia Giovanni para o terraço onde floriam as camélias e os rododendros. E acrescentou: — Há meses que insiste em se instalar neste apartamento e eu não percebo porquê, uma vez que já tem a sua casa na Piazza Mercanti.

— Não me peças para ler as mentes tortuosas dos filhos. Deixei de saber lidar com eles desde que a Nicoletta nos deixou — queixou-se. A mulher falecera já cinco anos, e ele continuava a lamentar a sua perda.

— Porque não procuras uma nova companheira? — perguntou Martina com ternura.

— É o que me aconselham os meus pais e todos os Montini, como se fosse fácil encontrar uma outra Nicoletta. Sabes, para além de sermos marido e mulher, éramos grandes amigos. Crescemos juntos, frequentámos juntos as mesmas escolas, bastava-nos um olhar para nos entendermos. Acho que estávamos destinados a viver unidos desde que nascemos. Não sei como explicar.

Martina lembrou-se de Leandro. Era uma história quase idêntica, se ele a tivesse amado como ela o amava a ele.

— Não me estás a contar nada que eu já não saiba. De qualquer maneira, ainda és um bonito homem e tens o dever de refazer a tua vida — afirmou.

— Só há uma pessoa com quem, porventura, poderia recomeçar a viver, e tu sabes muito bem de quem estou a falar — disse Giovanni. Referia-se a ela e Martina sabia-o. Havia já alguns anos que, com laboriosos jogos de palavras, Giovanni aludia a uma possível união e, de todas as vezes, Martina fingia não perceber.

— Espero que não estejas a falar de mim — disse.

Da sala chegavam as notas de um desenfreado *rock* americano e as gargalhadas dos filhos. A Lua estava ainda baixa no horizonte e Martina respirou o ar leve do crepúsculo. Pensou em Giuliana, que desde que frequentava a escola de teatro se distanciara de Vertova, afirmando que Milão era o seu lugar de eleição. De uma maneira ou de outra, o ramo milanês dos Ceppi ganhava espaço nas predileções da filha mais velha. Ela, pelo contrário, continuava firmemente ancorada em Val Seriana e nunca se ligaria a ninguém que tentasse arrancá-la das suas raízes. Vertova não era de todo um lugar encantador, mas para ela representava a segurança. Tinha no sangue o seu vale com os habitantes mexeriqueiros, as águas gélidas do Serio, os fumos das novas indústrias e o perfume das flores da montanha. Não desejava um marido e Giovanni, para ela, era apenas o viúvo da sua amiga mais querida.

— É evidente que estou a falar de ti, Martina. Falo-te nisto há anos — afirmou o homem.

— No mesmo tom com que tratarias da aquisição de uma nova empresa ou de uma sociedade por quotas — brincou Martina.

— Desculpa, mas é porque não sei fazer melhor — lamentou. — Pensa também na pequena Maria. É uma Montini, e se nos casássemos seria uma maneira de recompor a família.

— Olha bem para os meus olhos, Giovanni. Estás apaixonado por mim?

— Gosto muito de ti. Não achas que é a mesma coisa?

— Não é. Por favor, não estraguemos a nossa amizade. Eu acho que te conheço bastante bem e digo-te que pensas em mim só porque és preguiçoso e não te queres dar ao trabalho de procurar uma pessoa. Diz-me que estou errada.

A criada anunciou que ia servir o jantar. À mesa, Martina e Giovanni voltaram a sorrir um para o outro com franqueza, como há tempo não acontecia, porque finalmente tinham desimpedido o terreno de expectativas absurdas. Giuliana foi o centro das atenções, a contar anedotas sobre os atores e o mundo do teatro. Revelou vícios, manias, ciúmes, rivalidades, crueldades e virtudes de um ambiente em que, como disse, «andam facas pelo ar», e «muitos estão dispostos a prostituir-se para obterem um papel». E concluiu:

— No teatro, porém, vive-se a magia da encenação de uma obra do pensamento.

Martina escutava-a, como os outros, e observava-a com atenção. A filha escondia-lhe alguma coisa, e isso preocupava-a.

No momento da sobremesa, inesperadamente, apareceu na sala de jantar a pequena Maria. Estava descalça, tinha os olhos inchados de sono e uma cara amuada. Olhou em volta, descobriu Martina e correu a refugiar-se nos seus braços. Depois começou a soluçar.

— O que te aconteceu? — perguntou a mãe.
— Tive um sonho mau — disse Maria.
— Queres contar-mo?
— Já não me lembro — choramingou.

Martina despediu-se depressa dos convidados, deixando a Giuliana a tarefa de lhes fazer companhia até se irem embora. Fechou-se com Maria no quarto, deitou-se com ela na cama e embalou-a até que a menina adormeceu de novo.

O candeeiro da mesa de cabeceira espalhava uma luz rosada. Martina acariciou com o olhar o rosto gorducho da filha que, no sono, revelava a sua natureza plácida. Não se parecia nem com os Ceppi nem com os Montini. Era igual à avó Vienna.

— Vais ser um cão pastor como a tua avó — sussurrou, afagando-lhe os cabelos. Giuliana apareceu à porta do quarto.

— Já se foram todos embora. E eu também vou para minha casa — murmurou.

Martina acompanhou-a até à porta da entrada.

— Porque não dormes aqui? — perguntou-lhe.

— Que sentido é que isso faz? Até porque tu não queres que eu me mude para a tua casa — censurou-a.

— Deixa ver se eu entendo, Giuliana. Achas possível que eu deixe nas mãos de uma rapariga de dezanove anos um apartamento de quinhentos metros quadrados?

— Achas possível dispor de uma casa tão bonita na cidade e insistir em viver em Val Seriana? Tu nunca aqui estás. Porque não posso cá ficar?

— Eu é que te pergunto por que razão a mansarda da Piazza Mercanti ficou pequena para ti, de repente.

— Parece a casa da *Barbie* e lá não posso receber os meus amigos.

— Sabes o que eu te digo? Trabalha, ganha dinheiro, e depois, pela parte que me toca, até podes alugar o Palácio Real — replicou Martina, cada vez mais inquieta.

Giuliana avançou furiosa em direção à sala de estar, sentou-se num sofá e disse:

— Vamos conversar.

— É tudo o que eu quero — sorriu Martina, acomodando-se no cadeirão em frente.

— Sabes bem que, se alguma vez me conseguir afirmar no teatro, levará muito tempo até que consiga viver com o que ganho. Entretanto, gostava de saber com que linhas nos cosemos, porque há coisas sobre as quais tu não falas. Não somos pobres, isso é evidente. Tenho até a suspeita de que és uma mulher rica. De onde te vem o dinheiro? Os

Agrestis são ricos, a avó vive dignamente com o que tem. Mas tu, para além da *villa* de Vertova, dás-te ao luxo desta casa enorme. Como é possível?

O sorriso de Martina apagou-se dando lugar a uma expressão de assombro.

— Desde quando tenho de te dar satisfações sobre os meus assuntos?

— Desde que pretendes que eu te conte as minhas coisas. Tu és uma mãe muito misteriosa, e eu preciso de alguma transparência.

Martina aventurara-se num território perigoso, do qual queria sair depressa, se possível sem mentir. Desta vez a dialética não seria suficiente para fornecer uma explicação plausível.

— Lembras-te bem da condessa Ines, não é verdade? Recordas-te da afeição que tinha por nós, não? Muito bem. Ela estava muito ligada à avó, sentia-se reconhecida por muitas razões e gostava muito de mim. Estava sozinha no mundo e, quando morreu, quis testemunhar-me esse afeto deixando-me uma renda e o usufruto de duas casas, a de Vertova e esta. Como vês, não há grandes mistérios. Mas tu, pelo contrário, estás a esconder-me alguma coisa.

Giuliana fingiu acreditar, apesar de, para lá das palavras da mãe, se adivinhar uma realidade muito mais complexa.

— Queria fazer boa figura com uma pessoa que me interessa muito — sussurrou.

Martina anuiu. Era claro que Giuliana andava a alinhavar uma nova história de amor. Esta certeza tranquilizou-a. Mas não lhe permitiria em nenhum dos casos que se mudasse para aquele apartamento.

CAPÍTULO 46

Martina entrou na plateia deserta do Piccolo Teatro com Maria pela mão. Tinha sido Giuliana a convidá-la para assistir aos ensaios de *Hamlet*, depois de terem feito as pazes, apesar de cada uma ter mantido a sua posição.

A sala estava mergulhada na penumbra. Estavam acesas apenas as luzes sobre o palco, onde se encontravam os atores.

Viu imediatamente Giuliana, de jeans e *T-shirt*, em amena cavaqueira com os colegas. Fora selecionada para interpretar o papel de Ofélia na peça que ia entrar em cena no mês de outubro. Fora escolhida por Kuno Gruber, um encenador famoso por ter um talento extraordinário e algumas intemperanças amorosas. Os seus êxitos teatrais e os seus empreendimentos sentimentais eram muitas vezes referidos pelas páginas sociais dos semanários. O homem estava agora sentado num banco, na parte lateral do palco, a reler o guião, enquanto os atores conversavam em voz baixa.

— Estás a ver a mana? — perguntou Martina à filha.

— Estou. Posso chamá-la? — perguntou Maria.

— De maneira nenhuma. Deixaram-nos entrar com a condição de ficarmos quietas e caladas. Agora vamo-nos sentar e não nos mexemos enquanto a Giuliana não tiver acabado.

— Está bem — disse a criança.

Martina observava Giuliana que, no palco, parecia ainda mais alta e magra. A presença dela sobressaía em relação aos demais.

O encenador levantou os olhos do guião e dirigiu-se aos atores.

— Então, estamos na casa de Polónio. Entram Laertes e Ofélia.

Giuliana continuava na conversa com um colega.

— Eu disse que entram Laertes e Ofélia. O Laertes já entrou. Mas a Ofélia está a fazer sala — trovejou o encenador, agitando o guião e a farta cabeleira prateada. Aquela voz austera sobressaltou Maria.

— Porque é que aquele senhor está a gritar com a mana? — perguntou em voz baixa à mãe.

— Porque ela está a conversar, em vez de trabalhar — respondeu Martina, observando Giuliana, que esboçou uma reverência aproximar-se de Kuno.

— A Ofélia está presente, viva e de boa saúde, pelo menos por enquanto.

O homem levantou-se pousou o guião em cima de um banco, e conduziu-a ao local do palco de onde ela devia fazer a sua entrada.

— Lembra-te que és a doce e frágil Ofélia, um pouco atordoada com as promessas de amor de Hamlet. Concentra-te — recomendou-lhe. Depois dirigiu-se ao ator que personificava Laertes. — Tu estás prestes a partir com o teu navio e estás preocupado por deixares sozinha esta irmã estouvada. Agora dá-lhe a deixa.

«— Sê prudente, Ofélia, porque no temor está a salvação.

— Guardarei no coração o sentido das tuas palavras. Mas tu, meu bom irmão, não faças como certos pastores que indicam o caminho difícil para subir ao céu, enquanto se comportam como viciosos.»

— Não, não, não! — trovejou Kuno Gruber, atirando o guião ao ar e lançando-se como uma fúria sobre Giuliana. — Não podes olhar para o Laertes como se ele fosse teu namorado. É teu irmão! Tu és uma rapariga sensata. Guarda a tua carga erótica para outra ocasião, caramba!

— Vai-lhe bater? — perguntou Maria à mãe, assustada.

— Oh, não! Eu acho que a ama — respondeu Martina, magnetizada por tudo quanto provinha daquela cena. Quando se apercebeu, já Maria escorregara da cadeira e corria em direção ao palco. A mãe perseguiu-a, mas a criança já estava agarrada às pernas de Giuliana.

— Por amor de Deus, pode-se saber o que está a acontecer? — berrou o encenador.

— Desculpa, mestre. É a minha irmã mais nova. Está aqui com a minha mãe a assistir ao ensaio — balbuciou Giuliana, pegando na menina ao colo.

Kuno olhou para a criança e, sobretudo, para a espantosa mãe da sua jovem atriz. Nesse momento o seu rosto ficou menos duro e ostentou aquele olhar de galã pelo qual era famoso.

— Esta mulher extraordinária é tua mãe? — perguntou, galanteador. Depois recompôs-se e dirigiu-se a Martina, falando-lhe com suavidade. — Minha senhora, isto não é uma creche. Ou, pelo menos, não devia ser. Queria ter a bondade de pegar na criança e...

— Acabar já com este incómodo — concluiu Martina, com um largo sorriso. Agarrou em Maria e, prestes a sair, sussurrou à filha mais velha: — Encontramo-nos em casa.

Em poucos minutos, conseguira perceber muito mais do que Giuliana estava disposta a contar-lhe.

Concluíra que o jovem ator que interpretava Laertes sentia alguma simpatia pela sua filha, que o encenador estava apaixonado por Giuliana, e que ela se estava a apaixonar por ele. Ela amá-lo-ia porque era um artista genial, ele alimentava aquela relação porque ela era bonita, porque tinha o carisma de uma verdadeira atriz, porque revelar-se-ia uma grande intérprete. A ela bastava saber que Kuno Gruber era capaz de ensinar a Giuliana aquela arte com o máximo de profissionalismo. Sabia agora também por que razão a filha insistira tanto em viver na Via Serbelloni: queria impressionar o encenador.

Giuliana chegou a casa à hora do jantar, no momento em que a mãe tentava arrancar uma taça cheia de pudim de chocolate a Maria.

— Quer comer aquilo tudo? — perguntou a irmã, desconcertada.

— Sabes muito bem que a Maria nunca está saciada. Se lhe tirar o pudim, vai berrar que nem uma perdida.

Desta feita a previsão não se confirmou. A menina estava cheia de curiosidade relativamente ao que tinha acontecido naquela tarde.

— Porque é que aquele feio mau gritou contigo?

— Porque no teatro as coisas funcionam assim.

— Assim, como?

— Grita-se, trabalha-se, e às vezes também nos rimos. Agora dá-me já um grande beijo.

Maria beijou-a, besuntando-a de pudim.

— Deixa-me ir deitar a Maria. Depois vamos para a mesa. Há empadão de massa com brócolos e salada de peixe.

— Pois... há uma alteração de planos. Tenho amigos à minha espera num restaurante delicioso na Via Brera. Eu disse que tu também vinhas — avisou Giuliana.

Martina concordou em ir com eles.

A comida do restaurante delicioso não era excecional, mas deixou-se contagiar pelas gargalhadas dos jovens atores. Martina apercebeu-se então que a filha já não precisava mais dela; ganhara asas e dentro em breve voaria para longe. Nem mesmo o belo Laertes, que na vida real se chamava Sergio Qualquercoisa, conseguiria travá-la. Sentiu muita simpatia por aquele rapaz que olhava para Giuliana com adoração, mas ela estava apaixonada por aquele charlatão do Kuno Gruber, que a faria sofrer mas que não conseguiria impedi-la de voar cada vez mais alto.

Fingiu alguma satisfação com a admirada curiosidade das raparigas e com as frases galantes dos jovens da companhia. Contou coisas de Vertova e da vida na aldeia, da matança do porco e das galinhas que eram o orgulho de Vienna, das primeiras representações de Giuliana no pequeno teatro paroquial.

— Tinha doze anos quando me confessou que, para vencer o medo do palco, imaginava o público em cuecas.

— Mãe, por favor! — implorou Giuliana, atrapalhada.

Nesse momento dedicou toda a sua atenção a um homem bastante jovem, pálido, de cabelos dourados, olhar celeste, rosto magro e lábios finos e pequenos. Vestia calças de veludo e uma camisa aos quadrados. Apresentaram-lho. Chamava-se Oswald Graywood e era professor de Literatura inglesa na Universidade de Oxford, estudioso de Shakespeare e do teatro isabelino. Falava pouquíssimo e corava com facilidade. Estava em Itália para dar um curso aos jovens atores do Piccolo Teatro. Giuliana já se referira a ele como um poço de ciência.

— O professor Graywood diz que o teatro é uma exigência incontrolável da vida social — disse-lhe. — Também afirma que o ator é como um sacerdote e que o teatro é uma das mais sublimes formas de arte. Confere um sentido aos pensamentos, aos sentimentos e aos comportamentos humanos, e torna-se um extraordinário instrumento educativo quando exalta as virtudes e condena os vícios.

Martina observava o carismático professor excessivamente tímido, que corava como uma virgem a certas piadas que ela não entendia por não saber inglês.

A certa altura anunciou:

— Vou para casa.

— Ó mamã, a noite ainda é uma criança. Estamos a pensar ir a um sítio ouvir *jazz*. Tens mesmo de ficar connosco.

— Por amor de Deus. Eu nem de música clássica gosto — respondeu Martina, assustada, recordando aquela vez em que Sandro a arrastara para um bar, na Piazza Duomo, para assistirem a um concerto de *jazz*. Ao fim de meia hora, implorara-lhe: — Vou ter uma crise histérica se não me levares já embora.

— Deixa-me, pelo menos, levar-te a casa — disse a filha.

— Eu levo-a, se a senhora me permitir, até porque, em matéria de *jazz*, penso a mesma coisa — interveio o inglês, corando.

Giuliana piscou o olho à mãe com malícia:

— És o máximo! Conseguiste impressionar o Oswald, que é um misógino à enésima potência.

Martina aceitou a companhia do professor, arrependendo-se logo em seguida, porque no seu italiano esforçado ele tentou estabelecer um diálogo na base de perguntas impossíveis.

— *Signora* Agrestis, o que pensa da atual situação do teatro italiano? Considera que a origem sacra do teatro antigo faz ainda algum sentido na idade contemporânea? Como interpreta a passagem da representação religiosa à profana?

Martina retorquiu:

— Senhor professor, por favor, tenha piedade de mim. Fale-me dos penhascos brancos de Dover, do Big Ben e da rainha, mas não me arraste para um terreno que eu não conheço e que, com franqueza, não me interessa.

Ele, inesperadamente, soltou uma gargalhada sonora.

— Vejo que é muito pragmática — disse.

— Não, sou muito ignorante, mas convivo com a minha ignorância — declarou.

— Se calhar o ignorante sou eu. Conheço a minha matéria, mas perco-me em tudo o resto — confessou.

Tinham chegado à Piazza della Scala e entraram na Via Hoepli. Havia ali um estabelecimento que estava muito na moda, disfarçado de bar antigo.

— Não lhe apetece um copo de vinho? — perguntou ele.

Também ali encontraram uma selva de jovens a conversar, a rir e a beber.

Sentaram-se numa mesa com uma garrafa de vinho de Alba à frente. O professor enumerou-lhe as virtudes de Giuliana, que tinha um poder de interiorização dos argumentos verdadeiramente surpreendente.

Depois falou de si, dos ensaios que publicara e daqueles em que estava a trabalhar, das férias passadas em Itália quando era estudante, do fascínio que este país e os seus habitantes tinham desde sempre exercido sobre ele, da vida conjugal recém-naufragada.

Martina ouvia-o sem fazer comentários.

— Mas afinal não me conta nada de si — constatou o professor.

Ela encolheu os ombros e declarou:

— A minha vida é tão normal e insignificante que não merece ser contada.

— Diga antes que eu a aborreci de morte. O que acontece é que estou aqui há duas semanas e é a primeira vez que encontro alguém que me sabe ouvir. Agradeço-lhe, *signora* Agrestis.

— Trate-me por Martina.

— Trate-me por Oswald. — Riram-se sem motivo.

— Agora que somos quase amigos, permita-me uma pergunta: porque não faz umas férias em Inglaterra? Ia aprender inglês mais depressa do que pensa. Vou deixar-lhe os meus contactos — disse, entregando-lhe o seu cartão de visita. E prosseguiu: — Regresso a Oxford dentro de poucos dias. Telefone-me se decidir aparecer e eu organizo-lhe um programa muito construtivo.

— Vou pensar nisso — prometeu.

CAPÍTULO 47

Giuliana regressou a Vertova para se despedir da mãe antes de ir de férias.

— Com quem? — perguntou Martina.

— Somos muitos — respondeu Giuliana, vagamente.

Estavam a almoçar por baixo do alpendre. Maria, armada de balde e pá, escavava um fosso no saibro com a ajuda do seu amigo Mattia, filho de Leandro e Emanuela, que os pais deixavam com os avós todos os fins de semana. A mulher de Leandro esperava outro filho e os sogros contaram a Martina que estava a ter uma gravidez complicada. Maria estava muito ligada a Mattia. Um dia, na brincadeira, Leandro repetiu a Martina:

— A julgar pela maneira como andam sempre um atrás do outro, quem sabe se não se casam quando forem grandes.

Gigliola colocara a vitela com molho de atum e a salada na mesa. Martina e Giuliana estavam sem apetite e ainda não se tinham servido. Saboreavam um vinho fresco de Collio e entretanto iam medindo as palavras.

— Também vai aquele Sergio Qualquercoisa? — indagou a mãe, com um ar prosaico.

— Eu não te cheguei a dizer? Acabei com o Sergio.

— Nem sequer sabia que tiveste uma história com ele — mentiu a mãe.

Martina observava aquele esplendor de filha que se deixara apanhar pelo fascínio do grande diretor, apesar de parecer conservar intacta a sua autonomia, pelo menos por ora.

— Era muito possessivo — queixou-se Giuliana.

— Percebo, mas sinto pena por ele, tinha ar de ser bom rapaz — disse Martina.

— Sim, mas um pouco limitado. Falta-lhe garra para ser alguém na vida.

— É o que diz o Kuno Gruber?

— Como sabes?

— Digamos que é intuição materna — brincou Martina, que então se apercebera de que aquela raposa do diretor já se tinha aproveitado da filha e que a saboreava lentamente.

— Cá para mim, estás a tentar meter o bedelho.

— E se estivesse, tinha todo o direito de o fazer, dado que só quero o teu bem. De qualquer modo, nunca interferi nas tuas escolhas e também não o vou fazer agora. Estarei sempre do teu lado, apesar de recear que estejas a fazer escolhas erradas. No entanto, estou convencida de que podemos tirar ótimas lições dos nossos erros. Eu fiz muitas coisas erradas e continuarei a fazer, porque se a soma das minhas decisões erradas és tu, e a pequena Maria, e esta casa, e o amor que nos une, e a vontade de viver, então acho que devemos brindar aos meus erros — declarou, erguendo o copo.

— Nós também podemos brindar? — perguntou Maria, pondo fim ao minucioso trabalho de escavação do caminho. Aproximou-se delas de mão dada com o seu pequeno amigo. Mattia, que já percebera como funcionavam as coisas, deixava-se alegremente proteger por ela, como bom pequeno macho que era.

— Vão ter com a Gigliola e peçam-lhe laranjada. Não há vinho para os bebés — declarou Martina.

As crianças obedeceram e ela virou-se de novo para a filha.

— Vamos comer? — perguntou, servindo-lhe umas fatias de vitela.

— Vou para Inglaterra. Vamos visitar Londres e os seus teatros a partir do Old Vic. Tudo lugares shakespearianos, em suma, por causa do *Hamlet* que vai entrar em cena no outono. E agora que já sabes, não digas piadas insinuando que o Gruber também vai. É verdade, também vai — disse Giuliana.

Começaram a comer, absortas cada uma nos seus próprios pensamentos. Giuliana pensava em Kuno Gruber e considerava-o o homem mais fascinante que alguma vez conhecera. Era um contador de histórias extraordinário e a maneira como contava libertava uma carga erótica alucinante. As atrizes da companhia já diziam dele: «Quando nos fala, é como se estivesse a fazer amor connosco.»

Por enquanto, fazia amor com ela, com uma força e uma ternura que a deixava sem fôlego. Bastava que ele olhasse para ela para que Giuliana sentisse um frémito de prazer percorrer-lhe o corpo. Dava-se conta de que Gruber a dominava, mas que estava também a moldá-la para a fazer desabrochar em todo o seu potencial de intérprete dramática. E ela dava-lhe a parte mais alegre de si, a sua capacidade de gozar as mais pequenas coisas, a irresponsabilidade dos seus dezanove anos e a dedicação a uma profissão privilegiada e difícil como é a de ator.

Mas Martina traçara um plano iniciado umas semanas antes, quando aquele professor de Literatura a incentivou a ir para Inglaterra aprender inglês.

As crianças saíram de casa, transportando perigosamente uns copos cheios de sumo de laranja.

— Podemos sentar-nos convosco? — perguntou Maria, que falava sempre no plural quando estava com Mattia, associando-o às suas próprias decisões, porque o pequeno não se daria nunca ao luxo de estar em desacordo com ela.

— Mas tu já reparaste que esta menina é igual à avó? — observou Giuliana.

— Redonda e fofa como um boneco de peluche, e com aquele nariz tal e qual o dela — concordou Martina.

— Sabes que quando eu for grande vou casar-me com a minha mãe? — disse Maria ao amiguinho, enquanto limpava os bigodes de sumo de laranja com a mão.

— Eu quando for grande também me vou casar com a minha mãe — imitou Mattia.

— Estás a ouvir? Tão pequeno e já tão submisso às mulheres — disse Giuliana, divertida.

— Não sou pequeno. Eu sou o pirata e a Maria é a rainha. Eu roubo os tesouros e dou-os à Maria.

— Eu não quero os tesouros do pirata. Quero a minha mãe e chega — disse Maria. Ignorou o sumo de laranja e pediu colo a Martina.

Mattia sentiu-se certamente ofendido com aquela brusca mudança de humor, porque desatou a chorar e foi a correr em direção ao portão.

— O que foi que lhe deu? — perguntou Giuliana.

— São pequenos dramas infantis. Giuliana, vai levá-lo aos avós, por favor — disse Martina.

Maria agarrou-se ao pescoço da mãe e começou a chupar o dedo.

Martina entrou em casa com Maria ao colo, subiu ao andar de cima e entrou no quarto da filha.

— Agora vais dormir — disse-lhe.

— Aqui não. Quero a tua cama — choramingou Maria.

— Está bem. Mas depois vais nanar, está bem?

— Prometo — disse a pequena. Pouco depois Giuliana apareceu no quarto da mãe.

— Pronto, mãe, vou-me embora — disse em voz baixa, para não acordar a irmã mais nova.

— Sabes que estava a pensar em ir a Inglaterra convosco? — disse Martina, enquanto saía do quarto com ela.

A filha pôs um ar carrancudo.

— Mãe! — disse, indignada.

— Sossega, estou a falar apenas da viagem. Sabes, aquele professor Graywood convenceu-me a aprender inglês. Até se ofereceu para me organizar um programa para a minha estada em Inglaterra — explicou Martina. E prosseguiu: — Como é evidente, tratei eu das coisas à minha maneira. Encontrei uma *cottage* deliciosa, apesar de ser muito cara, um bocadinho fora de Oxford. Também encontrei uma pequena escola naquela zona. Em suma, estou contente por passar o mês de agosto em Inglaterra.

— E a Maria?

— Fica com a avó.

— Nunca me deixaste sozinha quando eu era pequena.

— Paras de me inventar obstáculos?

Giuliana suspirou, resignada.

— Prometes-me que ficas de boca fechada quando vires o Gruber?

— Juro solenemente.

— Muito bem. Então eu venho buscar-te.

Na manhã seguinte, Martina explicou à mãe:

— Tenho forçosamente de acompanhar a Giuliana a Londres. — Entregando-lhe Maria: — Podes tomar conta dela?

— Quantos dias vais ficar fora? — perguntou Vienna que, embora feliz por tomar conta da neta, não estava muito entusiasmada com a viagem da filha.

— Depende. Sabes, mãe, não fico sossegada se deixar a Giuliana sozinha em Inglaterra. Percebes, não é? — mentiu, sem uma ponta de vergonha.

Vienna voltou-se para Maria e abriu os braços com um grande sorriso.

— Anda cá, coisa linda da avó — disse-lhe. — Imagina que bem que nós as duas juntas vamos ficar, sem a desmiolada da tua mãe.

CAPÍTULO
48

Martina não estava à espera de encontrar o professor Oswald Graywood no aeroporto de Londres. Mas, de facto, ele tinha ido buscá-la. Assim sendo, despediu-se da filha, dos colegas e daquele patife do Gruber.

— Porta-te bem — aconselhou-lhe Giuliana, no momento de a deixar.

— Roubaste-me a deixa — respondeu Martina.

— Não estou a brincar, mamã. O Graywood é um estudioso fascinante, tu és uma bonita mulher, rica e só, portanto, é como aproximar um fósforo a um monte de feno — disse a filha.

— A verdade é que és muito boa a inverter papéis. Cuida mas é de ti e não te deixes levar demasiado por aquele velho charlatão — recomendou-lhe, tendo pressentido que, Giuliana procurava, no diretor e mestre, também provavelmente uma figura paterna.

— Encontramo-nos aqui daqui a quatro semanas? — perguntou Giuliana.

— Não sei. Pode ser que eu faça as malas daqui a uns dias. Já me começo a sentir estranha neste lugar onde toda a gente fala inglês. De qualquer maneira, tens o número do telefone da *cottage* onde estou. Dá notícias, porque eu não tenho como localizar-te — pediu-lhe.

Martina entrou no *Mini Morris* do professor, indicando-lhe a morada para chegar até à casa que alugara.

A proprietária estava à sua espera e Martina assistiu, um pouco deprimida, à conversa cerrada entre a robusta mulher, e aquele professor tão franzino, enquanto passavam por uma sala enorme de teto baixo, mobilada com peças escuras, rendas um pouco por todo o lado e um vago cheiro a mofo. Duvidou que conseguisse sobreviver um mês naquele lugar, uma vez que não sabia sequer pedir um copo de água.

A dona da casa levou-os de aposento em aposento, exaltando o conforto e a elegância da *cottage* que, ao longo dos anos, fora habitada por hóspedes ilustres, tais como o senhor George Bernard Shaw, enquanto esperava que ficasse pronta a sua residência de Ayot St. Lawrence. Oswald traduzia para Martina todas as informações fornecidas pela loquaz proprietária.

— Oswald, por favor, diga-lhe que esta confortável habitação cheira a mofo e que precisa de uma limpeza profunda — disse Martina.

— Não lhe vou dizer nada. Vou antes pedir à minha governanta que lhe mande uma pessoa de confiança, mas lembre-se de que somos ingleses e temos unidades de medida diferentes também em relação ao grau de limpeza — preveniu o professor, que não partilhava do desapontamento de Martina.

— Só me apetece chorar — sussurrou ela.

Que sentido fazia achar-se naquele lugar perdido, longe dos seus pontos de referência, da pequena Maria, da mãe e até de Giuliana que, com certeza, não estava a pensar em si. As malas estavam à porta. Só precisava de chamar um táxi para a levar de volta ao aeroporto.

Oswald, intuindo aquele desalento, colocou a mão no ombro de Martina e deu-lhe coragem.

— Amanhã vai correr melhor, minha querida. Dou-lhe a minha palavra de honra.

— E daqui até amanhã?

— Vamos visitar esta pequena cidade e depois jantamos num *pub* onde cozinham lagostins de rio. Mas antes vou mostrar-lhe o centro de comércio mais próximo, onde poderá comprar tudo aquilo de que precisa — disse.

Martina olhou para ele e viu-o sob uma nova luz. Oswald era mais jovem do que lhe parecera e perdera o seu ar escolástico. Decidiu confiar nele, apesar de, no íntimo, reclamar a alta voz: *Quero regressar a Vertova!*

— Porque está a fazer tudo isto? — perguntou-lhe.

— Para dar algum sentido aos seus dias no meu país — respondeu.

Seguiram pela Queen's Lane em direção ao centro de St. Albans.

— É altruísmo, ou quê? — perguntou Martina.

— É egoísmo puro. Nunca tive oportunidade de servir de guia a uma mulher tão bela — admitiu.

Na manhã seguinte, Martina foi acordada pela campainha da porta. Desceu para abrir e encontrou à frente uma jovem mulher indiana, que vestia um sari reluzente e ostentava um sinal vermelho na testa.

Era Salinda, a empregada enviada para a socorrer. Sorriu-lhe com uma candura irresistível. Martina achou-a deliciosa. Entenderam-se mais por gestos do que por palavras, mas houve logo um entendimento perfeito. Trabalharam juntas, ombro a ombro, durante todo o dia.

À noite Martina estava muito cansada, mas satisfeita. E quando Oswald se apresentou para a levar a jantar fora, ela abraçou-o com gratidão.

— Foste um querido — disse-lhe. Tinha passado ao «tu», sem se dar conta.

— Ainda te apetece chorar? — perguntou-lhe.

— Nem sequer tive tempo para pensar nisso — respondeu ela.

— Como foi o teu primeiro dia de escola? — indagou Oswald.

— Não fui, e acho que nunca irei. O que posso aprender em três horas de aula que a Salinda não me possa ensinar estando todo o dia comigo?

Foi um agosto verdadeiramente insólito. Martina sentiu-se uma estudante em férias. Os dias passaram rápidos e, por vezes, até se esquecia que era mãe de duas filhas. Estava a recuperar os quinze anos que perdera, por estar demasiado ocupada em ser mãe. E agradava-lhe pensar que aquele tímido professor, sempre irrepreensível, era uma espécie de *boyfriend,* que à noite a ia buscar a casa e a levava de volta, despedindo-se com um compenetrado beija-mão. Martina sentia-se feliz.

À noite, quando se deitava naquela cama com cortinas de renda branca que desciam do dossel, abandonava-se ao sono tranquila.

Depois chegou Giuliana e acometeu-a com as suas histórias. Estava perdidamente apaixonada por Kuno Gruber e disse-lho.

— Estás mesmo radiosa. Parece que esta história te está a fazer bem, pelo menos por agora — constatou Martina.

— Também tu, mamã, estás esplêndida. Devo deduzir que com o professor... — insinuou a filha, sem acabar a frase.

— Deduzes mal. Ele é um verdadeiro cavalheiro e eu sou uma boa rapariga que não quer complicações na vida — afirmou.

— Que pena, perdi a aposta — lamentou a filha.

— Que aposta? E com quem tinhas apostado?

— Comigo mesma. Estava convencida de que tinhas vindo até aqui porque achavas graça ao professor Graywood. — Giuliana ajudava a mãe a fazer a mala, porque no dia seguinte Martina devia deixar a *cottage* e regressar a Itália. — Não abandonarias uma filha de quatro anos, se assim não fosse.

— Lembro-te de que a Maria não está sozinha, está com a avó e, enfim, concedi-me um descanso, porque acho que mereço. Eu também existo, Giuliana; sou uma mãe, não sou uma esteira — protestou Martina, consciente de se ter sempre dedicado inteiramente a Giuliana e a Maria.

A filha abraçou-a.

— És a melhor das mães possíveis, e eu gosto muito de ti. Mas diz-me a verdade, achas graça ao professor Graywood?

— Talvez — sorriu Martina. E acrescentou: — Mas, se não te importas, são assuntos meus.

Naquela noite, Oswald convidou mãe e filha para jantar. Quando regressaram a casa, Giuliana enfiou-se no quarto. Martina ficou no jardim com Oswald.

— Não sei mesmo como te agradecer. Durante estas semanas não aprendi inglês, mas senti-me muito bem. E devo-te isso a ti, que me deste segurança. Sempre que tive um problema, tu resolveste-mo. Agradeço-te, do coração — sussurrou, entregando-lhe um presente de despedida. Era uma edição rara das comédias e tragédias de Shakespeare, adquirida num alfarrabista de Londres.

— Não falemos de gratidão, porque te devo a ti um mês fantástico. Fizeste-me esquecer a minha mulher e fizeste renascer em mim a vontade de viver — disse.

Quase sem se darem conta, encontraram-se nos braços um do outro e beijaram-se apaixonadamente.

Giuliana, que os espiava da janela do quarto, sorriu e sussurrou:

— Eu é que tinha razão. A minha mãe acha imensa graça ao professor.

CAPÍTULO

49

Giuliana regressou a Itália sem a mãe, que resolveu ficar na *cottage* de Queen's Lane, para viver aquela história de amor com o professor. Não se perguntava se ou quanto duraria, contentando-se com aquele presente que a satisfazia plenamente.

Naquelas terras do Norte, o verão terminara e o vento, o sol e os temporais sucediam-se sem parar.

Houve um particularmente violento durante a última noite de setembro. Os trovões e o ruído da chuva forte que caía no telhado acordaram-na. Por instinto, esticou um braço para procurar Oswald. Ele dormia profundamente, mas ela não conseguiu voltar a adormecer e esperou a primeira luz da manhã para se levantar. Cobriu-se com um casacão de lã e saiu para o jardim. Viu as dálias cobertas de água e terra reclinando as corolas para o chão. As hastes mais tenras das hortênsias estavam quebradas. O saibro do caminho desmoronara-se sob a violência do aguaceiro deixando manchas descobertas de terra e lama. No relvado, atrás da *bow window*, amontoavam-se raminhos e folhas caídas das giestas. A violência do temporal arruinara o jardim.

Martina entrou em casa, aumentou o termóstato do aquecimento, lavou-se e vestiu umas calças de lã cinzentas e uma camisola de gola alta. Calçou uns *mocassins* e finalmente entrou no quarto. Oswald continuava a dormir. Então desceu à cozinha e preparou o primeiro café do dia. Foi tomá-lo no jardim, aninhada num banquinho de vime por baixo da *bow window*. O Sol nascia num céu azul-cobalto sulcado de novelos de nuvens brancas que navegavam como galeões no mar. O ar tornava-se cada vez mais quente. Martina pousou no chão a chávena vazia, pegou num raminho de robínia e começou a desenhar círculos no terreno húmido. A euforia das primeiras semanas ao lado de Oswald estava a diluir-se numa ligeira sensação de desconforto. Apagou os desenhos e, com a ponta do raminho, esboçou uma casa: as paredes, o telhado inclinado, a chaminé por onde saía um caracol de fumo, quatro janelinhas e a porta. Repetia aquele mesmo desenho desde sempre: em papel, nos vidros embaciados, na areia. Às vezes traçava um caminho que conduzia à casa e parava em frente à porta fechada. Agora, pela primeira vez, desenhara a porta entreaberta. Ficou espantada com aquela variação do esquema habitual e imaginou que entrava no interior da casa. Viu um vestíbulo com muitas portas fechadas. Podia escolher uma ao acaso, abri-la e entrar, mas não sabia qual escolher.

— Não consigo — sussurrou. E apagou o esboço com a ponta do *mocassim,* sentindo-se pouco à vontade.

— Estás muito pensativa — disse Oswald, indo ao seu encontro.

— É impressão tua — respondeu. Apanhou a chávena do chão e estendeu-lha. — Fiquei cheia de frio. Vamos para casa — pediu.

Ele pousou-lhe um braço nos ombros.

— Estás a tremer — disse.

— Preciso urgentemente de um segundo café — anunciou ela, ao entrar na cozinha.

— Vai para ali. Instala-te no sofá e eu levo-te o pequeno-almoço — disse Oswald, beijando-lhe a ponta do nariz. Martina obedeceu e cobriu as pernas com uma manta de lã.

Pouco depois, Oswald entrava na sala de estar para servir um pequeno-almoço convidativo. Comeram em silêncio.

— Sinto-me muito bem contigo — disse Oswald.

— Tenho os pés gelados — replicou ela.

Oswald sentou-se na beira do sofá, destapou-lhe um pé e começou a massajá-lo. Martina fechou os olhos e redesenhou no seu espírito a casa com a porta entreaberta, que abriu completamente, encontrando-se num vestíbulo comprido e estreito. Ao fundo irrompia uma luz violenta que esboçava os contornos de Vienna. A mãe tinha os braços abertos, não para a acolher, mas para a impedir de prosseguir. O que havia ao fundo daquele vestíbulo? Por que razão Vienna não a queria deixar passar? Podia empurrá-la para o lado e continuar. Abriu os olhos e disse:

— Estou a pensar em voltar para Itália.

— Não há problema. Troco umas aulas e vou contigo — respondeu Oswald.

— Prefiro ir sozinha. — Ele assumiu uma expressão de cão escorraçado e anuiu.

— Tenho saudades da Maria, quero ver se percebo o que a Giuliana anda a fazer e preciso de falar com a minha mãe — explicou Martina.

A verdade é que falara por telefone com as três na noite anterior, como era hábito. Maria estava bem. Vienna já não perguntava pelo seu regresso e isso significava que a neta lhe preenchia a vida. Quanto a Giuliana, estrear-se-ia no teatro em meados de outubro. Entretanto, tornava-se conhecida. A sua fotografia aparecera nalguns semanários que falavam dela como a nova estrela nascente do palco italiano. Por trás de tudo isso estava a hábil direção de Kuno Gruber, que tentava aguçar a curiosidade e interesse do público pelo seu *Hamlet* e decidira utilizar Giuliana para promover o espetáculo.

Na realidade, havia já alguns dias que Martina se questionava sobre o sentido que tinha aquela sua permanência em Inglaterra, na ausência de um projeto de vida.

— Estás suspensa sobre o vazio — disse Oswald.

— É exatamente isso — admitiu Martina. Ele sorriu e começou a acariciar-lhe as pernas.

— Quando se tem ideias claras, é fácil tomar uma decisão — observou.

— Quero voltar à minha vida de sempre, sem me colocar demasiadas questões, mas vai-me doer a tua ausência. Vim para Inglaterra não tanto para estudar a tua língua, que de facto não aprendi, mas para lançar os dados à espera que saísse um bom número.

— E saiu?

— Não sei. Não consigo ler os números. Por isso quero regressar a casa. Talvez em Vertova a imagem se torne mais límpida.

— E, entretanto, o que devo fazer? — Deixou de a acariciar, levantou-se, aproximou-se da janela e parou a contemplar o jardim, com as mãos enfiadas nos bolsos das calças.

— Estás a dizer que sou egoísta? — reagiu Martina.

— Tu fizeste tudo. Chegaste de repente, deixaste-te ajudar e amar também. Agora vais-te embora com a desculpa mais tola que pode haver: a necessidade de refletir. O que esperas que eu faça?

— Foste tu que me convidaste.

— Mas é claro! Encontrei-te por acaso, convidei-te para beber um copo de vinho e disse-te: «aparece por Inglaterra». Havia uma única probabilidade num milhão de que tu aceitasses o convite. Eu estava de rastos, tu precisavas de alguém que tratasse de ti. Não me aborreci um único instante ao teu lado. Amo-te e gostava que descesses do baloiço, assentasses os pés na terra e entendesses o que queres fazer.

— Eu também te amo, Oswald, mas preciso de voltar para a minha família.

— Que família? A Giuliana já levantou voo. A tua mãe é uma mulher independente. A pequena Maria podia perfeitamente crescer em Inglaterra.

— Assim dito, parece tudo muito simples. — Naquele momento Martina apercebeu-se de que Oswald nunca entenderia aquela sua ligação às raízes.

— És uma mulher complicada, e é isso que te torna fascinante. Em qualquer caso, se decidiste regressar a Itália, vai já. Eu fico à tua espera.

— E se eu não voltar?

— Vais voltar, ou então sou eu quem vai ter contigo.

Martina apanhou o avião para Milão na manhã seguinte. Giuliana estava no aeroporto à sua espera. Foram juntas para Vertova. Ali, o verão ainda não tinha acabado.

CAPÍTULO
50

— Porque voltaste tão depressa? — perguntou Vienna, com um ligeiro sarcasmo, quando a filha entrou em casa.

— Julguei que ias ficar contente por me ver.

— Com certeza! Saíste para estar fora uns dias e passaram dois meses. Mas vejo que estás bem e fico contente — replicou a mãe, que na realidade estava furibunda e se esforçava por parecer calma.

— Olha, vovó, eu também aqui estou — disse Giuliana, para aligeirar a discussão. E abraçou-a.

— Eu vi-te. Só é pena ver-te mais vezes nos jornais do que pessoalmente.

— Vou tornar-me numa atriz famosa — disse Giuliana num tom de brincadeira, pavoneando-se.

— Onde está a minha pequenina? — perguntou Martina, deitando uma espreitadela ao pátio.

Maria estava a brincar com um gato. Queria enfiar-lhe na cabeça uma touca de renda e o pequeno animal não deixava. Viu a mãe, fitou-a com um ar sério e depois disse:

— Olá.

— Cresceste tanto — apontou Martina, enquanto se acocorava ao lado dela.

O gato escapou depressa.

— Minha querida, não me dás um beijo? — perguntou a mãe.

Maria não se mexeu. Estava zangada.

— Estiveste bem com a avó?

— Sim — respondeu, continuando à defesa.

— O que me contas?

— Nada.

Martina abraçou-a de repente e Maria apertou-a como se temesse ser abandonada de novo.

— Trouxe-te muitos presentes — disse-lhe Martina.

— Obrigada — respondeu.

— Não os queres ver?

— Não.

— Vamos dar um passeio? — propôs Martina.

— Está bem — concordou a menina.

Foram até ao rio e sentaram-se numa rocha perto da margem. O Sol já se punha e pairava um cheiro a erva acabada de cortar. Martina falou à filha do sítio onde estivera, dos roseirais e dos prados, do pequeno lago onde se andava de barco, de um rio parecido com o Serio, da amiga indiana que tinha um terceiro olho no meio da testa e que se chamava Salinda.

— É verdade que conheceste uma mulher com três olhos? — A curiosidade acabava de derreter o rancor de Maria.

— Tenho algumas fotografias na mala. Quando formos para casa, mostro-te.

Naquele momento Maria quis saber por que razão a mãe não trouxera a mulher com três olhos para Vertova, se era verdade que os cisnes do lago beliscavam as pernas das crianças e como se faz para aprender inglês, porque ela também queria aprender.

Quando caiu a noite, já Maria se esquecera dos meses que passara sem a mãe. Martina prometeu a Vienna que se encontravam no dia seguinte e regressou à Villa Ceppi com as filhas.

Gigliola já tinha o jantar na mesa.

— Vou-me embora. Deixei a casa a brilhar. Amanhã falamos — disse, e saiu a correr.

Então Maria quis ver as prendas da mãe, que eram vestidinhos floridos, simples jogos de paciência, uma gaita de foles pequenina, sabonetes coloridos com a forma de animais de Walt Disney e uma miniatura do Big Ben em prata que tinha dentro uma caixa de música.

Depois do jantar a mãe meteu-a na cama, e ela quis aqueles presentes todos à sua volta. Martina ficou no quarto até a filha adormecer.

Depois desceu ao rés do chão. Giuliana estava a falar ao telefone com Gruber e Martina, com um gesto, pediu-lhe para desligar a chamada.

Pouco depois estavam sentadas na varanda a conversar como velhas amigas.

A peça ainda não estreara e Giuliana já começava a ser conhecida entre o público.

Naquela tarde, ao chegar a Vertova, onde toda a gente a conhecia, sentira-se alvo da curiosidade das pessoas e não ficara muito satisfeita com isso.

— O Gruber diz que quanto mais se sabe mais inimigos se arranjam. Imagina que a Ofélia não agrada à crítica. Vão disparar contra mim até me transformarem num coador. — Aquele tom de atriz consumada divertiu muito a mãe.

— Não gosto daquele Gruber — decidiu-se a dizer.

— Comportas-te como a avó se comporta contigo. Julgas sem conheceres as pessoas.

— Conheço-te a ti, que sempre usaste a tua cabeça para raciocinar, enquanto que agora te exprimes com a do teu mentor.

— Por acaso não estás com ciúmes, pois não?

— Claro que estou. É um espertalhão mascarado de intelectual e o teatro é o mundo dele. Tu és a flor mais bonita do jardim e ele não hesitaria em te calcar se isso interessasse ao seu ego transbordante.

— Tudo bem. Cumpriste o teu dever de mãe preocupada com o meu bem-estar. Agora gostava de falar um bocadinho de ti. Quando te vi nos braços do Oswald Graywood pensei que por fim estivesses a viver a tua idade de ouro, e fiquei muito feliz por ti. Mas agora estás outra vez sozinha. Porquê?

— A minha idade de ouro, como tu dizes, ainda está para vir, e se calhar nunca vai chegar. Se eu pensar nas minhas histórias de amor... o teu pai, como te expliquei, era uma personagem pouco recomendável. O pai da Maria, pelo contrário, era de facto um homem excepcional. Deus é testemunha do quanto eu sofri com a sua morte. Estava apaixonada por ele, mas será que teria sido capaz de o amar toda a vida? E não há nada mais triste do que um casal que continua junto por muitas razões menos por amor — explicou Martina.

— Perguntei-te pelo Oswald Graywood — insistiu a filha.

— Creio que estou apaixonada por ele, mas a tua irmã precisa de mim. Achas que eu podia pegar na Maria e voltar para lá? Está fora de questão, porque as nossas raízes estão aqui. E não é viável o Oswald transferir-se para Itália, quando toda a vida dele está noutro lugar.

— Mas não estás a considerar os sentimentos do Oswald — sublinhou Giuliana.

— Deixei-o também para o bem dele — confessou Martina.

Giuliana partiu na manhã seguinte, Martina retomou o seu ritmo de sempre e viu a alegria brilhar nos olhos de Maria.

Alguns dias depois foi ter com a mãe para falarem, apesar de não saber bem em que termos devia abordar a conversa.

Também Vienna estava a precisar de algumas explicações.

— Desta vez arranjaste um namorado inglês — começou a mãe.

— Exactamente — replicou a filha.

— É um barão ou um estivador do Tamisa? — perguntou, com ironia.

— Acaba com o teu sarcasmo. Estou a tentar afastar-me dele, e este não é um bom momento para mim.

— Pode não ser um bom momento, mas a tua tática de morder e fugir continua a ser impressionante.

— Olha quem fala! Tu fizeste coisas que me viraram a vida do avesso.

— Quando uma pessoa não se sabe defender, parte para o ataque.

— Estou a falar a sério, mãe. Criaste-me na ambiguidade. Fechaste a porta sempre que eu quis uma explicação — acusou-a. — Tu oferecias-me uma fachada sólida, limpa, sem um borrão. Mas o que estava por detrás dessa fachada, isso não me contaste. Tive de intuir sozinha a verdade sobre o meu nascimento e foi a avó, não tu, quem me contou. Achas que eu não me apercebi da tua ambiguidade quando era pequena? As crianças precisam de verdade, não de mistérios. Achas mesmo que, se eu fosse uma rapariga equilibrada, me teria entregado àquele atrasado mental do Bruno Biffi?

Vienna corou de raiva, passando do vermelho ao roxo, o braço disparou sem que ela tivesse consciência disso e a mão abateu-se pesadamente sobre a face da filha.

Os olhos de Martina encheram-se de lágrimas, mas isso não a impediu de prosseguir.

— Percebo a necessidade de salvares a tua imagem de esposa, viúva e mãe íntegra. Mas tinha sido melhor se tivesses tido a força para encarar a realidade, mesmo que isso embaciasse a tua reputação impecável. Terias vivido muito mais tranquila, e eu também. Lembro-me de quando te suplicava para me falares do meu pai e tu arranjavas sempre uma manobra de diversão para evitar o assunto. Lembro-me dos teus prantos, que me faziam sofrer, e para os quais nunca me davas uma explicação, e das frases ambíguas que trocavas com a Ines Ceppi, que me deixavam pouco à vontade. Fui uma criança afetada por algo que não conseguia compreender. Agora sou uma mulher que procura juntar estes cacos. Eu gosto infinitamente de ti porque tu és uma mulher maravilhosa. Mas terias sido muito mais fantástica se tivesses tido a coragem de me mostrar o teu lado fraco. Ter-te-ia amado ainda mais, se é que isso é possível.

Vienna escondera o rosto entre as mãos.

Martina afagou-lhe os ombros, pousou-lhe um beijo nos cabelos e saiu para o pátio. Pegou na pequena Maria e regressou à Villa Ceppi.

Ao fim de algumas semanas, a mãe ligou-lhe.
— Fiz uma polenta com umas espetadinhas — disse.
— Com muito molho de salva e rosmaninho? — perguntou Martina.
— Como tu e a Maria gostam.
— O meu novo bebé também vai gostar. Estou grávida, mãe.

Vienna desligou o telefone e levou uma mão ao peito, como que para travar o coração enlouquecido.
— Esta filha decidiu matar-me — sussurrou.

CAPÍTULO 51

Martina estava na casa paroquial de Vertova a preparar os embrulhos de ofertas para o Natal. Cada vez chegavam mais famílias do Sul em busca de uma ocupação, mas não havia trabalho que chegasse para todos. Aumentava o desemprego e o número de jovens inadaptados. As famílias mais abastadas da terra, fiéis a uma antiga tradição de solidariedade, dedicavam-se a socorrer os mais necessitados, sobretudo por ocasião das festas.

Martina mantinha relações com as empresas que, de vez em quando, ofereciam produtos alimentares e roupas. Conseguia também obter pequenas quantias dos bancos. Muitas vezes recorria à sua conta corrente, sem que ninguém o soubesse. Mas o pároco já se apercebera desse facto e censurava-a.

— Não acha que está a exagerar, *signora* Agrestis?
— Tento expiar os meus pecados — replicava, em tom de brincadeira.

Em confissão, contara a *don* Luigi a sua terceira gravidez de mulher solteira.

Don Luigi assistia, impotente, às grandes transformações do mundo, às reivindicações das feministas, às novas leis que permitiam o aborto e o divórcio, e às vezes desanimava, deixava-se dominar pelo desconforto, tentava uma conversa com o bispo e não conseguia condenar até ao fundo estas lufadas de loucura. A Val Seriana chegavam apenas os ecos dos grandes protestos, mas bastavam para fazer alastrar algum mal-estar entre os seus paroquianos, que se dirigiam a ele para que, do púlpito, lançasse censuras contra o relaxamento dos costumes.

Ele preferia denunciar as disparidades sociais, os comportamentos embusteiros da classe dominante, a exploração do pobre pelo rico. Pensava muitas vezes em Martina, que vivia a fé com sinceridade, apesar de conseguir ser sempre objecto de escândalo. Desta vez, repreendera-a.

— Como faço para a absolver, se não se arrepende dos seus pecados?

— Acha que é pecado, *don* Luigi, ter um filho de um homem que amei? Se lhe dissesse que estou arrependida, mentia. Estou muito feliz por ter outro filho.

Ele zangou-se.

— As crianças também precisam de um pai. Quando vai dar um pai às suas filhas? Depois da missa espero por si na sacristia, e entretanto absolvo-a em nome do Senhor — concluiu, resignado.

O que mais preocupava *don* Luigi não era tanto a salvação da alma de Martina mas o facto de aquela senhora tão jovem, bonita e rica representar um ponto de referência para as raparigas da terra. Tentavam, desajeitadamente, vestir-se como ela, imitar-lhe o penteado, copiar-lhe os gestos e a linguagem. E se lhes desse também para fazer filhos fora do casamento?

Don Luigi despachou os acólitos e, enquanto tirava os paramentos sagrados, perguntou-lhe:

— Não quer considerar a possibilidade de se casar com o pai dessa criança?

— Ele não me pediu em casamento — respondeu.

— Nem mesmo depois de saber que está grávida?
— Não sabe.
— De que está à espera para lhe dizer?

Martina explicou-lhe que Oswald fora abandonado pela mulher, mas que não estava divorciado, que era de religião anglicana, e que era complicado para ambos deixar o seu próprio país para ir viver para outro sítio:

— Quando me deitei com ele, sabia tudo isto. Não procurei este filho que agora espero. Mas recebo com amor as crianças que Deus me envia. É assim um pecado tão grave?

O sacerdote suspirou de resignação.

— Não sei, acredite — respondeu. — Honestamente, não sei. Convido-a, no entanto, a refletir. Em Vertova, a senhora é uma figura de referência e, portanto, tem o dever de servir de exemplo às jovens mulheres.

Martina sorriu e replicou:

— *Don* Luigi, eu acho que aceitar uma gravidez em vez de recorrer ao aborto pode, sempre, ser um bom exemplo para as minhas conterrâneas.

Por altura do Natal, quando Oswald lhe disse que queria passar as festas com ela, Martina ficou feliz e convidou-o para ficar em Vertova.

E agora ele estava ali, na casa de Vienna, sentado à mesa com todos os parentes Agrestis que, um pouco intimidados e um pouco curiosos, o observavam e procuravam entender como iria acabar aquela história. A mais curiosa era Vienna, que no caminho para a igreja, onde assistiram à Missa da Meia-Noite, deu o braço à filha e perguntou-lhe num sussurro:

— Então? Já lhe disseste que entraste no quarto mês?

Oswald estava a conversar com Giuliana e levava a pequena Maria pela mão.

— Ainda não — respondeu Martina.

— De que estás à espera? Parece-me um bom homem, não tem nada de desagradável.

— Que efeito teria na Maria mandá-la embora da minha cama, onde se mete muitas vezes, para a substituir por um homem que nem sequer é pai dela. Por outro lado, também eu nunca te vi dividir a tua cama com um homem — observou Martina.

Vienna afastou-se bruscamente dela e sibilou:

— Já percebi. Tu já decidiste que vais continuar sem marido e a culpa, como sempre, é minha.

Martina não queria discutir com a mãe na noite de Natal, e por isso pousou-lhe uma mão no ombro e sussurrou:

— Não te zangues, por favor. Prometo-te que vou pensar nisso.

No dia de Natal, e naqueles que se seguiram, foi um vaivém de hóspedes na Villa Ceppi.

Gigliola recrutara duas mulheres da aldeia para a ajudarem na cozinha e na limpeza dos quartos.

Martina, que já ultrapassara a fase das náuseas, mexia-se com desenvoltura no meio daquela selva de amigos que se deliciava com o calor dos seus afetos.

Certa noite, depois de parte dos convidados ter abandonado a casa e outra parte ter recolhido aos seus quartos, Oswald entrou no quarto de Martina. Vestia um pijama às riscas e um roupão de lã escocês.

Sentou-se no sofá, aos pés da cama, e ela refugiou-se nos seus braços. Ele começou a acariciá-la.

— Engano-me, ou estás mais cheiinha? — perguntou-lhe.

Ela ficou sem fôlego. Depois disse:

— Não te enganas. — E apressou-se a desviar o assunto. — Gostava de ter uma cadeira de baloiço, estofada, coberta com um tecido às flores. É tão bom ser embalado.

— Eu por mim fazia isto mais vezes, se tu não enchesses a casa de gente — lamentou-se ele.

— Achas que devia mudar a minha forma de vida? — brincou Martina.

— Há situações pelas quais valia a pena fazê-lo.

— Então diz lá. O que esperas que eu faça?

— Tinha a certeza de que ias voltar para mim, e tu não o fizeste. Agora estou aqui a pedir-te que venhas comigo para Oxford — propôs.

Martina imaginou uma vida no apartamento ao lado da universidade, os chás da tarde com as mulheres dos outros professores, os almoços e jantares sociais e as conversas de salão, os dias que se seguiam sempre iguais e aquele péssimo hábito dos ingleses de só falarem na sua língua.

— Mas eu não falo inglês — sussurrou. O homem sorriu.

— É só esse o problema?

Martina pensou na criança que crescia dentro de si e concluiu: *Se não lhe digo agora, nunca mais lhe digo.* Surgiu-lhe nos lábios uma consideração.

— Tu ainda és casado.

— Pois sou, e a minha mulher, arrependida, começou a bater-me à porta.

— Duas mulheres na vida de um homem são de mais — observou, séria.

— Mas eu amo-te. Martina libertou-se dos braços dele, levantou-se e enfrentou-o.

— Tu, meu querido, gostas de ter uma companheira ao teu lado. Se eu me afastasse, voltavas para a tua mulher num piscar de olhos. Dá-me a tua palavra de honra em como não é assim?

Oswald percebeu que Martina tinha razão. A história entre os dois terminou naquele instante.

Quando ele saiu do quarto, Martina sussurrou, tristemente:

— Estamos sós, eu e tu, meu pequenino.

HOJE

CAPÍTULO 52

Na última página do álbum de fotografias Vienna colara um bonito retrato a sépia de Stefano Ceppi Bruno. Acariciou-o com a ponta dos dedos e disse:

— Confio-te a nossa filha. Ela está contigo. Esperem por mim, porque não tardarei a juntar-me a vocês.

Voltou a fechar o álbum, foi até ao quarto e meteu-o na gaveta da mesa de cabeceira.

Voltou à cozinha e começou a preparar o jantar. Martina ocupava todos os seus pensamentos.

— Eu não te merecia — sussurrou, enquanto mexia os legumes na frigideira.

A filha herdara de Stefano Ceppi a beleza, mas também a integridade moral e a nobreza de alma. Como dizia Ermellina, era um cisne no meio de uma ninhada de patos. A coscuvilhice e a malícia de que fora objeto, durante anos, nem a tinham tocado, e Vienna sabia que, naquele vale duro, nunca mais nasceria uma mulher tão bonita e tão digna de respeito.

Sentou-se no sofá, em frente à janela, e olhou para o céu límpido e extraordinariamente estrelado. Achou que os astros haviam posto o seu manto mais resplandecente para iluminar o caminho de Martina em direção ao Céu.

Era o primeiro Natal que ia passar sem a filha, embora naquela noite de Consoada, na solidão da sua casa, sentisse mais do que nunca a presença de Martina.

Arrumou a cozinha e sentou-se outra vez no sofá.

— Bom Natal, minha Martina querida — sussurrou, e começou a rezar o terço.

Tinha chegado ao Quarto Mistério quando o telefone tocou. Desta vez, ao recordar as censuras das sobrinhas, atendeu. Era Osvalda.

— Estavas a dormir, avó? — perguntou a neta, com uma voz doce que não lhe conhecia.

— Estava a rezar o terço. Como estás?

— Destroçada de dor porque a mãe já cá não está e feliz porque estou apaixonada.

— Pelo Galeazzo?

— Quem te disse? — perguntou Osvalda.

— Tu, que tratavas tão mal o teu fiel pretendente. Sabes que quem desdenha quer comprar — respondeu Vienna.

— Estive a ponto de perder o melhor da vida — explicou Osvalda, e acrescentou: — Avó, precisas de alguma coisa?

— Não preciso de nada. Obrigada, minha querida — respondeu Vienna. O tom afável e solícito da neta fez-lhe lembrar o professor Graywood. Recordou o dia em que Oswald lhe disse que a sua história com Martina terminara e que ele se preparava para regressar a Inglaterra.

Era evidente que Martina não lhe falara da sua gravidez.

Estavam sozinhos, sentados à mesa da cozinha. Desconhecendo como tinham corrido as coisas entre eles, Vienna limitou-se a dizer:

— A minha filha é uma mulher indecifrável.

— Talvez. Mas sobretudo é uma pessoa honesta consigo própria e com os outros — respondeu Oswald, com serenidade e uma infinita tristeza.

Nos anos seguintes, Martina voltou várias vezes a Inglaterra levando consigo Osvalda, para que pai e filha pudessem estar juntos e aprendessem a conhecer-se.

Osvalda estabelecera também uma boa relação com Eunice, a mulher de Graywood, definitivamente regressada a casa. Os dois formavam um casal tranquilo e estavam sempre dispostos a recebê-la. Passava com eles as férias de verão e estabelecera com o pai uma ligação profunda.

Agora perguntou à avó:

— Não achas que o meu pai devia saber que a mãe nos deixou?

— Decide tu se se deve dizer-lhe agora ou mais tarde, quando estiveres com ele — sugeriu Vienna, sabendo que Oswald sofreria com a notícia.

— Amanhã de manhã vou buscar-te com o Galeazzo e vamos juntos à missa de Natal.

— Vais ter em cima de ti os olhos de toda a gente da terra — preveniu a avó.

— Achas mesmo que as filhas da Martina dão importância aos mexericos? — rebateu prontamente.

— Até hoje pensavas de outra maneira.

Despediram-se e Vienna voltou ao sofá. Retomou o terço a partir do Quarto Mistério.

CAPÍTULO 53

Maria e os filhos entraram no furgão para se dirigirem à casa de Maura, na Via Mancinelli.

Era a noite da Consoada e, após alguns dias de frenesim, a cidade regressava ao seu ritmo habitual.

As crianças estavam entusiasmadas com a ideia de um jantar fora de casa e falavam das prendas que iam receber de Maura e do marido. Maria, pelo contrário, recordava com saudade os Natais da sua infância, quando a sacralidade do nascimento de Jesus prevalecia sobre aquele carácter mundano.

— Será possível que eu não tenha conseguido ensinar-vos que o Natal não é aquele velho senhor barrigudo, vestido de vermelho, cheio de embrulhos para oferecer? — perguntou, impaciente.

Elisabetta, com ares de sabedoria, replicou:

— Sabemos de cor que em Vertova era a Santa Lucia quem vinha trazer pinhas secas no dia 13 de dezembro. Até me sinto angustiada ao pensar naquela pobre santa, cega por culpa dos pagãos, que viajava de noite, no meio do gelo, em cima do burrico.

— Eu lembro-me dela com prazer, até porque trazia presentes para mim e para a Osvalda — disse Maria.

— Chama-lhes presentes! A bisavó Vienna diz que deixava um punhado de nozes ou uma laranja — interveio Pietro.

— Exato! Aquela laranja e aquelas nozes tinham o seu quê de milagroso, porque vinham diretamente do céu. Mas devo dizer que, connosco, a Santa Lucia era mais generosa: deixava-nos um bom livro ou um par de sapatos novos. Nós recompensávamo-la pondo na porta de casa uma tigela com água e outra com feno para o jerico — precisou a mãe.

— E à Lucia não davam nada? — perguntou Pietro, curioso.

— As santas não comem nem bebem; se assim não fosse, que santas seriam? — disse Maria, repescando na memória a aura de mistério alegre e assombroso que Martina sabia recriar ano após ano, para que as filhas assimilassem o amor pelas tradições.

— Mãe, conta o que acontecia no Natal — pediu Elisabetta, que já sabia, mas que gostava de ouvir a história.

— No Natal vinha o Jesus Menino, que era um rapazinho loiro, encaracolado, com uma veste branca e pezinhos descalços. Também ele, como Santa Lucia, ia de casa em casa montado num burrico. Se nos tivéssemos portado bem, deixava-nos um saquinho de bombons, ou rebuçados e torrõezinhos embrulhados em papel colorido — contou Maria, recordando os Natais que se seguiram ao seu casamento com Peppino Cuomo, quando na casa da Via Vitruvio reinava uma grande confusão, com os parentes de Nápoles que invadiam em massa o apartamento.

Estacionou o furgão nas proximidades da igreja, entrou com os filhos no átrio do edifício da Via Mancinelli e subiu as escadas com eles.

Quem os recebeu foi Fedele, o marido de Maura, que os mandou entrar e depois se dirigiu a Maria:

— A tua amiga está na cozinha a tratar do peixe. Também lá está o farmacêutico a fazer a maionese.

— A sério? — perguntou Maria, espantada, pois não conseguia imaginar o doutor Draghi a cozinhar.

— Não gosto de peixe — queixou-se Pietro, enquanto se livrava do sobretudo e do gorro de lã.

— Essa é boa! És meio meridional e não gostas de peixe? — brincou Fedele.

A casa, quente e luminosa, estava decorada para a festa. Maria pousou os presentes para os amigos por baixo da árvore, na sala, os filhos sentaram-se em frente ao televisor, disputando o comando.

— Porque não vais à cozinha? — sugeriu Fedele.

— Estaria a mais e, para ser franca, estou cansadíssima — declarou. Foi com Fedele até à sala de jantar e sentou-se à mesa, que Maura tinha decorado com bagas vermelhas e flores amarelas.

Na realidade, não sabia como enfrentar o doutor Draghi e entregava-se ao destino. O seu anfitrião ofereceu-lhe uma taça de espumante. Da cozinha chegava o ruído dos tachos e as gargalhadas dos dois cozinheiros.

Maura apareceu na sala, abraçou a amiga e sussurrou-lhe com ar cúmplice:

— O farmacêutico está a fazer a maionese para o peixe. Também preparou uma massa com sardas. Diz que é uma receita siciliana.

— Porque o convidaste? Eu não me sinto à vontade — protestou.

— Não te armes em parva. Aquilo é um mimo de cavalheiro, e está louco por ti. Tu comporta-te como a senhora que és — ordenou a amiga, antes de se eclipsar de novo para a cozinha.

— Nem sequer consegui ir ao cabeleireiro — lamentou-se a Fedele.

— Não faz mal, estás uma flor — garantiu ele. Depois baixou a voz e acrescentou: — A Maura contou-me tudo sobre o doutor Draghi. É um senhor rico, a família vive em Messina e são todos farmacêuticos há várias gerações. Ele chegou a Milão, logo depois de se ter formado, com uma irmã que abriu uma farmácia no Corso Venezia. E ele tem a sua própria farmácia, que tu já conheces.

— Confiavas num homem que aos quarenta anos ainda não se casou? — perguntou Maria.

— O Peppino parecia-te de mais confiança? — perguntou Fedele, irónico, referindo-se ao marido desaparecido.

Maura regressou com uma travessa cheia de costeletas perfumadas e batatas assadas. Chamou as crianças.

— Força, apaguem a televisão e venham para a mesa. Para os meninos há comida especial — anunciou.

Atrás dela perfilou-se o doutor Draghi, que pousou na mesa uma garrafa grande de *Berlucchi* gelado e outra de *Coca-Cola*.

Maria, que durante anos o vira de bata branca, olhou para ele como se estivesse a vê-lo pela primeira vez. Vestia um casaco azul, calças cinzento-escuras, camisa azul-pálido e gravata de lã azul. Estava muito elegante.

— Feliz Natal, *signora* Maria — cumprimentou o farmacêutico, apertando-lhe a mão. Estava barbeado de fresco e emanava um perfume quase impercetível a menta e limão.

— Feliz Natal para si — respondeu Maria.

— Estes são os seus anjinhos? — brincou ele, enquanto as crianças se sentavam ruidosamente à mesa.

— Espere até os ver comer, e não vai continuar a defini-los como tal — avisou.

— As minhas condolências pela perda da sua mãe — disse ainda o doutor Draghi, olhando-a como se Maria fosse a mulher mais desejável do mundo.

— Agradeço-lhe muito, e estou-lhe grata também por se ter encarregado de uma parte do meu trabalho — respondeu ela.

— Fico feliz por ter sido útil — disse, sorrindo-lhe com ternura.

Naquele momento as crianças começaram a disputar a *Coca-Cola*.

— Já viu os anjinhos, doutor? — brincou ela, enquanto tentava acalmá-los.

A ceia decorreu com alegria, entre conversas e brindes.

Depois foi a distribuição dos presentes, e o farmacêutico ofereceu a Maria um grande livro sobre flores com ilustrações muito bonitas.

— O que lhe posso dizer? Estou confusa, doutor, até porque não tenho um presente para si — desculpou-se.

— Esta noite senti-me como se estivesse em família. E esse é o mais belo dos presentes — confessou. — Agradeço-vos a todos por me terem querido aqui, e proponho que abandonemos os formalismos e nos tratemos por tu.

Maria perguntou a si mesma se o farmacêutico seria um bom pai para os seus filhos, e uma vozinha sugeriu-lhe que, decerto, era aquele o homem certo.

CAPÍTULO

54

Tinha chegado o momento de ir à Missa da Meia-Noite. As crianças desceram ruidosamente as escadas, seguidas pelos adultos.

Em frente à igreja, o bar estava a fechar.

— Entrem. Eu vou já ter convosco — disse Raul Draghi.

Durante a celebração, Maria conversou com Jesus, como a mãe fazia, pedindo-lhe para a guiar nas suas escolhas.

Quando lhe morreu o marido, jurou a si mesma que nunca mais ia querer homem algum na sua vida, mas agora começava a reconsiderar. Gostava do farmacêutico, não só por ser um homem bonito, mas porque sentia que tinham muito em comum. Pensava nos filhos, que tinham necessidade de uma figura masculina de referência. Não queria que sofressem, como ela, com a falta de um pai. Mentalmente, rezou: *Querido Jesus, devo pensar que me estás a oferecer uma oportunidade? A mãe ia gostar do Raul. Diz-me que também gostas.* De vez em quando olhava de esguelha para o farmacêutico, que entretanto chegara e estava agora sentado ao lado das crianças.

Enquanto o pároco pregava sobre o significado mais profundo do Natal, ela divagava: *Já não sou a tonta que era aos vinte anos, e se o instinto me guia em direção a Raul, há grandes probabilidades de não me enganar.*

Quando saíram da igreja, Raul trazia pela mão o pequeno Pietro, que estava radiante.

— Antes de regressarmos a casa, há uma chávena de chocolate quente à nossa espera no bar — anunciou Raul, que conseguira convencer o dono a adiar o fecho. Entraram no estabelecimento.

Maura sentou-se numa mesinha ao lado de Maria.

— Ainda estás convencida de que ele não te está a fazer a corte? — sussurrou-lhe.

— Mas eu tenho dois filhos para criar — murmurou.

— Ele gosta da família — garantiu a amiga.

Enquanto o dono do bar deitava o chocolate nas chávenas, Raul contava às crianças a história do cacau.

— Os aztecas chamavam-lhe *cacahuatl*. É a semente de uma árvore das esterculeáceas, muito rico em substâncias gordas, e dessa gordura faz-se também a manteiga de cacau, aquela que se põe nos lábios para não gretarem. — As crianças ouviam-no, curiosas em relação àquele senhor que falava com eles como se fossem velhos amigos.

Era tarde quando saíram do bar e se despediram. Maura e Fedele foram a pé para casa, enquanto Raul acompanhou Maria e os filhos ao furgão.

— Coragem, meninos, entrem — pediu Maria.

— Posso acompanhar-te no meu carro? — propôs Raul.

— Não é preciso, obrigada — respondeu ela, sentando-se ao volante.

— Ainda não percebeste que te estou a fazer a corte? — sussurrou ele.

— Tinha receio de ter entendido mal — respondeu Maria, com um sorriso envergonhado.

— Posso telefonar-te daqui a meia hora, para te desejar uma boa noite?

— Está bem — respondeu ela, e pôs o furgão em marcha.

Enquanto o carro se afastava, Elisabetta perguntou à mãe:

— É o teu namorado?

— Mas o que estás tu para aí a dizer?

— Estou a dizer aquilo que vejo.

— Importavas-te se fosse? — perguntou a mãe, preocupada.

— Não me parece, até porque o acho simpático — respondeu a filha.

Pietro balançava-se no banco traseiro, meio adormecido.

Já em casa, Elisabetta seguiu a mãe até à casa de banho.

— O Raul é muito diferente do pai — começou, com a clara intenção de retomar um assunto que lhe interessava bastante. E precisou: — E isso tranquiliza-me.

— Querida, já é tarde. Porque não vais dormir? — pediu a mãe. Esperava o telefonema de Raul e tinha o telemóvel no bolso do roupão.

— Está bem, eu vou. De qualquer maneira, queria dizer-te que gosto dele. — Deu-lhe um beijo e saiu.

O telefone tocou, pontualmente.

Maria atendeu de imediato, pensando que Raul era de facto muito diferente de Peppino Cuomo, o homem com quem casara aos vinte anos contra a vontade de todos.

ONTEM

CAPÍTULO 55

Peppino Cuomo entrou na vida de Maria vindo do mar.

Estava de férias em San Michele, com a mãe e com as irmãs, na *villa* que fora de Adelaide Montini e agora pertencia a Giovanni Paganessi. Em julho, o viúvo de Nicoletta encontrava-se em Milão a trabalhar e as Agrestis tinham a casa toda para elas. Ia lá ter aos fins de semana, quando se podia dar ao luxo de dois dias de descanso.

Martina esperava que aquelas férias servissem para tornar mais calma a relação nem sempre idílica entre as três filhas. Estavam todas juntas na praia quando Osvalda, de repente, começou a censurar a libertinagem de Giuliana por, aos trinta e cinco anos, continuar a desfiar um amor errado atrás de outro e por ter uma filha de cinco anos, Camilla, sem estar casada.

— Mas o que isso te importa? São assuntos meus — reagiu Giuliana, irritada.

A pequena Camilla, enfiada dentro de uma boia em forma de patinho, chapinhava na água com a ama, sem saber que era o tema daquela discussão. O sol ia pousando no mar num ocaso flamejante.

— São assuntos que dizem respeito a todas nós, porque a menina tem o nosso apelido — replicou Osvalda, na altura com quinze anos.

Martina, estendida numa espreguiçadeira, fingia ler um romance, e Maria, agora com vinte anos, fazia palavras cruzadas e ignorava o confronto entre as duas irmãs.

— O facto é que tu és demasiado curiosa e cheia de pruridos, como todas as beatas. Não gostas que eu faça a minha vida tal como a mãe fez a dela. E tu não tens nem nunca terás uma vida tua, porque estás demasiado ocupada a meter o nariz na dos outros — censurou-a Giuliana, fazendo-a corar de cólera.

Martina, ao sentir-se posta em causa, foi obrigada a intervir.

— Giuliana, na tua idade devias ter algum bom senso e não responder às provocações de uma rapariguinha.

— Ora, falou a mãe de Eleonora Duse[1] — resmungou Osvalda.

— Agora chega — ordenou Martina. Fechou o livro e levantou-se. Mandou a ama levar a menina para casa e dirigiu-se às escadas que conduziam à *villa*.

Maria olhou para a mãe enquanto ela se afastava e admirou a sua silhueta perfeita. Martina tinha cinquenta anos e era muito mais bonita do que ela, que vivia num tormento porque se considerava medíocre em todos os aspetos. Observou também a irmã mais velha, que se parecia com a mãe em tudo, e a mais nova, que tinha um corpo harmonioso e esguio. Não era só o aspeto exterior que lhe provocava complexos de inferioridade. Giuliana e Osvalda ostentavam uma segurança que ela estava muito longe de possuir.

---

[1] Eleonora Duse (Vigevano, 1858 — Pittsburgh, 1924) foi uma das maiores atrizes italianas de todos os tempos. *(N. da T.)*

Frequentava o primeiro ano da faculdade de letras na Universidade Estatal de Milão, onde se inscrevera apenas para satisfazer a vontade de Martina. Vivia breves histórias sentimentais que terminaram sempre com a fuga do rapaz perante a sua determinação em não ir além de alguns beijos. Vestia-se de uma maneira descuidada, porque não encontrava um estilo que a fizesse sentir-se à-vontade.

— Se tivesse de escolher, preferia ser como a Giuliana, e não como tu, que tens a mania de dar opiniões sobre tudo — interveio Maria, apesar de não ter sido chamada à conversa.

— Devolve-me já a minha bolsinha de noite, e ficas a saber que nunca mais te empresto nada — retorquiu Osvalda, pálida de raiva e dirigindo-se para casa.

Camilla, que não queria sair da água, chamou pela mãe em voz alta. Giuliana atirou-se à água, foi até junto dela e regressou a terra com a menina, que entretanto deixara de protestar. Entregou-a à ama e depois deitou-se ao lado de Maria.

— Só não sei como tu e a mãe conseguem aguentar aquela espécie de ouriço-cacheiro — começou.

— Não sei de quem herdou a capacidade de se atirar contra tudo e contra todos, porque a mãe não é assim, e o pai dela também não — comentou Maria. E acrescentou: — Mas também, olha bem para mim, e eu tive um pai e uma mãe lindíssimos!

— Não sejas parva. És uma rapariga bonita e tens um temperamento muito doce.

— A mãe diz que eu não conseguirei agradar a ninguém se primeiro não me agradar a mim mesma. Mas eu vejo como sou e detesto-me — queixou-se.

Giuliana abraçou-a. Depois perguntou-lhe:

— É verdade que nunca foste para a cama com nenhum rapaz?

— Juro. Tentei mais do que uma vez, mas quando chega o momento, fujo. Tenho um medo louco.

— De quê?

— De ser usada.

— Por quem?

— Pelos homens. Olha bem para mim, Giuliana, achas que um rapaz perde a cabeça por uma rapariga como eu?

— Deixa-te de parvoíces. Tu és uma flor e não sabes disso, esse o teu único problema. És bonita como os teus pais e do teu pai, que eu conheci bem, herdaste a capacidade de agradar, a espontaneidade, a alegria e a elegância no trato. — E acrescentou: — De vez em quando, faz um esforço por defender a Osvalda, para ver se ela deixa de se armar em mártir.

— Impossível! Tem quinze anos mas comporta-se como uma velha de quarenta.

— É apenas uma adolescente cheia de problemas.

— É completamente doida.

— Mas é nossa irmã e nós gostamos dela.

Foi naquele momento que saiu da água um jovem loiro como um viquingue. Parecia morto de cansaço e atirou-se para a areia, exausto.

As duas irmãs foram ter com ele e ficaram a observá-lo com curiosidade.

— Onde estou? — perguntou ele, quase sem voz.

— Numa praia privada — respondeu Giuliana.

O homem ergueu-se e sorriu. Era um bonito rapaz e tinha um rosto simpático.

— Peço desculpa. Parti de Santa Margherita a nado mas quando tentei regressar, não consegui fazê-lo. É tudo culpa dos cigarros. — Falava com uma acentuada pronúncia do Sul.

— E como tenciona regressar? — perguntou Giuliana.

— Não sei — exclamou, sempre a sorrir.

— O que fazemos? — perguntou Giuliana à irmã, que estava encantada a olhar para ele.

— Podemos emprestar-lhe o nosso barco — propôs Maria, numa voz hesitante.

— Desculpem, nem sequer me apresentei. Chamo-me Peppino Cuomo. Sou cunhado do farmacêutico de Santa Margherita. Se pudesse usar o vosso barco, amanhã vinha cá trazê-lo — propôs.

CAPÍTULO 56

No dia seguinte, Peppino Cuomo tocou à campainha da *villa,* com um ramo de rosas vermelhas na mão. Era meio-dia e as Agrestis preparavam-se para se sentar à mesa.

A criada que abriu o portão mandou-o entrar.

Maria apareceu ao fundo do vestíbulo e foi de imediato ao seu encontro, dizendo-lhe:

— Olá, Peppino, trouxeste o barco?

— Já o trouxe de manhã. Puxei-o para a areia. Não o viram? — perguntou. E entregando-lhe as flores: — Estas rosas são uma pequena homenagem para vos agradecer a ajuda que me deram.

Maria agradeceu por sua vez e disse:

— Convidava-te para vires cumprimentar a minha mãe e as minhas irmãs, mas já estamos a ir para a mesa.

— Posso oferecer-te uma piza? — perguntou ele com um sorriso sedutor.

— Espera dois minutos — respondeu Maria imediatamente. Deixou-o no vestíbulo e foi a correr à sala de jantar avisar a mãe.

— Vais comer uma piza com aquele indivíduo? — perguntou Martina, espantada.

— Tem alguma coisa de mal?

— Não sei...

Mas Maria já tinha voado porta fora, pronta para se deixar impressionar pelo belo viquingue.

Entraram num carro em bastante mau estado, e seguiram até um *take-away* onde estava muito calor e cheiro a fritos que se misturavam com o dos cremes solares dos turistas em calções de banho que se acotovelavam ao balcão para encomendar o almoço.

Quando chegou a sua vez, Peppino pediu duas pizas e, no momento de pagar a conta, gracejou:

— E será para sempre de louvar o idiota que quis pagar.

— Mas foste tu que me convidaste — balbuciou Maria, confusa.

— Estava a brincar — respondeu ele, exibindo um largo sorriso de conquistador.

No caminho de regresso à *villa,* Peppino contou-lhe tudo, ou quase, sobre a sua vida. A família numerosa, o pai morto de cancro no pulmão, uma irmã deficiente e outra muito bonita casada com um farmacêutico da Ligúria, um irmão proprietário de um hotel, e a sua mudança de Nápoles para Milão, com o apoio de alguns amigos que o ajudaram a arranjar trabalho e casa.

— A que te dedicas? — perguntou Maria, curiosa.

— Opero no campo das flores — respondeu ele, pomposamente.

— Explica-te melhor.

— Tenho uma revenda de flores. Não é fácil ter um quiosque próprio numa cidade como Milão. No verão fecho, porque com o calor não se vende nada. O outono, o inverno e a primavera são as melhores estações. Ganho bastante bem. Pago o aluguer da casa, sustento-me e ainda envio dinheiro para a minha família. Julho e agosto passo-os aqui, em casa do meu cunhado. Como vês, sou um bom rapaz.

Maria não sabia se ele era ou não bom rapaz, mas era realmente bonito e agradou-lhe bastante, apesar das suas maneiras pouco elegantes. Quanto ao quiosque de flores, como dizia Martina, qualquer trabalho é bom, desde que seja honesto.

— E tu, o que fazes? — perguntou-lhe Peppino.

— Estudo em Milão e vivo num apartamento que é da minha mãe. Mas passo os fins de semana em Vertova, em Val Seriana, onde vive a minha família.

— Numa *villa* como a de San Michele? — perguntou ele, irónico.

— Mais ou menos — respondeu Maria. — Olha que nós não somos ricas. A *villa* de San Michele não é nossa.

— Mas, entretanto, vives lá. E os criados levam-te o pequeno-almoço à cama — observou ele, com um tom algo arrogante.

— Vá, Peppino, acaba com isso — reagiu Maria.

— Diz outra vez.

— O quê?

— O meu nome.

— Peppino.

— Sabes que nos teus lábios parece um nome lindíssimo? — Esboçou um sorriso galanteador e propôs: — Voltamos a ver-nos?

— Não sei — respondeu ela, hesitante, enquanto abria a porta do carro.

— Porquê? — perguntou, retendo-a pelo braço. Depois abraçou-a e beijou-a longa e apaixonadamente, deixando-a sem fôlego.

Maria passou o portão do jardim quase a cambalear. A mãe esperava-a no cimo da escadaria da entrada.

— Não posso crer que tenhas chegado aos vinte anos para te ofereceres àquele galo de poleiro — provocou.

— Agora andas a roubar a profissão à Osvalda? — rebateu Maria, ofendida.

— Não, mas devia.

— Mamã, por favor, não interfiras na minha vida — afirmou Maria, entrando em casa.

Peppino, com o seu comportamento de homem seguro de si, exercia nela um fascínio arrebatador. Os rapazes que a cortejaram pareciam estar a fazer-lhe um favor. Peppino, pelo contrário, era um homem capaz de pegar só naquilo que lhe agradava e ela sentia que lhe agradava muito. Mas a mãe, enquanto eles estavam na pizaria, telefonara a uma amiga, gerente de uma *boutique* ao lado da farmácia, e ficara a saber tudo sobre Peppino Cuomo: que se embriagava muitas vezes e andava sempre atrás das mulheres.

Martina foi atrás da filha e transmitiu-lhe as informações recebidas.

— Tens assim tão pouca autoestima para te deixares iludir por um sujeito daquele género? — perguntou-lhe.

— Nunca tive um pretendente assim tão bonito e por isso não vou ouvir essas calúnias.

— De qualquer maneira, ficas avisada. Aquele sujeito nunca vai pôr os pés na nossa casa — declarou Martina, com firmeza. Maria começou a chorar.

— Primeiro queixas-te porque eu não consigo ter um namorado, e quando por fim arranjo um, ameaças-me. Tu e a Osvalda impedem-me de viver a minha vida — gritou.

— Vamos fazê-lo, se andares com aquele indivíduo — prometeu a mãe sem demasiada convicção, porque não esquecera que as suas próprias inseguranças também a empurraram para os braços de um estouvado como Bruno Biffi.

Sentindo-se incompreendida pela mãe, Maria foi à procura da irmã mais velha. Tinha a certeza de que Giuliana seria capaz de a entender.

CAPÍTULO
57

Encontrou-a no jardim, debaixo da pérgula, mergulhada na leitura de um guião. A filha, sentada à mesa, coloria figuras de um álbum para crianças. A ama estava a descansar.

— Incomodo? — perguntou Maria.

— Vá, senta-te — sugeriu a irmã, pousando o guião em cima da mesa.

— Onde está a Osvalda? — perguntou Maria.

— Onde queres que esteja? Foi à igreja ajudar o padre para a celebração de domingo.

— Então podemos falar.

— Olha que a mãe está muito zangada — avisou Giuliana.

— Eu sei. Já falou comigo.

— E tem razão.

— Eu não fiz nada!

— Mais vale prevenir que remediar.

— Isso é um comentário inteligente de uma comédia?

Giuliana ignorou a provocação.

— Estou a reler John Osborne. Foi o Oswald que me levou a descobri-lo, quando deu uma aula sobre os movimentos juvenis. Mandou-nos ler a melhor obra dele, *Dá raiva olhar para trás*. Agora propuseram-me o papel de Alison, a rapariga de boas famílias que se casa, como protesto, com um jovem revoltado. Também a devias ler. Os jovens revoltados desapareceram para dar lugar aos oportunistas, mas são muito parecidos. Aquele Neptuno saído do mar não presta. Esquece-o.

— O que é que o Neptuno tem a ver com a juventude inconformista?

— Aqueles, pelo menos, tinham ideias — respondeu Giuliana, lacónica.

— Deixaste-te doutrinar pela mãe.

— A mãe não tem nada a ver com isto. Eu conheço os homens. Aquele é um fraco, um frustrado e um inútil.

— O que é um frustrado? — perguntou Camilla, curiosa.

— Trata das tuas coisas e não te ponhas a ouvir as conversas dos adultos — ralhou a mãe.

— Eu tenho a certeza de que o Peppino gosta muito de mim — sussurrou Maria à irmã.

— Acredito! — exclamou Giuliana.

— Tu nunca tropeçaste num fraco, frustrado, que não prestasse? — perguntou Maria.

— Tenho uma coleção deles. Só que sou esperta o suficiente para perceber quando é o momento de os deixar. Mas tu és um pastel e estás a arriscar muito.

— Tia Maria, porque é que és um pastel? — intrometeu-se de novo Camilla.

— Para te agradar, já que gostas muito de pastéis com creme, não é verdade? — disse, esboçando um sorriso.

Depois segredou à irmã:

— Beijou-me.

— Espero vivamente que, quando chegar o momento, tu fujas, como sempre o fizeste — afirmou Giuliana.

No que restava das férias Peppino não voltou a aparecer. Maria ficou decepcionada, mas a mãe e Giuliana suspiraram de alívio.

Voltou a encontrá-lo em meados de setembro, no bar em frente à universidade quanto tomava um *cappuccino* e conversava com algumas colegas de curso.

— Vamos dar uma volta? — propôs-lhe ele. Mais do que um convite, parecia uma ordem.

Maria despediu-se das amigas e acompanhou-o.

Na rua, Peppino agarrou-a pelos ombros e beijou-a à força. Aquela cena em público não agradou a Maria.

— Nunca mais me faças isso! — sibilou furiosa. Dirigiu-se ao carro com um passo marcial, abriu a porta e quando se preparava para entrar Peppino puxou-a para si, colando o seu corpo ao dela.

— Tu és uma provocação constante — sussurrou-lhe. — Devias pendurar ao pescoço um cartaz a dizer: «ATENÇÃO, PERIGO!» Gosto muito de ti. Agora deixo-te ir, mas não penses que me escapas.

Ela arrancou a toda a velocidade, sentindo nos lábios o perfume da boca de Peppino.

Na Via Serbelloni, a criada serviu-lhe o almoço.

Martina, que recusara a sua casa a Giuliana, permitia que Maria a usasse, porque sabia que ela não se aproveitaria disso.

Devorou uma montanha de *tagliatelle* com carne, a pensar nas palavras de Peppino: «gosto muito de ti». Quando alguma vez ela conseguira conquistar um homem como aquele? Ela, o pastel da família, conseguira fascinar um homem lindíssimo que a achava provocante. Achou que Peppino era finalmente o homem capaz de a amar tal como ela era.

Passada uma semana encontrou-o à sua espera junto ao portão da universidade.

— Olá — disse Maria.

— Vamos dar uma volta — propôs Peppino, com o seu habitual tom decidido.

— Só tenho uns minutos de intervalo — objetou ela.
— Não podes aparecer quando te apetece e achar que eu estou sempre à tua disposição.

— Eu trabalho e não tenho muito tempo livre.

— Quando estavas na praia também não tinhas tempo? — censurou-o.

— De sobra. Telefonei-te e alguém me disse que estava enganado no número, porque ali não havia nenhuma Maria.

Ela detestou a mãe e as irmãs. Tinha a certeza de que a autora daquela resposta fora uma delas.

— Pensei em ti todos os dias — prosseguiu ele. — E tu?

— Nem sei — respondeu, numa péssima imitação de coqueteria.

— Quando vamos poder estar sozinhos?

— Não estás a ir muito depressa?

— Tenho vinte e nove anos e, segundo a minha mãe, devia apressar-me a criar uma família. Queria perceber se somos feitos um para o outro.

— Estás outra vez a andar muito depressa. Eu, pelo contrário, tenho um passo lento.

— Temos de aprender a conhecer-nos, certo? Portanto, repito-te a pergunta: quando podemos estar sozinhos?

— No cinema? — perguntou Maria.

— Em tua casa? — arriscou ele.

— Fora de questão. Eu vivo com a minha família.

— Em Milão estás sozinha. Tens uma criada que podes despachar quando quiseres.

O facto de ele estar tão informado surpreendeu-a. E disse-lho.

— Os floristas conversam com os porteiros — foi a curta resposta.

— E os porteiros conversam com as criadas. A minha mãe ia ficar logo a saber. Vou eu a tua casa — decidiu.

— Olha que eu moro num apartamento na Via Vitruvio, não num edifício no centro de Milão. Não ias gostar. Aliás, sabes o que vamos fazer? Esquecemos isto. Eu não sou digno de ti. Foi um prazer sonhar com uma princesa, mas a realidade é que sou apenas um vendedor ambulante.

Segurou numa mão de Maria e tocou-a com os lábios. Naquele momento Maria comparou-o à figura mítica do cavaleiro sem mancha e sem medo. *Um coração nobre,* pensou.

— Continuas a gostar de mim? — perguntou-lhe.

— Esquece, pequena. Volta para a tua universidade e para o teu mundo. Nós não temos nada em comum e, um dia, podias arrepender-te de me teres encontrado — sorriu de modo afetuoso.

— Dá-me a tua morada. Amanhã às sete vou ter a tua casa e faço o jantar — decidiu ela, entusiasmando-se com a ideia de dois corações e uma cabana.

CAPÍTULO

58

Maria apercebera-se de uma nota estridente na personalidade de Peppino quando ele lhe contou que tinha falado com a porteira, mas estava de tal maneira determinada a não o perder que apagou de imediato aquela impressão desagradável. Assim como ignorou a sua intenção de se casar, porque ela não pensava no casamento. Só queria um homem que a achasse irresistível. E elaborou um plano para conquistar definitivamente Peppino.

Esperou que a criada saísse para ir às compras e enfiou no saco do ténis os candelabros de prata, algumas travessas e uma toalha de linho da Flandres. Do frigorífico da cozinha retirou lasanha, almôndegas e salada de fruta. Escondeu num saco um vestido de noite, meteu tudo no carro e arrancou.

Na Via Vitruvio descobriu o prédio onde vivia Peppino. Tocou à campainha e a voz dele soou pelo intercomunicador enquanto lhe abria o portão da entrada:

— Quarto andar sem elevador.

Chegou lá acima quase sem fôlego. O homem dos seus sonhos estava à porta, com um sorriso de orelha a orelha.

— O que trouxeste? — perguntou, depois de a receber com um beijo arrebatador.

— Surpresa — respondeu Maria, e acrescentou: — Vai comprar o jornal. Espero-te às oito, não antes, porque preciso de preparar as coisas.

— Tudo bem — acedeu divertido.

Peppino saiu e Maria dirigiu-se à sala de estar, que funcionava também como sala de jantar. Colocou a toalha imaculada na mesa, dispôs os candelabros de prata e a comida nas travessas. O jantar não era nada de excecional mas, como dizia a mãe, a sopa é sempre melhor quando é servida numa terrina de porcelana.

Mudou de vestido e chegou-se à janela para espiar os movimentos do seu apaixonado.

— Enganei-me na casa — exclamou uma voz atrás de si.

Peppino estava à porta da sala e olhava admirado para a mesa que Maria decorara.

— Não querias estar sozinho comigo? Se quiseres instalar-te, podemos jantar — anunciou.

Peppino sentou-se. Naquele momento, o seu olhar verde-água ficou mais terno.

— Nunca nenhuma rapariga fez uma coisa deste género por mim — segredou-lhe. Maria conseguira o que pretendia: tornar-se irresistível.

— Fi-lo por nós — precisou.

— O que é que a tua gente vai dizer, quando se der conta de que faltam estas coisas todas? — perguntou, preocupado.

— Fica sossegado, tenciono voltar a pôr tudo no sítio ainda esta noite.

Após o jantar, Maria deixara-se cair na cama, ao lado de Peppino, que a cobria de beijos.

— As boas raparigas voltam para casa cedo — sussurrou-lhe.

— Então eu sou uma má rapariga, porque às vezes chego a casa muito tarde — confessou.

— E onde passas a noite? — perguntou, alarmado.

— Na discoteca, com as minhas amigas e os meus amigos — explicou.

Sempre que regressava tarde, se Martina estivesse em Milão, Maria encontrava-a a dormir na sua cama. Irritava-se sempre.

— Mãe, tens de deixar de me controlar sempre que eu saio à noite — protestava Maria.

— Quero ver em que condições estás quando chegas a casa. Preciso de acalmar a minha ansiedade — afirmava a mãe.

— Não me embebedo, não me drogo e continuo virgem — replicava Maria, furiosa.

Peppino perguntou-lhe:

— Com quantos dos teus amigos já foste para a cama?

— Com nenhum!

— Queres que eu acredite que ainda és...

Maria anuiu.

— E, no que me diz respeito, vais continuar a sê-lo por muito tempo. Agora vou-te ajudar a empacotar as pratas e depois levo-te a casa — decidiu Peppino.

— Estás a tratar-me como uma menina tonta — protestou Maria.

— Trato-te com o respeito que te é devido. Tu és a mulher com quem eu gostava de casar, mas há um abismo que nos separa. Eu vendo flores e tu pertences a uma família rica. Eu sou um ignorante e tu és uma estudante universitária muito chique. Foi bom conhecer-te, Maria, mas a nossa pequena história acaba aqui — repetiu, enquanto a acompanhava à entrada do edifício da Via Serbelloni.

— Então vemo-nos amanhã. Saio da universidade à uma e meia — arriscou.

— Não sei se lá vou estar — respondeu ele.

Maria entrou em casa em bicos de pés, mesmo sabendo que a criada não despertaria pois dormia num quarto ao fundo do apartamento. Além disso, ainda não era meia-noite.

Estava feliz. Peppino amava-a a ponto de a respeitar, apesar de a considerar irresistível. Era o homem da sua vida. Não lhe importava que fosse um vendedor de flores, um pouco rústico e sem dinheiro. Para já, mimara-o um pouco. No momento certo, juntos fariam faísca.

Na sala de estar a luz estava acesa e Maria aproximou-se. Martina estava estendida no sofá com um livro nas mãos e um olhar severo.

— Mãe! O que estás a fazer em Milão?

Martina fechou o livro e sentou-se.

— A Clelia encontrou o frigorífico vazio e também deu por falta dos candelabros de prata. Não lhe restava mais nada senão telefonar-me imediatamente. Eu meti-me no carro e vim ver o que andavas a fazer.

Maria deixou-se cair numa poltrona.

— Estava a ser uma noite tão bonita. Estragaste tudo — queixou-se. — Os candelabros estão no meu saco, no corredor. A comida, fomos nós que a comemos.

— E depois do jantar? — perguntou, com uma voz gelada. Na sua mente delineara já toda a situação. Aquela sua flor tinha-se deixado levar por uma pessoa de carácter duvidoso. O que poderia fazer para libertar a sua menina daquele indivíduo horrível?

— Estás a ser inutilmente vulgar — replicou Maria, revoltada.

— É verdade, mas tu não tens uma pinga de bom senso. Não percebes que aquele morto de fome te está a enredar na sua teia aproveitando o facto de estares doida por ele?

— Ele ama-me e respeita-me, se queres saber — gritou Maria.

— Não quero saber coisa nenhuma. Agora arrumas as tuas coisas e vens já para Vertova comigo. A partir deste momento, a Via Serbelloni está fechada para ti.

CAPÍTULO 59

Lindos, distintos, elegantes, Giovanni Paganessi e Martina Agrestis representavam a imagem do casal perfeito que os frequentadores daquele restaurante da moda, no coração de Milão, olhavam de esguelha com curiosidade.

Os homens invejavam a Giovanni a companheira bonita e discreta, enquanto as senhoras se esforçavam por evitar comparações entre aquele cavalheiro e os seus maridos.

— Ele tem berço, mas foram os Montini que lhe abriram as portas do banco — explicou uma senhora ao marido. — Não é por acaso que não se voltou a casar depois da morte da mulher. Os Montini não lho permitiriam.

— Ela deve a fortuna que tem aos Ceppi Bruno. Eu era ainda uma menina de soquetes quando a condessa Ines preparou a festa de licenciatura para a Martina Agrestis precisamente aqui, neste restaurante. E, como é evidente, lá estava o estado-maior dos Montini — contou ao marido outra senhora.

— Teve uma vida sentimental muito agitada. Parece que nunca chegou a casar, mas isso não a impediu de ter um número impreciso de filhos. Sabias? — sussurrou uma outra senhora à amiga.

— Sei que é a mãe da Giuliana Agrestis, que tem uma filha de pai incógnito — devolveu a amiga.

— És capaz de me explicar por que razão certas mulheres, quanto mais levianas são, mais êxito têm?

— Não sejas ordinária, querida. A este nível já não se fala de levianas, mas de mulheres livres e corajosas.

— É verdade que ela era de uma beleza que até dava vontade de a matar.

— Ainda é lindíssima.

— Há quem diga que ela fez uma plástica.

— Não é verdade. E se o fosse, eu queria a direção do cirurgião. Olha o Paganessi, como sorri para ela. Será que têm uma história?

Se soubessem como Martina estava infeliz naquela noite, talvez se sentissem melhor e não a invejassem tanto. Ela contava a história de Maria e do seu apaixonado ao seu amigo querido.

— E no meio disto tudo eu sinto-me absolutamente impotente. Aquela idiota já não raciocina. Agora diz que quer casar com ele. É evidente que foi ele quem lhe meteu estas ideias na cabeça — explicou Martina.

— Leva-a a fazer uma viagem. A dar a volta ao mundo — sugeriu Giovanni.

— Julgas que ainda não pensei nisso? Foi a primeira coisa que lhe propus. Riu-se na minha cara.

— A Maria é maior e não podes impedi-la de casar com quem queira.

— Está à beira do abismo. Devo deixá-la cair só porque é maior?

— Um casamento errado não é o fim do mundo. Deixa-a fazer o que quer. Vais ver que depois volta para casa — considerou ele, que não parecia assim tão perturbado com a história de Maria. Saboreava, isso sim, o filete de peixe em crosta de batata e, de vez em quando, estimulava a sua convidada. — Para de depenicar o peixe e come.

— É mesmo verdade que os homens não percebem nada. A Maria não tem autoestima. Uma desilusão podia derrubá-la.

— Esse vendedor ambulante está de olho no teu dinheiro. Se não lhe deres nada, é ele quem vai acabar com essa história.

— E devo deixar a Maria sem um tostão?

— Surpreende-me que não tenhas pensado nisso.

— Parece-me um castigo demasiado duro — observou Martina.

— Podia ser uma estratégia, mais do que um castigo.

Martina acabou de comer o peixe, saboreou um gole de um *Franciacorta Bruto* e depois sussurrou:

— É claro que, se as minhas filhas tivessem tido um pai...

Não acabou a frase, porque Giovanni a fulminou com um olhar feroz e, sem se dar conta, levantou ligeiramente a voz:

— Há quinze anos atrás pedi-te em casamento e tu não quiseste.

À sua volta, o rumor das conversas enfraqueceu e os olhares dos clientes do restaurante voltaram-se para o casal. Giovanni e Martina, apercebendo-se disso, dedicaram ao público um sorriso radioso.

— Anda, vamos embora — disse ele. Levantou-se, e ajudou-a a levantar-se. Fez um sinal ao empregado para debitar o jantar na conta dele, deu o braço a Martina e, juntos, saíram do estabelecimento.

O ar da noite estava ainda tépido naquele fim de Setembro milanês.

— Mas ainda estávamos a tempo de o fazer — prosseguiu Giovanni, com ternura.

— De fazer o quê?

— De nos casarmos.

— Diz-me que estás a brincar.

— Só um bocadinho. Não somos assim tão velhos. Tu tens cinquenta anos, eu tenho cinquenta e oito. Sabes quantas pessoas se casam na nossa idade?

— Ia sentir-me patética. Até porque somos apenas grandes amigos — declarou Martina, sabendo que havia um único homem com quem aceitaria casar: Leandro. No seu espírito, Martina considerava-o o seu único amante. Cortou pela raiz o comentário de Giovanni dizendo: — De qualquer modo, nesta fase a Maria e a Osvalda já não precisam de um pai. Deviam tê-lo tido quando eram crianças. E pensou sobretudo em Maria, a mais frágil das três filhas.

Recordou o tempo em que ela regressava da escola de mau humor porque, ao contrário das colegas, não tinha um pai para exibir.

Uma vez presenciou uma conversa entre elas e Osvalda, que tinha apenas cinco anos.

— Jesus nunca teve pai, porque S. José era só o pai adotivo. E se não o tinha ele, que é Deus, nós também não temos de ter. E felizmente não temos — explicava Maria.

— Mas as minhas amigas, e as tuas, têm um pai — observou Osvalda.

— Coitadinhas delas! Não sabes que os homens sujam a casa e batem nas mães?

— Eu tenho um pai e ele não suja e não bate em ninguém. — Osvalda estava quase a chorar.

— Claro! Ele está em Inglaterra. Mas se estivesse aqui era como os outros. Nós temos muita sorte em viver sem pai. As outras crianças, nem sabem a sorte que nós temos.

— Dizes isso porque o teu pai morreu.

— Jesus sabe o que faz, e para nós fez o que era melhor — declarou Maria, com solenidade.

As palavras de Maria feriram Martina profundamente, dando-lhe a exata medida da responsabilidade que assumira por não conseguir dar um pai às suas filhas.

Com Giuliana não tivera aqueles problemas, porque a filha mais velha crescera com a família Agrestis e os homens da casa tinham ajudado a superar a falta de uma figura masculina.

Naquele momento, porém, o dano estava feito e ela não podia de maneira nenhuma mudar a situação.

— Não fiques angustiada, Martina — disse Giovanni, tentando animá-la, enquanto a acompanhava a casa.

Chegaram à Via Hoepli e Martina reencontrou o *pub* onde estivera com Oswald Graywood quinze anos antes.

— O que dizes a uma taça de espumante? — propôs a Giovanni, e contou-lhe a história daquela noite de verão em que ali entrara com aquele que viria a ser o pai de Osvalda.

Entraram no bar e sentaram-se a uma mesa. Pediram um *Ferrari Bruto* que começaram a beber em silêncio, até que Giovanni lhe perguntou:

— Porque é que nunca conseguiste dar um pai às tuas filhas?

Martina sorriu.

— Porque os homens sujam a casa e batem nas mulheres.

— É isso que pensas de nós?

— É o que a Maria dizia, quando era pequena. E temo precisamente que, sem se dar conta, se tenha apaixonado por um indivíduo desse género.

— Querias o meu conselho e eu dei-to. Fecha os cordões à bolsa. É a única coisa sensata que podes fazer — insistiu o banqueiro.

CAPÍTULO 60

Osvalda saíra para tomar conta das crianças que os pais deixavam aos cuidados da paróquia nas tardes de domingo. Martina encontrava-se na sala de estar, a ver um filme que passava na televisão. Maria, sentada ao seu lado, roía as unhas. Estava nervosa porque Peppino chegaria dentro de momentos a Vertova para falar com a mãe.

Utilizara toda a sua capacidade de persuasão para que a mãe aceitasse receber o seu apaixonado. Agora que ele estava prestes a chegar, sentia-se muito inquieta.

Durante dias discutira com ele a oportunidade de um encontro que, segundo Peppino, era inevitável, enquanto ela o considerava inútil e até mesmo prejudicial.

— Sou maior e não vai ser a minha mãe a dizer-me quem posso ou não amar — disse-lhe. Ele, pelo contrário, defendeu que o consentimento de Martina era importante para o êxito daquela união.

— Quero perceber por que razão a tua mãe me é tão hostil. Se conseguir explicar-lhe que tu és o meu bem mais precioso, vai mudar de atitude em relação a nós — insistia ele.

— Maria, para de roer as unhas, ou vou ficar com uma dor de cabeça tremenda — ralhou Martina.

Tocou a campainha.

— Chegou! — disse Maria.

— Então vai abrir-lhe a porta — pediu a mãe desligando a televisão.

Levantou-se do sofá e, através das portas envidraçadas, observou a filha enquanto esta ia ao encontro do pior dos namorados. Sentiu um nó na garganta. Preferia deixar que lhe cortassem a cabeça a ser cúmplice de uma união tão disparatada. Estava decidida a seguir o conselho de Giovanni Paganessi, porque se convencera de que aquela era a única via praticável para pôr fim a um amor que parecia não conhecer obstáculos.

Viu o casal entrar em casa. Pouco depois, Peppino fez a sua aparição na sala de estar munido de um ramo de rosas brancas.

— A Maria disse-me que gosta de flores brancas — explicou, oferecendo-lhe as rosas.

Martina sorriu-lhe, agradeceu e estendeu-lhe a mão para o cumprimentar. Ele beijou-a, em vez de a apertar, o que suscitou um gesto de irritação por parte de Maria, que sibilou:

— Não era necessário.

— Sente-se, *signor* Cuomo — disse Martina, indicando-lhe o sofá em frente.

Peppino vestira-se com esmero, seguindo os conselhos de Maria.

É de facto um belo rapaz, pensou Martina com alguma contrariedade, pousando nele um olhar gélido e prolongado. Maria estava tão tensa que não ousava respirar.

— Estou a ouvi-lo — disse por fim.

— Ora... eu... verdadeiramente... pensava que... — começou ele, no auge do embaraço.

— Pensava o quê? — perguntou Martina, com uma doçura a roçar a ironia.

— Eu vou à cozinha fazer um café — anunciou Maria, que queria deixá-los sós e saiu da sala a correr.

— *Signora*, decerto sabe que eu e a Maria nos amamos — começou ele, finalmente.

— Continue, por favor. Insistiu muito em conversar comigo, portanto pode falar — insistiu Martina, com um tom que fez estremecer Peppino Cuomo.

— Nesta conformidade... queríamos casar-nos.

— Isso eu já sabia, porque a minha filha me disse.

— Mas não sem o seu consentimento. Quero dizer que, para mim, a sua permissão é muito importante. A minha mãe está de acordo, e eu gostaria que a senhora também estivesse.

— *Signor* Cuomo, sei que é um homem vivido. Parece-me ter ouvido que colecionou um bom número de namoradas. Posto isto, se decidiu que a minha filha pode ser a companheira da sua vida, isso significa que satisfaz as suas expectativas. É verdade que eu não estou de acordo, mas que importância tem o desacordo de uma mãe perante um amor assim tão grande? Case com a minha filha, mas não esteja à espera de nenhum tipo de apoio da minha parte — declarou Martina, com uma calma glacial.

— O facto é que, *signora*, a Maria está habituada a um nível de vida muito diferente daquele que eu lhe posso oferecer — explicou.

— E então? — perguntou com frieza.

— Gostava que nunca faltasse nada à Maria.

— Uma intenção louvável. A Maria ficar-lhe-á grata por isso.

— Na nossa terra é costume os pais ajudarem os filhos no momento em que constituem uma família.

— Portanto, a sua mãe, que aprova a vossa união, não deixará de vos ajudar.

— Compreendo — murmurou, baixando o olhar. Naquele momento apercebeu-se do erro das suas palavras e apressou-se a dizer: — Insisti para que nos encontrássemos porque esperava que me visse como aquilo que sou: alguém que tenta abrir caminho num mundo difícil.

Quando Maria entrou com o tabuleiro do café Peppino dizia:

— Neste ponto, cabe à sua filha decidir se quer casar comigo ou não, sabendo que apenas posso oferecer-lhe uma vida de acordo com aquilo que ganho.

Maria pousou o tabuleiro em cima da mesa.

— Ouviste? És tu quem tem de decidir — disse-lhe Martina.

— Não queres mesmo ajudar-nos, mamã? — perguntou Maria.

Martina não respondeu.

— És pérfida! — acusou a rapariga.

— Ei, menina, algum respeito pela tua mãe — repreendeu Peppino. — Pede-lhe desculpa.

— Mas nem por sombras! Não percebeste que não nos quer ver felizes? — retorquiu, furiosa.

— E se estivesse convencida de que o nosso casamento é um erro? — disparou Peppino, olhando de esguelha para Martina, a tentar medir o efeito daquela pergunta.

— Ótima interpretação — comentou Martina com azedume.

Peppino era um osso duro de roer, disposto a tudo para conquistar a benevolência da senhora rica. Ela levantou-se e, ao sair da sala, disse à filha:

— Acompanha o *signor* Cuomo. Eu vou descansar.

Se tivesse podido seguir o seu instinto, teria dado umas bofetadas a Maria e uns pontapés ao pelintra cujo único objetivo era o dinheiro dela. Mas o esforço para manter a calma provocara-lhe a habitual enxaqueca.

Peppino Cuomo estava de tal maneira determinado a aparentar-se com a jovem Agrestis que não perdeu o ânimo. Comportava-se como um cão de caça que, identificada a presa, não a perdia de maneira nenhuma. A mãe bem lhe dissera:

— Encontraste a galinha dos ovos de ouro. — Ele aspirava a uma espécie de reforma antecipada que lhe permitiria viver como um senhor para o resto dos seus dias. Para além disso, gostava de Maria, porque era dócil e ele sabia que a podia dominar. Naquele momento sorriu-lhe.

— A tua mãe precisa de tempo para refletir e nós temos de a respeitar. Eu sei ser muito paciente.

— Tu não a conheces. A minha mãe considera-te um oportunista — disse Maria, soluçando.

Ele não respondeu ao insulto. Pelo contrário:

— Vamos fazer um filho, e aí será ela a suplicar que aceitemos a sua ajuda.

Maria calou-se. Ainda não lhe comunicara a sua gravidez.

CAPÍTULO 61

Quando Osvalda regressou da casa paroquial, Maria estava na cozinha, a aquecer a massa que tinha sobrado do almoço.

— É bom que aprendas a cozinhar, porque quando te casares com o Peppino podes esquecer a criada — provocou Osvalda. — Onde está a mãe?

— Na cama — respondeu Maria.

— Conseguiste provocar-lhe dores de cabeça.

Maria estava preocupada e deprimida e não lhe apetecia discutir com Osvalda, porque aquela gravidez a deixara num estado de confusão total. Já sabia o que Martina lhe diria, quando lhe confessasse que estava grávida:

— Um filho é uma bênção, um casamento reparador é uma desgraça. Continua a estudar tranquilamente. Ambas, criaremos o teu filho.

Como se a mãe considerasse o homem um elemento perturbador no maravilhoso processo da maternidade. A sua irmã Giuliana pensava da mesma maneira, e dera à luz a Camilla sem contrair matrimónio.

Ela não concordava com aquele comportamento e recusava o papel de mãe solteira, até porque amava o pai da criança. Mas uma vez que estava consciente da vida que Peppino fazia, achava-se no direito de ter uma ajuda económica por parte da mãe.

Remoía estes e outros pensamentos, enquanto aquela tonta da Osvalda a provocava.

Por isso, pediu-lhe:

— Deixa-me em paz.

— Tenho a impressão de que o encontro entre a mãe e o Peppino deu para o torto — insinuou a irmã.

— Estou fora da graça de Deus, portanto cala-te ou ainda te bato — gritou Maria.

— Estou a tremer de medo! — provocou Osvalda que, na realidade, estava sinceramente preocupada em relação ao casamento da irmã com o florista.

Maria, tensa e nervosa, deu-lhe uma bofetada. Osvalda reagiu e atirou-se à agressora, agarrando-a pelos cabelos.

Martina apareceu à porta da cozinha a viu as filhas numa luta feroz. Não quis intervir e dirigiu-se ao vestíbulo. Tirou do armário o casaco de lã cinzento, enfiou-o e saiu para o nevoeiro.

Pouco depois estava em casa da mãe. Vienna, sentada no sofá, tomava o seu café com leite enquanto via televisão.

— Estás pálida como um fantasma — comentou assim que a viu.

— Estou preocupada com a Maria — sussurrou Martina.

— Comeste? Não, como é evidente. Ali no móvel tens biscoitos e há leite quente. Serve-te — ordenou.

Martina preparou um chocolate quente. Mergulhou nele um punhado de biscoitos, foi sentar-se ao lado da mãe e, armada de colher, comeu aquela sopa gulosa até ao fim.

— Sinto-me decididamente melhor — afirmou.

— Com o estômago cheio consegue-se raciocinar de outra maneira — disse Vienna. E curiosa: — Viste o Peppino?

— É um espertalhão. Meteu a viola no saco e foi-se embora. De qualquer maneira, é um esforço perdido. A Maria não ouve a razão.

— Então fez amor com ele — deduziu Vienna.

— Com tanto rapaz que anda por aí, foi-se logo dar ao pior — lamentou Martina.

— Olha quem fala.

— Referes-te ao Biffi?

— E a quem mais havia de ser?

— Eu só tinha quinze anos. Era de facto uma rapariguinha inconsciente.

— A capacidade de discernimento da Maria é a de uma rapariga de quinze anos.

— Como a posso salvar?

— Mantendo-te firme na tua posição. Vai casar-se com ele e, com o tempo, vai perceber a confusão em que se meteu.

— Tu não me terias deixado casar com o Bruno.

— Tu também não querias. Tiveste sorte, porque não estavas apaixonada por ele e tinhas certezas na tua vida que a Maria não teve. Eras a minha única filha e sentias-te amada por mim de uma forma total e exclusiva. A Maria, pelo contrário, teve de te dividir primeiro com a Giuliana e depois também com a Osvalda que, ainda por cima, tem um pai, enquanto que o dela está morto. E o resultado é este.

— A culpa é minha, então — afirmou Martina, com tristeza. E confessou: — Quando saí de casa a Maria e a Osvalda insultavam-se na cozinha.

— Porque gostam uma da outra. A Osvalda é muito mais madura do que a Maria, está zangada com a irmã. E a Maria está zangada com ela mesma, porque sabe que aquela escolha não é das melhores, pois nenhuma de vocês a aprova. Mas, neste momento, ela não vê mais nada que não seja aquele Peppino, o qual, evidentemente, lhe provoca alguma excitação. Ele podia ser pior, e ela havia de querê-lo da mesma maneira. Está a descobrir a sua sexualidade e não vais ser tu, nem ninguém, a travá-la. Tens de lhe dar tempo, tens de a deixar dar uma cabeçada. Lembras-te de quando andavas aflita por causa da Giuliana? Quando andava com o encenador.

— A Giuliana era mais sabida, mas a Maria é tão vulnerável como um recém-nascido: querido Jesus, como é difícil fazer de mãe — queixou-se, sufocando um soluço.

— Se eu não tivesse medo de parecer uma velha sabichona, dizia-te que uma mulher nunca deve *fazer* de mãe, deve limitar-se a *ser* mãe. Há uma grande diferença, sabias? Com a Giuliana foste uma mãe mais equilibrada, mas com a Maria foste hiperprotetora e erraste. Os filhos, só os podemos amar, nunca guiá-los para escolhas que eles não fizeram. Deixa a Maria seguir o caminho dela, mas dá-lhe a entender que estarás sempre aqui quando necessitar — aconselhou Vienna.

A época das incompreensões com a mãe acabara já há muito tempo. Vienna tornara-se na amiga mais querida e fiável de Martina, a única que a conseguia tranquilizar nos momentos de crise.

Regressou a casa mais serena.

As filhas tinham feito as pazes. Estavam sentadas no sofá, uma ao lado da outra, a conversar tranquilas enquanto partilhavam um pedaço de chocolate.

Vienna tinha razão: pegavam-se porque gostavam uma da outra.

Osvalda sorriu-lhe, Maria fez de conta que não a viu.

— Mamã, como estás? — perguntou Osvalda.

— Bem — respondeu, sentando-se em frente a elas. — Tenho muita pena, querida, de não poder concordar com a tua decisão de te ligares àquele indivíduo — disse a Maria, com um suspiro.

— És má — acusou a filha.

— O amor que julgas sentir por aquele homem é apenas uma ilusão. Quanto a ele, temo que ame em ti sobretudo aquilo que representas aos olhos dele, isto é, tudo aquilo que ele nunca será — afirmou Martina.

— Santas palavras! Mas esta parva não quer saber — interveio Osvalda.

— Mete-te na tua vida — retorquiu a mãe, indicando-lhe a porta de saída.

Osvalda eclipsou-se rapidamente, deixando-as a sós.

Maria olhou para a mãe e repetiu:

— És má.

— Não sou nem boa nem má, sou apenas tua mãe. Quero o teu bem e digo-te aquilo que penso — declarou Martina.

— Eu nunca me vou resignar a viver sem ele — afirmou Maria. — Nunca, nunca, nunca! — repetiu.

Naquela noite, consciente de ter agido da melhor maneira, Martina dormiu profundamente. E nem sequer ficou perturbada quando, na manhã seguinte, Osvalda lhe entrou no quarto de rompante para a informar da partida da irmã. Apenas disse:

— Vai enfiar-se na toca do lobo. Coitada da Maria.

— Coitada? É uma desavergonhada, mais do que coitada! — replicou Osvalda.

— Não julgues a tua irmã — admoestou-a com severidade.

— Toda a aldeia a vai julgar e eu vou ser bombardeada com as perguntas maliciosas das minhas amigas. Se ao menos pudesse dizer que fugiu com um príncipe... Mas não! A parva fugiu com um florista. Vai acabar mal, digo-te eu — afirmou Osvalda, a rebentar de indignação.

Martina atingiu-a com uma bofetada.

— Não voltes a pronunciar essas palavras — ordenou.

Osvalda desatou a chorar e saiu do quarto a correr.

Martina enfiou um roupão e foi à casa de banho. Em cima da mesa de *toilette* estava um bilhete dirigido a ela.

Era de Maria. Abriu-o e leu: «Mamã querida, vou viver com o meu Peppino. Vamos casar em breve, mesmo sem o teu consentimento, até porque estou à espera de um bebé e quero que o meu filho tenha um pai. Gosto muito de ti.»

Martina levou uma mão à testa e sussurrou:

— Querido Jesus, o sarilho está armado. Ajuda aquela pobre criatura tanto quanto eu a vou ajudar.

CAPÍTULO 62

Maria abriu a porta de casa no momento em que Lavinia, a vizinha, estava a sair para o emprego e chamou-a em voz baixa.

— Diz, querida — respondeu a mulher, com um sorriso.

— Ele quer beringelas *alla parmigiana* e eu não sei fazer — confessou.

Haviam passado três anos desde que se casara e Maria apercebera-se com o tempo de que «os dois corações e uma cabana» não passavam de um sonho. Peppino bebia demasiado, deixava-a muitas vezes sozinha à noite para sair com os amigos, e estava sempre pronto para a criticar. Lavinia escutava as confidências da amiga e dizia-lhe:

— Porque não voltas para casa da tua mãe?

Maria não queria admitir que a sua família tivera razão ao hostilizar aquele casamento. Mas havia também outra coisa que a ligava a Peppino. Quando fazia amor com ele, sentia-se satisfeita e feliz. Era como se o marido tivesse duas personalidades: uma prepotente e outra muito terna.

Lavinia amaldiçoou:

— Eu até sabia como lhe fazia a *parmigiana!* Com arsénico.

— Por favor, ajuda-me. Ele gosta tanto de beringelas — disse Maria.

— Está bem, logo à noite preparo-te um tabuleiro. Entretanto, para de bichanar, porque ele dorme como uma pedra.

Era verdade. Regressara a casa bêbedo, quase de madrugada, e agora dormia profundamente. Por isso era ela quem tinha de abrir o quiosque. Vestiu o casaco à pressa, pegou na pequena Elisabetta ao colo e levou-a à creche que, ficava perto de casa. Depois regressou à Via Vitruvio, foi ao armazém e carregou o furgão com as flores frescas, as jarras de alumínio e de plástico, os bidões de água, o cavalete articulado e toda a parafernália para confecionar os ramos. Em seguida dirigiu-se à Piazza Lima. Dentro do quiosque alinhou as jarras e começou a dispor as flores. Os dias estavam cada vez mais amenos.

Recordou como um pesadelo os meses de inverno, com a pequena Elisabetta que não lhe concedia uma noite de sono tranquilo. Tinha uma única consolação: a revenda de flores.

Nunca imaginara vir a ser florista. No entanto, aquele trabalho não só lhe agradava como até a entusiasmava e a compensava das amarguras que o marido lhe causava.

Martina decidira ajudar a filha e todos os meses lhe depositava no banco uma discreta quantia, e Maria entregava uma parte ao marido. Peppino não esperava outra coisa senão aquele dinheiro, para espatifar no jogo.

— Com aquilo que gastas numa semana, a minha família em Nápoles sustenta-se durante um mês. Não sabes fazer as compras, não sabes cozinhar, não sabes passar camisas. Para que casei eu contigo? — berrava ele.

Maria permanecia calada, mas gostaria de lhe responder:

— Para gastares o dinheiro da minha mãe. — Tomava agora consciência do homem fraco e desequilibrado com quem casara. Mas ele também lhe tinha dado a conhecer o prazer do amor e o gosto pelo trabalho. Sem ele, Maria nunca teria descoberto a sua feminilidade nem as suas capacidades empreendedoras.

A revenda de flores era uma atividade modesta, mas ela tinha a certeza de que, se tivesse as mãos livres, poderia transformá-la numa empresa muito próspera. Por isso estava grata a Pepino pelo facto de a ter obrigado a crescer, a tornar-se numa mulher madura e consciente.

Sabia também que ia tolerar as prepotências do marido até estar preparada para voar sozinha. Entretanto, assumia de boa vontade grande parte do trabalho a que Peppino, agora, dedicava cada vez menos tempo.

Desde que a pequenina andava na creche, Maria adquirira o hábito de abrir o quiosque de manhã cedo, acabando por descobrir que àquela hora se faziam bons negócios.

As empregadas e as lojistas deixavam-se conquistar pelos seus pequenos ramos, preparados com graça e fantasia. Depois, por volta das nove horas, chegavam as donas de casa, as mães que regressavam da escola dos filhos e as proprietárias dos estabelecimentos comerciais mais próximos para comprar flores que tornariam os seus espaços mais alegres.

Peppino aparecia por volta das onze, ainda sonolento, e contava o dinheiro que a mulher fizera. E assentia, satisfeito.

— A partir de hoje sou eu quem decide quanto dinheiro podes tirar da caixa — determinou, certo dia em que o marido se preparava para tomar conta de tudo o que ela ganhara. Ele percebeu que a mulher falava a sério e não ousou fazer nenhuma objeção. Não se opôs sequer quando

Maria exigiu que o fornecedor de flores lhe passasse uma fatura para receber.

— Se não há fatura, não há dinheiro — disse-lhe uma manhã. E ele foi obrigado a aceitar, porque o quiosque da Piazza Lima se tornara num ótimo cliente.

Maria decidiu também prolongar o horário de abertura nas tardes de sexta-feira e de sábado, porque havia uma maior afluência.

Começava a ter um certo número de clientes habituais, dos quais aprendera a conhecer os gostos

Naquela noite, quando regressou a casa, Lavinia esperava-a com um tabuleiro de beringelas *alla parmigiana*.

— Vieste tarde, hoje — observou a vizinha.

— Passei pela farmácia para levantar as análises — desculpou-se Maria, com os olhos a brilhar.

— As análises? — perguntou Lavinia.

— Bem... pois é... já percebeste — balbuciou Maria.

— Queres dizer que estás outra vez...?

— Estou! — confirmou, feliz. E acrescentou: — Mas antes de dizer ao Peppino, quero dizer à minha mãe.

CAPÍTULO
63

Maria olhou para aquela mãe lindíssima, de traços aristocráticos, e pareceu-lhe vê-la pela primeira vez. Veio-lhe espontaneamente à memória o encontro com a mãe de Peppino, que chegara de Nápoles para passar o Natal e, ao abraçá-la, lhe disse:

— O bom dia vê-se logo de manhã. És uma boa rapariga e estás a fazer a felicidade do meu filho. — Arregaçou imediatamente as mangas e pôs-se ao fogão a preparar tabuleiros de macarrão, beringelas e carne picada. À mesa, sorria-lhe e incitava-a: — Come! Come, linda mamã. — Trouxera com ela três netos, dizendo: — Os outros não puderam vir e pedem desculpa. — Acamparam todos no apartamento da Via Vitruvio. De noite, para ir à casa de banho, Maria tinha de passar por cima de vários corpos estendidos dentro de sacos-cama.

A sogra sufocou-a com atenções. Ofereceu-lhe os seus brincos de coral e um perfume francês que tinha guardado há anos para a melhor das noras. E dizia:

— Os meus filhos são todos ótimos. A Margherita, a minha mais velha, casou com um farmacêutico. Totonno, o meu segundo, casou-se com a filha do dono de um hotel. E agora o meu Peppino casou-se contigo. E ainda dizem que a fortuna é cega! Vê muitíssimo bem e sabe a quem escolher.

Na varanda da Villa Ceppi, sentada no cadeirão de vime diante daquela mãe lindíssima, Maria mediu a distância que separava os Agrestis dos Cuomo.

Era quase hora de almoço. Ao chegar a Vertova, Maria deixara Elisabetta em casa da bisavó Vienna. Osvalda estava na igreja e ela estava sozinha com a mãe.

— Fazes-me muita falta, sabias? — disse Martina.

— E tu a mim — respondeu.

— Como correm as coisas com o teu marido?

— Estou a aprender a superar as dificuldades da vida — respondeu.

— Tenho muita pena que tenhas abandonado a universidade.

Tal como noutros tempos Ines Ceppi a espiara quando ela saía do liceu em Bérgamo, também ela espiava a filha enquanto vendia flores na Piazza Lima. Via-a sorrir e conversar com as clientes, cortar e limpar as hastes das flores, mudar a água nas jarras, preparar com cuidado ramos grandes e pequenos. Não que houvesse alguma coisa de desonroso naquele trabalho, pensava. No entanto, não era assim que imaginara o futuro de Maria, a sua ingénua e doce pequena flor. Até quando suportaria a sua filha tão amada aquele marido horrível? Sempre que Maria regressava a Vertova com Elisabetta, Martina esperava que lhe dissesse: «Não volto mais para o Peppino.» No entanto, de todas as vezes, a filha olhava para o relógio quase com impaciência e, a certa altura, anunciava:

— Tenho de me ir embora, porque o Peppino está à minha espera.

Tinha de admitir que Maria tivera sempre o bom gosto de manter o marido longe da Villa Ceppi, apesar de ele andar doido por se enfiar naquela casa.

— Até quando vais conseguir resistir? — perguntou-lhe agora Martina.

— Mãe, por favor, acaba com essa história. Tu, a avó e as minhas irmãs sempre me consideraram incapaz de tomar conta de mim. Mas afinal consigo manter uma casa, cozinho, crio a minha filha e trabalho. Pensavas que me renderia à primeira dificuldade, mas por esta altura já deverias ter percebido que estavas enganada. Sei que o Peppino não é o melhor dos maridos, mas está bem assim, pelo menos para já. Sou parecida com a avó Vienna até no temperamento: tenho a tenacidade de uma montanhesa.

— Pelo menos para já, tens a tenacidade de uma mulher apaixonada.

— Sinto-me cheia de entusiasmo e tenho vontade de fazer muitas coisas.

— Vai ao teu quarto. Em cima da cama vais encontrar alguns presentes que, espero, te vão deixar contente — disse a mãe.

Maria encontrou roupas deliciosas para Elisabetta e dois vestidos de seda para ela. Enterrou as mãos naquele tecido caro e sentiu um prazer subtil.

— Até quando vais continuar a estragar-me com mimos? — perguntou à mãe.

— Nunca vou deixar de o fazer, porque as minhas meninas são toda a minha vida — respondeu Martina.

Maria sentou-se na cama e disse, com um sorriso:

— Daqui a pouco, estes vestidos tão bonitos vão deixar de me servir. Estou outra vez grávida.

HOJE

CAPÍTULO 64

— Mãe, acorda. A Dora quer saber a que horas jantamos — disse Camilla, que acabava de acender o candeeiro da mesa de cabeceira.

Giuliana despertou com alguma dificuldade de um sono profundo, abriu os olhos e voltou a fechá-los imediatamente, incomodada pela luz.

— Que horas são? — perguntou.

— Quase sete — respondeu a filha.

— Dormi assim tanto? — interrogou, espantada, ao mesmo tempo que regressava à realidade que o sono apagara: a morte repentina da mãe, o encontro com as irmãs e com Leandro, a longa história da avó, a chegada de Camilla de Londres.

Cobriu a cara com as mãos e começou a soluçar.

— Já te deste conta, Camilla, que a minha mãe morreu? — Parecia-lhe que o mundo estava a desabar em cima dela.

Camilla deitou-se ao seu lado e abraçou-a. Também ela estava amargurada com a perda de Martina, aquela avó simpática, espirituosa, um pouco misteriosa que, ultimamente, ia ter com ela a Londres e a levava ao Harrods para que comprasse tudo aquilo que desejava, ou a Oxford ter com o professor Graywood, o pai de Osvalda, e a sua esposa coquete.

— Já, mãe. Mas acho que a avó não ia gostar de ter ver tão desesperada — tentou animá-la.

Giuliana limpou a cara com a dobra do lençol e esforçou-se por sorrir.

— Se a mãe tivesse ficado doente, eu teria tido tempo de me habituar à ideia de que nos ia deixar. Mas foi de repente e sinto-me desorientada.

Camilla afagou-lhe o rosto, enquanto pensava nos momentos de intimidade entre a mãe e a avó, com as testas quase encostadas e uma conversa em voz baixa da qual ela era excluída.

Sentiu uma pontada de ciúme ao recordar aquela intimidade profunda que ela nunca tivera com a mãe. Para Camilla, Giuliana era uma mãe inatingível, demasiado bonita, demasiado famosa, demasiado idolatrada pelo público que a adorava e ao qual Giuliana se dava com todas as suas forças, com uma dedicação que deveria reservar só para ela, que era sua filha.

Quando era adolescente, Camilla perguntou-lhe quem era o seu pai. Lembrava-se ainda da expressão da mãe quando lhe respondeu:

— Conhece-lo muito bem, apesar de não saberes que é teu pai.

— É um dos nossos amigos?

— O melhor. Quando me dei conta de que estava grávida, ele era casado e a mulher estava muito doente. Não queria que a abandonasse e não lhe disse que esperava um filho dele. A mulher morreu ao fim de dois anos, mas nós já não precisávamos de ninguém para estarmos bem — explicou-lhe a mãe.

— É o Sante Sozzani, não é? — perguntou Camilla.

Giuliana limitou-se a assentir. Depois perguntou-lhe:

— Queres que lhe fale sobre ti?

— Para já basta-me saber que o Sante é meu pai — respondeu Camilla.

Naquela noite de Consoada, enquanto esperava que a mãe acordasse, Camilla decidira que já era altura de esclarecer a situação com o pai.

— Atendi o teu telemóvel enquanto estavas a dormir. Também ligou o Sante e eu convidei-o para jantar, esta noite — anunciou Camilla.

— Tu és louca, não vês o estado em que eu estou? — reagiu Giuliana, levantando-se de um salto e colocando-se em frente ao espelho.

Camilla sorriu, porque conseguira distraí-la da sua tristeza.

— Continuas lindíssima, mamã — garantiu a filha.

— Tenho de fazer depressa uma compressa refrescante para os olhos. E preciso de encontrar um vestido decente. Ajuda-me, por favor — pediu-lhe, dirigindo-se ao quarto de vestir. A meio do caminho virou-se para a filha, e perguntou: — Porque o convidaste?

— É véspera de Natal, ele está sozinho e nós também. Pensei que seria uma boa ocasião de esclarecer algumas coisas entre nós — respondeu Camilla. — Depois do jantar podem ficar sozinhos, tu e ele. Esta é uma noite mágica, mãe, aproveita.

Giuliana entrou na casa de banho, encontrou no armário as compressas embebidas em camomila e salva e aplicou-as sobre os olhos.

— Não era assim que eu tinha imaginado esta véspera de Natal — lamentou-se.

— Nem eu. Para além da perda da avó, acabei com aquele cabeleireiro atrasado mental — disse Camilla. A esta notícia

Giuliana conteve um suspiro de alívio e não fez comentários. Tirou as compressas dos olhos e lembrou-se que haviam passado apenas algumas horas desde que acordara nos braços de Stefano, com a garra de sempre e aquele terror de envelhecer que nunca a abandonava.

Bastaram três dias para mudar a sua vida. Stefano, durante algum tempo, fora o oxigénio para os seus pulmões. Agora, porém, respirava perfeitamente sem ele, e certos receios que a atormentaram durante tantos anos acabaram por desaparecer.

— Também te ligou o Stefano Casagrande. Tal como toda a gente, já sabia da avó. Disse que largou os compromissos com quem tu sabes para estar contigo — acrescentou Camilla.

— E tu que lhe respondeste? — perguntou Giuliana, preocupada.

— Convidei-o também para jantar, e assim somos quatro: dois homens e duas senhoras — declarou a filha, num tom inocente, e acrescentou: — Assim, enquanto tu falas com o meu pai, eu tenho a companhia do Stefano. Acho que este vai ser um Natal especial, de que nos iremos lembrar para o resto da vida.

CAPÍTULO

65

Dora, informada à última hora, operara um verdadeiro milagre para transformar uma simples refeição para Giuliana e Camilla numa ceia de Consoada decente.

Tinha um irmão que trabalhava num restaurante do Trastevere. Conseguiu arrancá-lo ao patrão, arranjando maneira de que chegasse a casa de Giuliana com alguns pratos já prontos e a ajudasse a preparar a mesa e a servir os convidados.

— Estou muito curiosa para ver como vai acabar esta noite — disse-lhe Dora, enquanto verificavam o brilho dos pratos e dos copos que iam colocar na mesa. — Foi tudo obra da Camilla. Não me espantava nada que o diabo daquela rapariga quisesse empurrar a mãe para os braços do velho Sozzani e assim eliminar o jovem Casagrande.

— Ou seja, o Stefano, o amante no ativo — acrescentou o irmão.

— Enquanto o outro, como sabes, é o pai da Camilla.

— Fiquei a saber agora, porque me disseste.

— Olha que há uma manchinha na borda da saladeira. Cá para mim, quando soar a meia-noite já o parentesco deixou de ser segredo — disse a governanta, que esperava aquele momento há muitos anos.

— Nem vale a pena perguntar-te o que isso te vai adiantar. Renunciaste à tua vida para ficares perto da Giuliana Agrestis e da filha — exclamou o irmão. E pediu: — Descasca-me aí umas toranjas para guarnecer o salmão. Não quero das amarelas, quero das rosadas.

Dora fez o que ele lhe pediu, enquanto rememorava os momentos e experiências extraordinárias que vivera ao lado de Giuliana. Dera a volta ao mundo, entrara nos teatros mais prestigiados, encontrara-se cara a cara com personagens famosas, secara lágrimas e partilhara alegrias.

— Eu não renunciei à minha vida, mas isso tu não podes entender. Chega assim, ou queres mais?

— Assim está bem. Põe a maionese na molheira. Amanhã ficas aqui ou vais a casa passar o dia de Natal?

— A campainha! Vou abrir — anunciou Dora, enquanto tirava o avental de cozinha. No corredor cruzou-se com Camilla, que lhe disse: — Eu abro.

— A mãe onde está? — perguntou a mulher.

— Na sala, languidamente instalada num sofá, numa imitação perfeita da Duse — disse Camilla a brincar, prestes a abrir a porta.

Dora escapuliu-se e Camilla deparou-se com Stefano Casagrande. Era muito mais bonito do que imaginava. De resto, a mãe sempre colecionara amantes lindíssimos, com a exceção de Sante Sozzani que, por outro lado, era seguramente o mais fascinante dos homens com quem Giuliana saíra.

— Sou a Camilla — disse, estendendo-lhe a mão. — Estávamos à tua espera.

Ele sorriu-lhe, não deixando de a observar com curiosidade. Conhecia Camilla das fotografias espalhadas pelo apartamento e achou que não lhe faziam justiça. A rapariga de óculos que vira nessas imagens tinha, na realidade, um rosto simpático, olhos grandes e escuros como a noite, um nariz notável e bem delineado e um sorriso cativante.

— Não usas óculos? — perguntou-lhe, enquanto entrava.

— Usava. Agora uso lentes de contacto. Um meu ex-namorado ajudou-me a mudar a minha imagem. Sabes, é um *hairstylist* — contou-lhe, ao mesmo tempo que o convidava a entregar-lhe o sobretudo. Stefano sabia muito bem onde havia de colocá-lo, mas preferiu entregar-lho, como se não conhecesse a casa. Camilla acompanhou-o à sala de estar.

Giuliana, sentada num sofá, tinha um livro nas mãos. Vestia uma saia de tafetá negro, larga e comprida até ao tornozelo, e uma blusa de organza branca, justa, com o colarinho levantado, que lhe fazia realçar o pescoço fino e perfeito. Estava lindíssima, parecia pronta para ser retratada por um pintor.

Camilla reparou na admiração de Stefano e na indiferença da mãe ao recebê-lo. Lembrou-se de quando, um ano antes, Giuliana lhe confessara, quase como se estivesse a falar com uma amiga mais do que com a filha:

— Eu sei que o Stefano é muito mais novo do que eu, e que seria mais normal eu ter um companheiro da minha idade. Mas ele surgiu-me como um dom inesperado. Porque havia de rejeitá-lo?

Agora pareceu a Camilla que alguma coisa tinha mudado. Retirou-se, dizendo:

— Vou ver como estão as coisas na cozinha.

Dora estava a pôr nos pratos com camarões estufados em vinho branco sobre uma cama de alcachofras laminadas estaladiças. Camilla esticou uma mão para provar e apanhou com uma colher nos dedos.

— Não se come antes de ir para a mesa — ralhou a governanta. Depois indagou: — Viu o rapazinho?

— O rapazinho, como tu lhe chamas, é um homem de trinta anos, bonito e simpático — sublinhou Camilla.

— Só faltava que fosse feio e antipático — retorquiu Dora.

A campainha soou de novo. Sante Sozzani não vinha só. Atrás dele estava o motorista, que trazia na mão duas caixas de vinho. O irmão de Dora acorreu em seu auxílio, enquanto Camilla se deixava abraçar pelo seu velho amigo.

— Já vi que trouxeste alguma coisa para beber — brincou.

— Com certeza. Nesta casa come-se pouco e bebe-se pior — resmungou o homem.

Sante Sozzani era um mal-encarado com um coração de ouro. Falava pouco e só se tornava loquaz quando conversava sobre vinhos, satisfeito por se considerar um verdadeiro especialista. Desprezava o champanhe francês e afirmava que alguns espumantes italianos eram de longe bem melhores.

Camilla ignorou aquela crítica aos costumes alimentares da mãe e limitou-se a sussurrar-lhe:

— Estou contente por estares aqui.

— Eu também. Como está ela?

— Ora chora, ora representa. Já sabes como ela é. De qualquer maneira, está mesmo perturbada com a morte da avó. Anda, vamos lá ter com ela — disse-lhe, olhando-o com ternura. Depois sussurrou-lhe: — Também está cá o jovem Adónis. Fui eu que o convidei. Incomoda-te?

— Qual era a necessidade? — resmungou, contrariado.

— Duas senhoras, dois homens.

— Valia mais teres convidado o meu *Flock*. É um comensal mais interessante — replicou Sante, referindo-se ao perdigueiro loiro que o acompanhava quase sempre.

As pequenas confidências interromperam-se no momento em que entraram na sala de estar e Giuliana se refugiou nos braços de Sante, que a manteve encostada a si, com afeto.

Pouco depois estavam os quatro sentados à mesa, na sala de jantar com amplas vidraças por onde se via o céu estrelado.

Dora pusera uma mesa sumptuosa em tons de branco e dourado. Enquanto ela servia as entradas, o irmão abriu uma garrafa de vinho. Sante provou-o e ordenou:

— É melhor abrir um *Dossi della Querce* tinto. — Depois voltou-se para Stefano e explicou: — É feito com as castas *cabernet, merlot,* barbera e *nebbiolo*. Fermenta em cascos de castanho e envelhece em carvalho da Eslovénia. E sente-se bem, pelo aroma — disse, enquanto cheirava o vinho que o empregado lhe deitara no copo. — Também combina com o peixe, e por isso vai ser ótimo para estes camarões. Gosta de vinho, suponho. Está a ver, até a Giuliana está a gostar, só que ela não percebe nada disto.

— Não estás a ser nada simpático — protestou a atriz, enquanto levava o copo aos lábios. Bebeu um gole e tentou brincar: — Noto um sabor elegante e limpo, razoavelmente frutado.

— Tu estás a ouvir a tua mãe? Está a imitar-me — disse Sante a Camilla.

— Teve um bom mestre e é uma aluna diligente — replicou Camilla.

— Nós, adultos, somos muitas vezes aborrecidos — disse Giuliana, dirigindo-se a Stefano, que se sentia um estranho no meio daquela conversa familiar.

— Tu nunca o foste. És a mulher mais jovem e brilhante que eu conheço — gabou-a.

— Mas esta noite não estou com veia para minuetes — replicou Giuliana.

— Querida Giugiù, estás a sofrer, e nota-se — lamentou Stefano, revelando uma absoluta falta de tato ao tornar público aquele diminutivo tão íntimo. Ela ficou irritada e fulminou-o com um olhar.

— Vivi iludida durante muito tempo com a ideia de ser ainda jovem. Agora que a minha mãe me falta, de repente, sinto que tenho realmente todos os meus anos, e isso não me desagrada de todo.

— Bem-vinda ao mundo aborrecido dos adultos — exclamou Sante, erguendo o copo. O empregado serviu um *risotto* de marisco. Estava delicioso. O nervosismo de Stefano era de tal maneira percetível que criava uma atmosfera desagradável. Giuliana procurou um assunto para aliviar a tensão e encontrou-o.

— Em Vertova, depois do funeral, a avó Vienna contou-nos uma história de família de facto singular — começou. Depois voltou-se para Camilla: — Sabias que a avó Martina se casou há cinco anos? O marido é o professor Bertola, que tu conheces bem. Não era segredo o facto de os dois se amarem desde crianças. Por isso, dei por mim com um padrasto de sessenta e seis anos. É mais novo do que tu, Sante — observou, dirigindo-se ao seu velho amigo.

— Mas pouco — precisou o interessado.

— Por isso é que quando a avó me visitava em Londres vinha sempre acompanhada por Leandro — observou Camilla.

— E há muitas mais coisas que ficámos a saber sobre a minha mãe, e também sobre a avó Vienna — acrescentou Giuliana.

— Conta — pediu Stefano, que se agarrou àquele tema para acalmar o nervosismo. Já se apercebera de que Giuliana estava a tentar criar um confronto entre ele e Sante e tornava-se evidente que não estava a seu favor.

— Agora não — declarou Giuliana, sublinhando o facto de Stefano ser estranho àquela família.

Quando o jantar acabou, enquanto se levantavam da mesa, Camilla anunciou:

— Gostava de ir à Missa da Meia-Noite. A mãe não vai, porque está muito cansada. Qual dos dois quer vir comigo? — Fora hábil a dar a deixa à mãe que, a agarrou no ar e disse:

— Julgo que o Stefano ficará contente por te acompanhar.

Stefano não pôde recusar o pedido de Giuliana.

Pensou no dia seguinte, no almoço com a namorada e com os familiares, na sua Giuliana que estava a voar para outras paragens, sem ele. Aquela mulher incomparável surpreendera-o mais do que uma vez ao afastá-lo com ternura. Voltou-se para Camilla:

— Vou contigo, com muito gosto.

Depois do café, Giuliana e Sante ficaram sós.

O homem segurou-lhe a mão entre as suas, sorriu-lhe e murmurou: — Feliz Natal, minha amiga.

— Vai ser. Nunca imaginei que este Natal pudesse coincidir com uma série de revelações. Primeiro a minha avó, agora eu.

— Querias falar-me da Camilla?

— E de mim também.

ONTEM

CAPÍTULO 66

Giuliana refugiou-se a chorar entre os braços da mãe.

— Nunca imaginei que uma contrariedade pudesse provocar-me tanto sofrimento físico. Dói-me tudo, mamã. As pernas, os braços, as costas... pulsam, martelam, já não consigo dormir — soluçou.

Estavam no minúsculo apartamento que Giuliana comprara alguns anos antes. Martina chamava-lhe «casinha de bonecas». Ficava num último andar da Via dell'Annunciata, em Milão. Tinha-o mobilado com algumas peças recuperadas do sótão da *villa* de Vertova, mas passava ali pouquíssimo tempo, porque estava quase sempre na Via dei Giardini, em casa de Kuno Gruber.

A sua história com o famoso encenador, entre altos e baixos, tinha durado quase nove anos. Agora terminara de vez.

— Porque não te deitas um bocadinho em cima da cama? Dou-te uma aspirina e tomo uma também, porque tenho a cabeça a rebentar — disse a mãe, que continuava a considerar o ácido acetilsalicílico um remédio soberano para todos os males, como defendia o velho doutor Pietro Bertola.

Ao fim de meia hora a aspirina produziu o seu efeito.

— Não vale a pena sofrer tanto por um homem — afirmou Martina.

— Se tivéssemos tido um filho, agora sentir-me-ia menos só. Mas o Kuno nunca quis — confessou Giuliana.

— Pelo menos nisso, teve algum bom senso.

— Foste tu quem me ensinou que um pai não é assim tão importante. Se eu tivesse um filho, fazia-me companhia — considerou Giuliana.

— As crianças não gostam de mães que sofrem de frustrações sentimentais. E, sobretudo, não se fazem filhos só por uma questão de egoísmo — censurou Martina.

— O Kuno é um infame! — explodiu Giuliana. — Sabes que nem sequer teve a coragem de me dizer que tem outra mulher? Tive de descobrir sozinha, e quando o confrontei com isso negou, chamou-me visionária e depois exibiu-se na sua melhor *performance*: «Se pensas assim, talvez seja melhor que os nossos destinos se dividam», disse, ofendido. Estás a ver?

Era uma noite tépida de maio. Do terraço chegava o perfume dos jasmins em flor. Martina viera a correr de Vertova, assim que recebera o telefonema de Giuliana lavada em lágrimas porque acabava de descobrir que Gruber andava com Anna Stanford, uma jovem cantora lírica americana.

Giuliana sabia havia já algum tempo que aquela relação com o encenador se arrastava com algum cansaço, até por causa da andropausa do companheiro, que não se resignava a envelhecer. Ela assistia divertida às suas manobras para fazer frente à perseguição dos anos.

O pequeno armário da sua casa de banho transbordava de cremes hidratantes e refirmantes para o rosto e para o corpo, de loções para fortalecer os cabelos que iam rareando, de remédios antioxidantes contra o envelhecimento cutâneo. Escondera-se de a toda a gente, ela incluída, durante dias, depois de se ter submetido a uma blefaroplastia para eliminar as bolsas por baixo dos olhos. Contratara um *personal trainer* que o submetia a exercícios massacrantes para conservar uma musculatura tónica. Combatia com tranquilizantes a fome compulsiva que o levaria a comer mesmo durante a noite.

Tornara-se agressivo em relação a ela e, por vezes, insultava-a, sobretudo no teatro, na presença de colegas, operadores e cenógrafos. Giuliana respondia-lhe à letra. Aquelas discussões eram um teatro dentro do teatro e poderiam ter-se tornado atos únicos, dramáticos e hilariantes. Mas recentemente, a meio dos ensaios de um drama que deveria estrear no outono, depois de uma daquelas cenas habituais, Giuliana abandonara o palco, entre gritos e insultos recíprocos.

Voltou para casa, sabendo que ele lhe ligaria para pedir desculpa, ao que ela responderia: «Sou eu quem pede desculpa». E fariam as pazes até à próxima discussão.

Mas ele só lhe ligou na manhã seguinte para a informar:

— Estou no bar. Espero por ti, e assim tomamos juntos o pequeno-almoço.

Quando ela se encontrou com ele, Kuno abraçou-a e, a rir, disse-lhe:

— Onde encontro outra serpente que se vire contra mim como tu fazes?

Giuliana tinha agora vinte e oito anos, já não era a rapariguinha inconsciente que via nele o seu Pigmalião. No entanto, continuava a gostar dele. Conhecia-lhe os defeitos e as muitas fraquezas, mas era o seu homem, e amava-o.

— Estás à procura de outra que seja mais serpente do que eu? — perguntou-lhe, enquanto mergulhava o brioche no *cappuccino*.

No bar, clientes e empregados conheciam-nos e fingiam ignorá-los para não parecerem intrometidos. Tinham uma mesa deles, ao fundo do estabelecimento, por trás de uma coluna. Se já estivesse ocupada, o chefe de sala conseguia sempre libertá-la.

— Tenho de ir a Moscovo com uma delegação de atores e de jornalistas. Vou estar fora duas semanas. Consegues sobreviver sem mim? — perguntou-lhe Kuno, acariciando-lhe uma mão.

Viagens daquele género eram bastante frequentes e Kuno sempre a quisera ao seu lado. Questionou-se sobre o motivo de não ter sido convidada a acompanhá-lo desta vez.

— Hei de arranjar alguém com quem discutir — replicou, guardando para si a desconfiança.

Ele partiu e ela regressou ao teatro para continuar os ensaios. Sentiu sobre ela alguns olhares insolitamente solidários por parte dos colegas que disputavam entre si a oportunidade de lhe dar mimo.

Naqueles dias estavam a ensaiar um ato único de Jean-Paul Sartre, *A Prostituta Respeitosa*. Ela interpretava Lizzie, a prostituta em questão, e Warner Magnasco era Fred, a personagem masculina mais importante do drama. Giuliana e Warner gostavam um do outro, davam-se bem e não disputavam o protagonismo. Assim, terminado o ensaio, quando se despacharam para ir embora, ele convidou-a para jantar.

Enquanto comiam, Warner posou uma mão sobre a dela e disse-lhe:

— Estamos todos admirados contigo, porque de facto estás um degrau acima. Outra qualquer, no teu lugar, tinha armado um escândalo. És grande, Giuliana.

Ela olhou-o com um ar interrogativo. Então Warner começou a tropeçar nas palavras e por fim, solicitado por Giuliana, revelou-lhe que Gruber tinha ido a Moscovo na companhia de Anna Stanford. Giuliana empalideceu, depois corou, empalideceu de novo, e bebeu de um trago meio copo de cerveja. Finalmente, chamou um táxi para a levar a casa e pediu ajuda à mãe.

Enquanto esperava que Martina fosse ter com ela, Kuno telefonou-lhe de Moscovo e ela agrediu-o de imediato:

— Sai para sempre da minha vida e goza a tua americana.

— Giuliana, Giuliana, minha divina, de que americana estás tu a falar? — replicou ele.

— És um nojo! Nem sequer tens a coragem de assumir as tuas ações. Já toda a gente sabia que tens uma história com a cantora. Menos eu. Desejo-te toda a *infelicidade* do mundo.

Ele simulou um tom ofendido.

— Se pensas assim, talvez seja melhor que os nossos destinos se dividam.

— Até porque já não me interessas — afirmou Giuliana, e desligou a chamada.

Agora Martina tentava recolher os cacos de uma história que durara para lá de qualquer previsão.

— Pensa no quanto lhe deves, porque o Kuno te ensinou a profissão ao mais alto nível.

— Mas eu estava convencida de que íamos ficar unidos para o resto da vida, porque foi isso que ele sempre me fez acreditar. Aguentava-lhe as manias, os medos, as cenas de fúria, as muitas debilidades, assim como ele tolerava os meus amuos e a minha língua afiada. Em suma, a nossa relação era muito estimulante.

— Efetivamente, as vossas discussões eram verdadeiros fogos de artifício — comentou Martina.

— Como sabes?

— Fui muitas vezes ao teatro para assistir aos ensaios, sem te avisar.

— Uma mãe guardiã — disse Giuliana, irónica.

— Uma mãe interessada na vida da filha.

— Mas nunca disseste nada.

— Não sou de mexericos.

— Eu amei-o imensamente.

— Ele também.

— Agora odeio-o.

— Ele, agora, tem medo de ti. Como todos os homens, está a tremer de medo por ter sido descoberto.

— Nunca mais me vou apaixonar.

— Olha que vais, minha menina querida. Tenho a certeza — disse Martina, abraçando a filha.

Adormeceram na mesma cama, encostadas uma à outra.

CAPÍTULO 67

Acordou com o aroma do café que chegava da cozinha. Olhou para o relógio: eram sete horas. Martina levantou-se cheia de frio. Adormecera vestida. Despiu-se, entrou na casa de banho e enfiou-se debaixo do chuveiro. Agarrou no roupão de Giuliana e foi à cozinha. Encheu uma chávena com o café acabado de fazer e saiu para o terraço. Giuliana, sentada num cadeirão de vime, tomava o café e chorava.

O céu estava sereno e ouvia-se o ruído dos automóveis que percorriam a Via Fatebenefratelli. Martina beijou os cabelos da filha, sentou-se em frente a ela e sorriu-lhe.

— Estou desesperada — sussurrou Giuliana, enxugando as lágrimas com a manga do pijama. — E estou outra vez cheia de dores nos ossos — acrescentou.

— Come qualquer coisa e toma uma aspirina — sugeriu a mãe.

— Estou doente, e tu não te apercebes disso — protestou.

— Tens duas possibilidades: ficar aqui em cima e continuar a chorar, ou sair comigo, logo que abram as lojas, e fazer umas compras malucas.

— Nove anos destruídos com um estalar de dedos. Percebes isso? — lamentou Giuliana, com um tom melodramático.

Martina considerava que o tempo passado ao lado de Kuno Gruber não fora tempo perdido, pelo contrário, era um património precioso para o futuro da filha, mas ela só ia perceber isso mais tarde.

— Eu estou com uma necessidade urgente de cabeleireiro, e tu também. Emprestas-me um dos teus vestidos? O meu *tailleur* está todo amarrotado — disse Martina.

— Não posso andar por aí com estes olhos inchados — respondeu Giuliana.

— Pões uns óculos escuros e ninguém vê.

— O cabeleireiro vai ver.

— E vai passar-te uma multa.

Giuliana sorriu, finalmente. No cabeleireiro, que também tinha uma secção de tratamentos de estética, fizeram tudo o que podiam: uma massagem drenante, uma limpeza de pele, manicura e pedicura, para além do penteado, obviamente.

Quando saíram, Giuliana parecia ter renascido.

Mãe e filha percorreram as ruas do centro para ver as montras.

Enquanto passeavam na Via Borgospesso, cruzaram-se com dois homens que pareciam muito compenetrados na conversa que mantinham.

Martina reconheceu Danilo Fossati, um famoso antiquário de Milão a quem vendera algumas paisagens do século XIX da Lombardia para as tirar da degradação a que Ines as destinara ao colocá-las num quarto de arrumos no apartamento da Via Serbelloni.

Também ele a reconheceu; sorriu-lhe, e quando ela lhe estendeu a mão ele beijou-a.

O homem que estava com ele observava Giuliana com uma admiração sincera.

Danilo Fossati apresentou-o às duas senhoras:
— O professor Sante Sozzani.
— Sabe que não perdi nem um dos seus espetáculos? Mando-lhe sempre flores para o camarim — declarou o professor a Giuliana, depois de a cumprimentar.
— Sem bilhete, porque não me lembro de alguma vez ter lido o seu nome — sublinhou ela.
— Para mim não era importante que soubesse quem eu sou. Só queria mesmo manifestar-lhe a minha admiração pelo seu talento.
Giuliana observou aquele homem já não muito jovem, nem bonito, mas muito fascinante. Dirigiu-lhe um dos seus sorrisos irresistíveis e aceitou com alegria o convite para irem todos tomar um aperitivo ao bar.

CAPÍTULO 68

Gruber entrou no seu apartamento da Via dei Giardini e julgou encontrar-se num campo de batalha: quadros atirados para o chão e porcelanas escacadas receberam-no num silêncio de causar arrepios. À medida que ia entrando nos vários aposentos, crescia a sensação de assistir a um filme de terror. Apoiou-se no umbral de uma porta e murmurou:

— Giuliana.

Criara no seu seio uma serpente venenosa que destruíra à traição as recordações, os troféus, os testemunhos do seu êxito recolhidos ao longo de toda uma vida.

Evitando livros e outros objetos destruídos no chão, entrou no quarto de vestir. Dora, no meio do aposento, olhava para ele, desesperada.

Acabava de chegar de Moscovo, sentindo-se o homem mais feliz do mundo, porque tivera umas noites escaldantes com a cantora americana. Não tencionava perder Giuliana, de quem continuava a gostar, mas precisava de a manter à distância durante algum tempo, enquanto gozava a companhia de Anna. Depois trataria de a recuperar. Assim, naquela manhã, ao regressar a Milão, acompanhou a soprano a um hotel, a dois passos do local onde vivia, e regressou a casa a assobiar o *Va' pensiero* e a elaborar projetos para lançar uma nova estrela no firmamento do melodrama.

Quando Kuno descobria o talento de uma mulher jovem e bonita, exaltava-se como uma mariposa a rodopiar em volta de uma lâmpada acesa.

Agora apercebia-se, com alguma aflição, de que Giuliana o expulsara da sua vida, e não o consolou nem a lembrança da fogosa soprano com quem se preparava para viver noites de delícias.

Limpou uma lágrima e interpelou Dora com ira.

— Onde você estava quando aconteceu este massacre?

— Não estava. Recordo-lhe que me sugeriu tirar dez dias de férias — respondeu ela, prontamente.

— De facto, não me recordo de lhe ter dado essa permissão — berrou.

A mulher sentiu-se atingida num ponto sensível: o patrão estava a acusá-la de ser mentirosa.

— *Signor* Gruber, eu já o aturo há quinze anos, mas desta vez passou dos limites. Eu também tenho a minha dignidade. Despeço-me, e espero nunca mais o encontrar — anunciou, decidida.

— É isso mesmo, muito bem, vá-se embora antes que eu faça algum disparate — replicou Kuno, furibundo.

Dora não se deixou atemorizar e, agora que já não estava ao serviço, sentiu-se livre para lhe dizer o que pensava.

— Se eu estivesse no lugar da menina Giuliana, tinha deitado fogo à casa toda, porque não é assim que uma pessoa se comporta com uma boa rapariga como ela é. Fique muito bem — trovejou e dirigiu-se à saída.

Na noite anterior, Dora vira na televisão aquilo que toda a gente vira, inclusive Giuliana. O telejornal transmitira uma entrevista com Kuno Gruber, que chefiava a delegação italiana na Rússia. Dissertara sobre a importância dos intercâmbios culturais, após o que apresentou aos telespectadores a americana Anna Stanford, definindo-a como o astro nascente no mundo da lírica e sua musa inspiradora.

— Para o Teatro alla Scala terei a meu cargo a realização da *Traviata* e a menina Stanford será uma Violetta insuperável — declarou.

Naquele momento, Giuliana disse a si mesma que devia fazer alguma coisa, qualquer coisa, para acalmar a ira e a humilhação.

Kuno, na sua infinita presunção, nem sequer se preocupou em salvar as aparências. Escolheu a montra mais ostensiva, a da televisão, para declarar ao mundo que, ao lado do soberano, estava agora a cantora americana.

Giuliana foi ao apartamento da Via dei Giardini e destruiu todas as recordações mais queridas que o realizador conservava religiosamente. Depois entregou as chaves ao porteiro e regressou a casa, sabendo que, perante aquele desastre, Kuno e ela ficariam quites em matéria de sofrimento.

Ligou para Vertova e contou tudo à mãe.

— Não foste propriamente elegante — observou Martina.

— As mulheres sempre o mimaram, o idolatraram, o adularam, inclusive eu. Nós, mulheres, somos muito parvas e, por amor, suportamos o insuportável. É um jogo perverso a que nos sujeitamos há milénios. Ele espezinhou os meus sentimentos, convencido de que saía ileso. Vai ter uma péssima surpresa — afirmou.

— Tudo isso te faz sentir melhor? — perguntou a mãe.

— Nem imaginas quanto. Agora estou pronta para uma nova vida — declarou.

Naquela noite dormiu lindamente e na manhã seguinte preparou-se para o almoço com o professor Sozzani.

Enquanto procurava o vestido certo para aquele primeiro encontro, tocou o telefone. Era Kuno, que lhe perguntou com uma voz espectral:

— Porque fizeste isto?
— Porque me humilhaste.
— Eu vou denunciar-te.
— Sossega. Estão alguns jornalistas lá em baixo à minha porta com muita vontade de conversar comigo depois da tua brilhante entrevista no telejornal.

— És uma serpente venenosa. Sem mim, terias continuado a representar nos teatrinhos paroquiais. Eu fiz de ti a herdeira da grande Duse e, se quiser, posso destruir-te.

A ameaça não surtiu o efeito esperado, porque Giuliana se limitou a retorquir:

— Para os jornais tenho reservada uma história cheia de lágrimas e coração despedaçado. Já estou a ver os títulos: «A divina Giuliana Agrestis seduzida e abandonada pelo sátiro do teatro italiano.» O que te parece?

Kuno permaneceu calado, reduzido à sua impotência. Então ela despediu-se com coqueteria:

— Fica bem! — e desligou o telefone.

Fora o porteiro quem a informara da presença dos jornalistas à entrada do edifício. Ao sair, Giuliana fingiu-se apanhada de surpresa.

A jornalista de uma revista de mexericos abordou-a, impedindo-lhe quase a passagem. A atriz dirigiu-lhe um sorriso radioso.

— *Signora* Agrestis, são verdadeiras as afirmações sobre o rompimento com Kuno Gruber?

— Rompimento, que palavra tão feia! Rompe-se um vestido, não uma relação.

— No entanto, Gruber apresentou na televisão a sua nova estrela — interveio o jovem repórter de um jornal.

— Descobrir artistas de talento é a sua profissão — respondeu com um ar benevolente.

— Mas é um facto que, pela primeira vez, ele escolheu a companhia da menina Stanford e não a sua para viajar até à Rússia. Corre o rumor há várias semanas que a aliança Gruber-Agrestis está acabada — avançou outra jornalista.

— De onde vêm essas ideias? Com Kuno Gruber eu tive uma belíssima história de amor, e as histórias de amor nunca acabam, porque se conservam para toda a vida como um bem muito precioso.

— *Signora* Agrestis, eu preciso de levar uma notícia para a redação. Por favor, confirme, ou desminta, estas informações — suplicou a primeira jornalista.

Giuliana olhou para ela com ternura. Era uma rapariga à procura de um mundo onde se afirmar.

— A verdade é que Kuno Gruber e eu já não estamos juntos, pelo menos neste momento, uma vez que chegámos a uma fase de cansaço, mas continuamos a ser grandes amigos. E agora, se me permite, tenho mesmo de ir-me embora.

Naquele momento estava a chegar o táxi que Giuliana chamara.

Despediu-se dos jornalistas e desapareceu dentro do automóvel, dando ao taxista o endereço do restaurante onde Sante a esperava.

Ele estava de pé, ao balcão do bar e recebeu-a dizendo:

— Temia que não viesse. — Era uma maneira delicada de lhe fazer notar que estava atrasada.

Giuliana sorriu-lhe: a aliança que Sante Sozzani trazia no anelar dava-lhe alguma tranquilidade.

CAPÍTULO 69

Sante Maria Sozzani, dos marqueses Piccinini, colecionava obras de arte, tinha uma paixão pelo teatro e era um homem tranquilo e seguro de si.

A sua família, de origem toscana, produzia vinho há cento e cinquenta anos. Sante possuía uma vasta carteira de ações de algumas explorações mineiras de diamantes na África do Sul e casas um pouco por todo o lado. Vivia em Roma, onde possuía uma fantástica loja de antiguidades. Tinha um avião particular estacionado em Ciampino e um veleiro ancorado no porto de Livorno. Usava uma berlina com motorista para as deslocações de automóvel e uma bicicleta para andar na cidade.

Giuliana ficou a saber estas e outras coisas mais, a pouco e pouco, ao longo dos anos, porque Sante não gostava de falar de si.

Naquele primeiro encontro discutiu com o *sommelier* sobre a escolha de um vinho apropriado e decidiu-se, sem consultar Giuliana, por um *Refosco* para acompanhar o peixe.

Depois explicou-lhe:

— O vinho branco com o peixe é um hábito gastronómico para esquecer. O tinto é mais agradável. O rosé é uma situação intermédia que pessoalmente não aprecio.

Percebeu imediatamente que vinho e comida eram um tema pouco interessante para a jovem atriz e desviou a conversa para uma exposição de Parmigianino nos Ufizzi de Florença.

Depois confessou-lhe:

— Gostava que me falasse de si, mas não quero ser indiscreto.

— Como devo tratá-lo? Professor? Marquês? — replicou Giuliana.

— Apenas Sante, se estiver de acordo.

— E Giuliana — esclareceu ela. E prosseguiu: — Penso que um ator nunca devia falar de si, nem servir-se ao público numa bandeja, fora do palco, porque revelaria toda a sua inconsistência. Eu sou como um saco vazio e encho-me com as personagens que interpreto. Na escola de arte dramática ensinaram-me aquilo que defendiam Brecht, Diderot, Nietzsche a este respeito. Bertolt Brecht, por exemplo, afirmava que um ator nunca deve fundir-se completamente com a personagem que interpreta e Nietzsche dizia que um ator estaria perdido se experimentasse efetivamente os sentimentos que exprime no palco. Mas que raça de Emma Bovary ou Hedda Gabler seria eu, se não sofresse as suas dores, se não me iludisse com as suas ilusões? Falava-te de mim de boa vontade se não temesse desmoronar sob o peso da minha inconsistência — concluiu.

— Ou da tua modéstia — insinuou ele.

— Não sou modesta, sou apenas consciente dos meus limites — confessou Giuliana.

— Ótimo! Começaste a falar de ti e com um começo pouco comum, como eu esperava. Hoje, a esta mesa, renovo um ritual há muito interrompido, quando a minha mãe me levava ao Teatro La Pergola de Florença a ver o Buazzelli, a Adani, a Pagnani, o Randone, a Zareschi, e depois jantávamos com eles. Foi a minha mãe que me fez amar o teatro. Hoje tenho a sorte de retomar este hábito, almoçando contigo — disse, com um sorriso satisfeito, e continuou: — Deixei de ir ao teatro quando a minha mãe morreu. Recomecei por acaso, há alguns anos, quando fui ver o *Hamlet* do Gruber, com a Giuliana Agrestis no papel de Ofélia.

— Não me mandaste flores, dessa vez — brincou Giuliana.

— Descobri-te naquela noite e, no fim do espetáculo, estava capaz de comprar o teatro inteiro, de tão deslumbrado fiquei com a tua beleza.

— Preferia que tivesses admirado as minhas capacidades.

— Isso também. De facto, desde esse dia, nunca mais perdi nenhum dos teus espetáculos.

— E começaste a enviar-me flores. Não sabia quem tu eras, mas ficava sempre à espera da homenagem do meu admirador secreto — confessou Giuliana. Depois foi direta ao assunto que Sante tentava evitar. — A tua mulher partilha esse amor pelo teatro?

O sorriso do homem apagou-se e o seu olhar velou-se de tristeza.

— A Angelica trava há anos uma luta desesperada contra a doença. Passa longos períodos numa clínica. Quando se sente melhor volta para casa. E depois recomeça tudo de novo. Agora está em casa — explicou.

Giuliana enterrou o olhar no prato e permaneceu calada. Ele prosseguiu:

— Eu permaneço junto dela o mais que posso para a fazer sentir amada. Não tivemos filhos e ela só me tem a mim no mundo.

— Sinto muito — sussurrou e, nesse momento, gostaria de poder engolir a pergunta que tinha feito.

O homem, porém, reencontrou imediatamente o mesmo tom leve e, no fim do almoço, insistiu para a levar a casa.

Enquanto o motorista se mexia com destreza no meio do trânsito, ele disse:

— Devias ter uma casa em Roma.

— Porquê?

— Tenho a impressão de que o teu período milanês está prestes a acabar — disse Sante.

Giuliana não fez comentários e despediram-se com um vigoroso aperto de mão, sem *adeus* nem *até à vista*.

Em casa, a luzinha intermitente do atendedor de chamadas avisou-a de que tinha mensagens. Carregou no botão para as ouvir.

Eram todas de Kuno. A última era um sussurro quebrado pelos soluços:

— Estou em casa, entre os escombros da minha vida, e falta-me o ar. Não podemos separar-nos assim. Tu és uma parte importante da minha vida e eu preciso de te abraçar e de te pedir perdão.

Ela levantou o auscultador, marcou o número de casa dele e quando ele atendeu disse-lhe:

— Vem, se quiseres.

Depois saiu para o terraço e inspirou o perfume do jasmim, enquanto esperava a chegada de Kuno.

Bastou-lhe olhar para ele para perceber que estava realmente destruído.

— Entra — convidou. Em seguida dirigiram-se ao terraço.

Kuno deixou-se cair num cadeirão, inclinou a cabeça e segurou a cara com as mãos.

— Não me importo nada com aquele desastre que tu conseguiste fazer no meu apartamento — começou.

— Tenho pena, porque esperava que te importasse muito — replicou gélida.

— Menti-te, e não o devia ter feito. Mas agora sou sincero quando te digo que só te amo a ti — afirmou, seguro.

— E a americana de quem andas atrás há meses e que, tanto quanto percebi, largou o amante para te seguir, o que lhe fazes?

— Não sei, nem quero saber. Só te quero a ti — respondeu.

Kuno transpusera já os sessenta anos e, apesar do cuidado maníaco que tinha com a sua pessoa, parecia mais velho. Giuliana olhou para ele como se estivesse a vê-lo pela primeira vez. Em toda a sua vida tratara as mulheres como objetos dos seus desejos. Era-lhe no entanto reconhecido que, a cada uma delas, dera o melhor de si. Tinha-as moldado e colocado num pedestal, para que toda a gente pudesse ver que por trás da atriz de talento havia um artífice sublime: ele. Mas agora estava a envelhecer. Giuliana questionou-se se quereria realmente passar o resto dos seus dias ao lado dele. E, com alguma tristeza, percebeu que não o queria.

— Volta para aquela pobre tonta da americana — disse-lhe com ternura.

Afagou-lhe uma mão e prosseguiu:

— Tu não podes estar sozinho. Precisas de uma mulher que trate de ti. Em troca, dá-lhe tudo o que puderes. Ainda tens muito para lhe ensinar. Eu vou gostar sempre muito de ti, Kuno, para o resto da vida.

— Tenho medo, Giuliana.

— De quê?

— De tudo. Tenho medo dos dias que passam, de já não estar à altura das expectativas do público, da solidão. Tenho medo de regressar àquela ruína da minha casa. Sabes que a Dora me deixou, sem mais nem menos? Onde eu vou arranjar outra Dora, neste momento?

Giuliana sentiu-se invadir pela melancolia que acompanha o fim de uma grande história de amor.

Ele continuou:

— Obriguei a americana a deixar o texano da carne enlatada que lhe oferecia diamantes do tamanho de feijões, prenunciando-lhe a glória no Scala e no Metropolitan. Sinto-me responsável por ela, percebes?

— Não mendigues a minha compreensão. Desfiz-te a casa e acalmei a humilhação que me causaste. Vai sossegado, sabendo que gostarei sempre de ti.

— Talvez um dia... quem sabe... possas voltar para mim — sussurrou ele.

— Esquece. Tu gostavas de construir um harém, mas eu não tenho jeito para interpretar o papel de odalisca — gracejou, enquanto o acompanhava à porta.

Ele dirigiu-lhe um olhar carregado de sofrimento, desaparecendo dentro do elevador.

Giuliana regressou ao terraço e viu-o caminhar quase aos saltinhos pela rua adiante. Conhecendo-o como o conhecia, Giuliana sabia que agora Kuno estava feliz, porque ela lhe perdoara e, com uma inconsciência de rapazinho, sentia-se por fim livre para viver aquela nova história de amor com a americana.

Giuliana sorriu, mais tranquila.

CAPÍTULO
70

Giuliana mudou-se para Roma no outono. Sante Sozzani arranjara-lhe uma mansarda encantadora no centro da cidade e ela conseguiu um contrato com a mais importante companhia de teatro daquele tempo.

Não foi fácil integrar-se num ambiente artístico tão diferente do de Milão. Em Roma as pessoas falavam por meias-palavras, consideravam-se muitas vezes superiores ao resto do mundo, estavam prontas para oferecer serviços a quem consideravam poderoso e a destruir quem as incomodava. Para além de Sante e dos atores da companhia, Giuliana não conhecia ninguém. Sante, por vezes, levava-a a visitar monumentos e museus.

De vez em quando, Gruber telefonava-lhe para se queixar das dificuldades e dos seus achaques. Ela escutava-o paciente e tentava confortá-lo.

Uma noite disse-lhe:

— Precisava de ter em casa uma pessoa de confiança, tipo Dora, percebes.

A governanta voltou para casa de Kuno, após Giuliana lhe suplicar que não o abandonasse, porque o pobre homem não podia passar sem a ajuda dela. Mas Dora vinha dos arredores de Roma, onde tinha a família, e Giuliana sabia que ela regressaria de boa vontade àquela terra.

— Não ma queres tirar, espero — disse ele, alarmado.

— Nunca o faria, mas seria um gesto bonito da tua parte oferecer-ma — respondeu Giuliana.

Kuno teve esse gesto bonito e, poucas semanas depois, Dora estava instalada no apartamento de Giuliana, tomando rapidamente as rédeas da orientação da casa e a gestão da «criada para todo o serviço» salvadorenha.

Aos domingos, Dora passava-os alegremente com os parentes no campo e à segunda-feira, quando regressava, trazia rúcula fresca, legumes da horta, ovos e queijo.

Giuliana passava os dias no teatro, a ensaiar, e as noites em casa, a ler.

Às vezes Sante ia buscá-la e jantavam em pequenos restaurantes que ele conhecia bem. Outras vezes desaparecia durante longos períodos, depois de a ter avisado: «A minha mulher teve uma crise. Está na clínica e eu vou lá ficar com ela», ou então: «Vou a um leilão em Londres, em Berlim, em Joanesburgo.»

Sem ser formal, continuava a comportar-se como um autêntico cavalheiro. Falava pouquíssimo, mas gostava de ouvir as histórias que Giuliana lhe despejava em cima como uma torrente. Continuava a enviar-lhe flores e, mais raramente, pequenos objetos de antiquário: estampas, telas, *bibelots*.

Uma vez Giuliana passou pelo seu estabelecimento na Via del Babuino. Viu uma escrivaninha Luís XVI e comentou:

— Que bonita! — No dia seguinte ele enviou-lha para casa.

Giuliana fez a sua estreia em Roma no papel de Nora Helmer, na *Casa de Bonecas* de Ibsen. A crítica louvou a «perfeita esfericidade» da interpretação de Giuliana Agrestis que «confirmava ser a mais eclética e incomparável intérprete do nosso teatro».

Para festejar o êxito em Roma, Sante convidou-a para jantar na noite a seguir à estreia.

— Começaste em grande — comentou, com ar feliz, diante de um filete de peixe em molho de laranja acompanhado de arroz negro.

— Já há reservas para os próximos seis meses e, provavelmente, o espetáculo vai continuar em cartaz ainda no próximo ano — contou Giuliana, com os olhos a brilhar de alegria.

— Pareces uma menina que recebeu um presente inesperado.

— É isso mesmo. Surpreendo-me de cada vez que tenho êxito. Já conheces a minha perene veia de insatisfação.

— Boa, Giuliana, bem dito! — trovejou uma voz que conhecia bem, acompanhada de uma nuvem de *Vetiver*. Kuno Gruber estava atrás de si e inclinou-se para lhe pousar um beijo leve no pescoço.

A atriz, feliz por voltar a vê-lo, estendeu-lhe as duas mãos, que ele beijou de uma forma teatral. Depois apresentou-o a Sante.

— O que estás a fazer em Roma? — perguntou-lhe.

— Vim ver-te, meu amor. Foste excecional — respondeu.

— Quer juntar-se a nós? — perguntou Sante, que apreciava o grande encenador e se dispunha a saborear a conversa entre os dois artistas.

Pareceu-lhe que Kuno não estava à espera de outra coisa e instalou-se de imediato.

Sante invejava aos atores o comentário sempre pronto, a capacidade de mentir, de manipular a realidade, de inventar piadas. Pela forma como a atriz e o encenador se olhavam, parecia que nunca houvera dissabores entre eles. Kuno contou que perdera a estreia da *Casa de Bonecas* por ter sido obrigado a entreter em Milão uma companhia japonesa, e que fora bloqueado por alguns jornalistas que o tinham reconhecido quando se preparava para ir ter com ela ao camarim, no fim do espetáculo daquela noite.

— Quando lá cheguei, tu já tinhas ido embora. Mas encontrei a Dora. Sabes que me abraçou e me disse que gosta muito de mim?

— E também te disse onde me encontrarias — observou Giuliana.

— Mas não que já tinhas companhia, senão nunca teria ousado incomodar — mentiu.

— Conheço a tua discrição — retorquiu ela, com ironia, ao mesmo tempo que dirigia um olhar de entendimento a Sante, que conhecia bem aquela história.

Kuno, pelo contrário, não fazia ideia de quem fosse Sante, e morria de vontade de saber.

— Não incomoda, de facto. Aliás, é uma honra para mim tê-lo convidado — disse Sante.

— O professor Sozzani vive fascinado com a gente do teatro e esta noite está muito feliz com o meu êxito — explicou Giuliana.

— Oh, a nossa vida é uma piedosa comédia sem trama. Retirados da magia do palco, valemos pouco — declamou Kuno, lançando-se à entrada de camarões que o empregado lhe servira.

— É mais ou menos aquilo que a Giuliana me contou no nosso primeiro encontro — disse Sante.

— Depois descobriu que não é assim? — perguntou Kuno.

— Descobri que a Giuliana é uma mulher eletrizante e relaxante também. Tem a graça de uma Madonna de Raffaello e a força de uma Virgem de Michelangelo. De entre os meus poucos amigos, ela é decerto a pessoa com quem me apetece mais estar e por isso nunca lhe estarei suficientemente grato — disse, com uma sinceridade desarmante.

— Está a dizer-me que são apenas amigos?

— Exato — afirmou Sante com um sorriso. Kuno soltou uma gargalhada estridente.

— Mas isso muda tudo! — disse, eufórico. E, voltando-se para Giuliana: — Dá-me um segundo para fazer um telefonema a anular um compromisso e levo-te a casa.

Giuliana pousou-lhe uma mão no braço e, com uma voz quase maternal, disse-lhe:

— Não fica bem anular um compromisso à meia-noite.

— E amanhã? — perguntou ele, com uma expressão de criança esperançada.

— Gruber, acabou. Não te lembras, querido? — replicou com a mesma ternura.

Kuno abandonou o restaurante quase de imediato e Sante levou-a a casa. Quando o motorista parou o carro à porta, ela disse ao amigo:

— Gostava que subisses.

Dora já estava a dormir e Giuliana foi buscar o copo de água que Sante lhe pedira. Encontravam-se na sala e ele aproximou-se da porta envidraçada do terraço para observar o céu estrelado.

Giuliana foi ter com ele, pousou-lhe uma mão no ombro e sussurrou?

— Queres ficar aqui a dormir?

Sante acariciou-lhe mão e murmurou:

— Temia que as estrelas não satisfizessem a minha prece.

CAPÍTULO
71

Sempre que regressava a San Michele, Martina recordava a sua primeira estadia naquela *villa* grande e sólida sobre o mar, onde a sua avó, Ines Ceppi, e a dona da casa, Adelaide Montini, passavam longas temporadas juntas.

Agora só restava ela e o seu crochê. Aproveitava a tranquilidade da tarde debaixo da pérgula que a protegia dos raios de Sol com a sua folhagem densa.

Giovanni Paganessi, sentado no cadeirão de verga clara, folheava os jornais e de vez em quando comentava uma notícia com ela.

Maria e Osvalda tinham saído de barco com os filhos de Giovanni e Martina esperava a chegada de Giuliana e Sante, que vinham passar o fim de semana a San Michele.

Giovanni conhecia o professor Sozzani e apreciava as suas qualidades humanas e profissionais.

De vez em quando, Martina olhava para o relógio de pulso, suspirava e continuava o trabalho.

— Não estejas preocupada — disse o amigo.

— Eu queria ver, se fosse tua filha — retorquiu.

— Tiveste três filhas sem um marido e agora querias que a Giuliana tivesse um. Porquê?

— Eu não era atriz, e dediquei-me a elas a tempo inteiro, mas ela nunca vai deixar o teatro por aquela pobre criatura... se tivesse ao menos um pai...

— Mas o Sante é casado, Martina.
— Eu sei.
— E também é um cavalheiro. Nunca se divorciaria de uma mulher tão gravemente doente.
— A Giuliana também diz isso, mas...
— Para de suspirar e de te lamentar — disse Giovanni, fechando o jornal.
— Mas nem sequer tenciona dizer-lhe que está grávida — protestou Martina.
— A quem sairá ela, nesse aspeto? — brincou ele, erguendo-se. Aproximou-se da mesa e serviu-se de um copo de chá frio.
— Se eu errei, isso não significa que ela deva errar também — protestou Martina.
— Desde quando falas como uma velha comadre? — perguntou Giovanni, já impaciente.
— Lembras-te de como éramos felizes, quando éramos jovens? — perguntou ela com um sorriso.
Pousou o trabalho no chão e acrescentou:
— Recordas-te daquela noite em que fomos parar à esquadra de Santa Margherita? Quando o Sandro andou à pancada com um rapaz para me defender.
— Mais para se armar. Estava apaixonado por ti e teria feito qualquer coisa para chamar a tua atenção. Acho que vocês estavam bem juntos.
— A Giuliana também está bem com o Sante. Mas tenho uma suspeita — sussurrou Martina.
— Anda lá, desabafa, resmungona.
— Temo que, ainda que ele se divorcie, ela não case com ele. O facto é que a Giuliana não deseja um marido. E pensar que, quando era pequenina, queria tanto ver-me casada com o teu cunhado.

— Claro, sentia necessidade de um pai. Mas para de te atormentar, porque a Giuliana tem trinta anos e vai fazer o que bem entender.

— A Giuliana tem medo de enfrentar a realidade. Não foi por acaso que escolheu o teatro. Prefere meter-se na pele das personagens que interpreta no palco a enfrentar os problemas da vida. Mede-se todas as noites com a opinião do público e depois vai a correr para casa deliciar-se com a sua solidão — explicou Martina.

— Uma solidão um pouco estranha, se produziu uma gravidez — brincou Giovanni.

— Essa piada nem é inteligente nem de bom gosto — reagiu ela.

Giovanni sorriu e abraçou a amiga.

— Martina, conforma-te. A Giuliana é como tu: vive aterrada com a perspetiva de uma vida a dois. E, além disso só ela poderá resolver os seus problemas. Agora vou mudar-me para ir dar um mergulho. Tu ficas aí a fazer de mãe ansiosa — resmungou, e dirigiu-se à *villa*.

Martina olhou para ele com ternura. Coxeava, porque na véspera pisara inadvertidamente um ouriço. Ela tratou dele, do seu querido velho amigo, retirando-lhe os picos do calcanhar, um a um, com a ajuda de uma pequena pinça, enquanto ele continha os gemidos de dor e exibia numa série de caretas cómicas.

Por fim, resolveu segui-lo. Tomariam banho juntos enquanto esperavam o regresso dos filhos. Giuliana foi ter com eles à praia no momento em que se secavam no calor dos últimos raios de Sol. Também ela vinha de fato de banho. O seu corpo perfeito não revelava ainda a incipiente gravidez.

— Onde deixaste o Sante? — perguntou Martina, abraçando-a.

— Ficou em Roma. Ontem à noite a mulher foi outra vez internada de urgência no hospital e não há nada que o faça afastar-se dela quando está assim — explicou.

Martina não fez comentários e sentiu vergonha de si mesma ao pensar que, se a mulher falecesse, talvez Giuliana se decidisse a dar um arranjo mais razoável à sua existência. E mentalmente formulou um: *Deus me perdoe.*

Giuliana, como se tivesse intuído os seus pensamentos, comentou:

— Pobre mulher, sofre muito e, no entanto, eu peço ao Senhor que a conserve ainda em vida, porque se morresse o Sante ia enlouquecer de dor e eu não saberia ajudá-lo.

Numa ocasião Sante confessara-lhe:

— A minha mulher é angélica de nome e de facto. Conhecemo-nos em crianças, na escola primária, e estivemos sempre juntos. Aos vinte anos já estávamos casados. Para mim ela foi uma mulher, uma amiga, quase uma irmã. — Giuliana abraçara-o, enquanto ele prosseguia: — Desde que adoeceu, vivo aterrado com a ideia de a perder. Cheguei a pensar que nunca mais conseguiria amar outra mulher. Depois encontrei-te e apaixonei-me por ti. És um presente inesperado que o céu me ofereceu.

Quando soube que estava à espera de um filho, Giuliana perguntou-lhe:

— Porque é que tu e a tua mulher não tiveram filhos?

— Para os ter Angelica teria de se submeter a uma intervenção cirúrgica muito delicada. Decidimos que nos bastaríamos um ao outro. Éramos felizes sozinhos. E depois os filhos são um compromisso muito grande, viram-nos a vida do avesso, nunca estiveram nos meus projetos.

Aquelas palavras deixaram Giuliana gelada, e assim considerou o assunto encerrado.

— O Sante vai acabar por saber que estás grávida — disse-lhe Martina.

— Não vai saber. Decidi não lhe contar e deixá-lo livre para que se dedique por inteiro à mulher enquanto a doença não a vencer. É isso que ele deseja, pelo menos de momento. Por isso o meu filho vai ser só meu — declarou.

Giovanni, que escutara a conversa estendido numa cama a gozar os últimos raios de Sol, teve a sensação de reviver uma história que já lhe tinha sido contada. Giuliana propunha-se a assumir os mesmos comportamentos maternos. Mãe e filha eram mulheres honestas, mas incapazes de dividir a sua vida com um companheiro, quer fosse amante ou marido.

— É pena — sussurrou Martina. — Gosto muito do Sante.

— Eu também gosto, mamã. É sincero, claro, mas também é egoísta, como eu também o sou. Achei que conseguia dividir o seu amor com aquela mulher moribunda, mas dou-me conta de que é uma tarefa impossível.

Poucos meses depois, quando a gravidez estava a tornar-se visível, Giuliana mudou-se para Londres.

O professor Oswald Graywood e a mulher foram o seu apoio. Camilla nasceu numa clínica de Oxford e viveu o primeiro ano de vida com a mãe, que alugara a mesma *cottage* em que Martina e o professor tinham concebido Osvalda.

A indiana Salinda, que trabalhara naquela casa no tempo de Martina, assumiu o papel de *nurse*. Quando Giuliana regressou a Roma com a menina, Sante era um viúvo inconsolável.

Encontraram-se, por acaso, à saída de um cinema e comportaram-se como velhos amigos que eram, de facto.

— Como estás? — perguntou Giuliana.

— Já conheci melhores tempos. A Angelica está sempre no meu pensamento e nunca me abandona. Também tu me fizeste muita falta. Sabes, custou-me digerir o teu abandono, mas percebi que era justo que assim fosse. Se não tiveres nenhum compromisso, queres vir jantar comigo? — propôs-lhe.

Durante todo o tempo que durou o jantar, ela escutou pacientemente uma longa revocação da mulher desaparecida. Nunca Sante tinha falado tanto. Por fim, parou:

— Agora, chega. Fala-me de ti, da razão de teres desaparecido durante tanto tempo, se poderei voltar a aplaudir-te num palco.

Giuliana não lhe disse nada sobre a filha. Sante soube-o pelos jornais, quando se voltou a falar dela a propósito de uma incomparável interpretação de *Mãe Coragem e Seus Filhos*.

HOJE

CAPÍTULO 72

Dora surgiu à porta da sala de estar.

— Incomodo? — perguntou.

— Tu nunca incomodas — disse Giuliana, levantando-se para ir ao seu encontro.

— Vou-me embora com o meu irmão. Volto no dia 2 de janeiro, se a senhora estiver de acordo, até porque daqui a três dias chega Manola para tomar conta da casa — informou.

— Espero que tenhas um bom Natal, Dora — replicou Giuliana, entregando-lhe um embrulhinho. Era um relógio de pulso que Dora desejava há muito tempo.

— Tenho de abrir agora? — perguntou, depois de lhe agradecer.

— Abre-o quando estiveres com a tua família — sugeriu a atriz.

Abraçaram-se, desejando uma à outra «Feliz Natal», e a governanta partiu.

— Enfim, sós — sorriu Giuliana, sentando-se outra vez ao lado de Sante.

— Então, decidimo-nos finalmente a falar da Camilla? — começou ele.

— Desde que chegou à idade da razão, sempre desejou ter um pai, só que eu não tinha a certeza de que o pai estivesse pronto para a aceitar e tratar dela. — Giuliana hesitou, mas acabou por confessar: — A Camilla é tua filha, Sante.

O homem sorriu e não pareceu surpreendido com aquela revelação.

— Sabes quando percebi? Ela era apenas uma miúda e a Dora foi com ela à minha loja. Reparou numa pequena tela do Longhi e ficou encantada a olhar para ela. Pediu-me para lhe falar do artista que a tinha pintado. Depois disse-me: «Quando for grande, quero ser uma especialista em arte como tu.» Sante olhou com ternura para Giuliana e recordou aquele dia distante.

Camilla regressara a Roma do colégio suíço onde estudava. Dora levara-a às compras à Via del Babuíno. Ao passar em frente à loja de Sante, viu uma pintura na montra e exclamou:

— Que bonito! Gostava de a ver de perto. Vamos entrar.

Sante estava a falar com um colecionador e os seus colaboradores olharam com curiosidade para aquela menina que se passeava pela loja e parava a admirar móveis com embutidos, objetos antigos e quadros.

Sante despachou rapidamente o interlocutor para cumprimentar a filha da sua amiga Giuliana.

— Ensinam-te História da Arte no colégio? — perguntou-lhe.

— É a minha disciplina preferida. A arte é o meu *hobby*, como esta loja para ti. Mas o que fazes mesmo na vida? — perguntou-lhe, observando-o com curiosidade.

— Ensino, compro e vendo objetos de arte, trato dos meus interesses na África do Sul, produzo vinho e azeite na Toscana, mantenho relações com poucos amigos que amo, compro sapatos, camisas e gravatas em Londres e converso com meninas como tu — respondeu-lhe, a sorrir.

— Dizem que quem faz muitas coisas não faz bem nenhuma.

— Então eu sou uma exceção, porque tento fazer tudo o melhor possível.

— Mas que modéstia! — disse ela, divertida.

— Quero dar-te um presente. Olha em volta e escolhe o que quiseres.

— Escolhe tu por mim. És o amigo da minha mãe de quem eu mais gosto.

Dora, que até àquele momento assistira em silêncio àquela conversa, interveio com severidade:

— Já chega, Camilla. Vamos embora e deixamos o senhor professor em paz para tratar dos assuntos dele.

Camilla e Sante trocaram um olhar de cumplicidade e despediram-se.

— Esperei durante anos que me falasses dela — disse Sante a Giuliana.

— Achas que eu podia dizer a um homem que não queria ter filhos que era pai? — reagiu Giuliana.

— De qualquer maneira, acabei por fazer de pai. Como achas que a Camilla arranjou emprego naquela galeria de arte em Londres? Como explicas aquela fantástica casa de Kensington com uma renda ridícula? E daquela vez que se apaixonou pelo cozinheiro indiano que queria levá-la com ele para Calcutá, para abrir um restaurante?

— Dessa eu não sabia! Como acabou?

— Ele agora já tem o restaurante em Calcutá. Mas ela está aqui.

— E a do cabeleireiro, sabes?

— Como vês, acabou.

— Mas tu sabes mesmo tudo? — perguntou, estupefacta.

— Quase. Ao fim e ao cabo, a Camilla é um livro aberto e basta olhá-la nos olhos para perceber o que lhe está a acontecer.

Giuliana afagou-lhe uma mão.

— Porque é que nos separámos? — perguntou-lhe com ternura.

— Tu deixaste-me. Bastava que me tivesses dado tempo para superar o meu luto — resmungou.

— Esquece. Dois anos depois da morte da Angelica eras ainda um viúvo inconsolável.

— A Angelica ficou com uma grande fatia do meu coração. Mas, a seguir a ela, a pessoa mais importante da minha vida és tu. Se te tivesse conhecido antes dela...

— Porque temos de ser sempre nós, mulheres, a ter de esperar, aguentar com paciência, dar tempo aos homens para superarem as suas crises? Podiam bem ser vocês, às vezes, a ter paciência connosco!

— Eu tive. Ainda aqui estou e olho para ti com a adoração de há vinte anos, mando-te flores e sofro sempre que te vejo com um novo companheiro. Tive de digerir o ator francês, o banqueiro de Zurique e, agora, o jovem engenheiro eletrotécnico. Acho que já chega.

O silêncio instalou-se entre eles, sublinhado pelo crepitar da lenha que ardia na lareira.

Giuliana atormentava com os dedos as pérolas do colar. «Pérolas lindíssimas», dissera-lhe Sante numa ocasião. Haviam pertencido à avó Ines, que lhas oferecera no Crisma. O seu pensamento voou de Ines para Vienna, e dela para Martina, que agora estava morta, deixando-a só, insegura, assustada, à procura de alguma coisa onde se agarrar. Pareceu-lhe ouvir de novo a voz da mãe quando, na pequena praia de San Michele, lhe disse: «Gosto muito do Sante.»

Quatro palavras que continham a estima por um homem que gostaria de ter visto ao lado da filha.

— Estou quase a fazer cinquenta anos, meio século. Entendes isto? — disse Giuliana.

— Eu entendo. E tu?

— Cresci em três dias e tenho medo de me desmoronar.

— Mas eu estou aqui, para te apoiar de novo. Queres ser minha mulher, Giuliana?

— Eu disse-te que a minha mãe se casou aos sessenta anos? Em comparação, eu vou ser uma noiva muito jovem! — exclamou ela, feliz, refugiando-se nos seus braços.

Ouviram passos no corredor e após alguns instantes Camilla entrou na sala. Viu-os abraçados e sorriu.

— O Stefano, como um perfeito cavalheiro, veio trazer-me a casa. Queria subir, mas eu disse-lhe que a esta hora estavas certamente a dormir. Sabes que ele até é simpático?

— Todos os meus amigos são simpáticos — disse Giuliana.

— Perguntou-me se me apetecia ir esquiar com ele.

— Espero que lhe tenhas dito que não — interveio Sante.

— Porquê? — perguntou Camilla, curiosa.

— Porque não é a pessoa indicada para ti. E se to digo eu, que sou teu pai, tens de acreditar — declarou o antiquário.

CAPÍTULO 73

Richetta bateu duas vezes à porta do quarto e, não tendo obtido resposta, abriu-a devagar. Leandro Bertola dormia profundamente e ela hesitou alguns instantes, sem saber se devia acordá-lo. Era a manhã do dia de Natal e, na cozinha, o sobrinho estava à espera dela para a levar a casa dos seus familiares, em Clusone. Não queria partir sem desejar um feliz Natal ao professor e servir-lhe o pequeno-almoço, que já ali estava pronto, na antecâmara. O senhor estava a descansar, tranquilo, e ela sabia a necessidade que ele tinha de um bom sono que o impedisse de pensar no desaparecimento de Martina pelo menos durante algumas horas.

Por fim decidiu deixá-lo dormir. Empurrou em silêncio o carrinho com o pequeno-almoço até aos pés da cama e deslizou para fora do quarto. Ia deixar-lhe um bilhete na mesa da cozinha. Eram quase nove horas da manhã e tinha de se despachar para sair.

Leandro acordou quando a governanta entrou no quarto, mas fez de conta que estava a dormir, porque não tinha vontade nem de falar, nem de ouvir o habitual *Feliz Natal,* porque não o seria, sem Martina.

Levantou-se, foi à casa de banho e meteu-se debaixo do chuveiro. Depois regressou ao quarto e abriu as portadas para deixar entrar a luz da manhã. Sentou-se na cama e tomou o pequeno-almoço consciente de que, com Martina, partira o melhor da sua vida.

Empurrou o carrinho do pequeno-almoço até ao corredor e desceu ao rés do chão do antigo palacete. Entrou na sala de estar e parou diante de uma das portas envidraçadas para ver a neve que se acumulara no jardim.

Recordou as palavras da mulher, Emanuela, quando se divorciaram:

— Se me tivesses amado só metade do que amas Martina Agrestis, não teríamos chegado a este ponto.

Sem querer, ele sempre a ferira injustamente, porque fora uma boa esposa. No entanto, por vezes, olhava para ela como se fosse uma estranha. Como podia explicar-lhe que não conseguia arrancar do coração a sua Martina, doce e louca como um cavalo fogoso, agressiva e terna, vagabunda e no entanto tão ligada às suas raízes?

Leandro abandonou a sala e entrou no vestíbulo. O presépio que estava a montar com Martina no quarto domingo do Advento ainda estava por ultimar. Tocou ao de leve nas pequenas estátuas e na gruta de Belém que ela construíra com papel de embrulho.

— O que vou fazer sem ti? — perguntou, desesperado, cobrindo o rosto com as mãos.

Tocou o telefone e ele atendeu de má vontade. Era Emanuela a convidá-lo para jantar, para festejar o Natal com os filhos, como sempre. Ele agradeceu e recusou.

Trocaram poucas palavras e depois despediram-se. Então Leandro recordou um pôr do sol de junho, em Bérgamo, muitos anos antes. As andorinhas voavam baixo e os seus gritos estridentes confundiam-se com as badaladas dos sinos da igreja românica que anunciavam as Vésperas. Ele passeava com Emanuela ao longo daqueles velhos muros, de mãos dadas.

Ela era uma rapariga graciosa, discreta, silenciosa. Quando alguma coisa a perturbava, corava e baixava a cabeça.

Crianças brincavam no relvado sob o olhar vigilante das mães. Eles sentaram-se num banquinho e deixaram-se acariciar pelo sopro doce do ar.

Leandro olhou-a nos olhos, desejando com todas as suas forças poder dizer-lhe: «Amo-te», porque gostava sinceramente dela.

Aquele rosto angélico de pele clara, os grandes olhos castanhos que, melhor do que palavras, refletiam os seus pensamentos, os cabelos loiros, apanhados na nuca, tornavam-na semelhante a uma delicada miniatura oitocentista.

O olhar de Emanuela dizia tudo sobre a admiração que nutria por ele e isso fazia-o sentir-se importante.

Como era diferente de Martina, sempre com um ar desafiante capaz, como mais ninguém, de ferir os seus sentimentos.

Leandro abraçou Emanuela, beijou-a e depois sussurrou-lhe:

— Amo-te, Martina.

Ela afastou-o com ternura.

— Eu chamo-me Emanuela.

— Porquê, o que disse eu?

— Chamaste-me Martina. — E acrescentou, curiosa: — Quem é a Martina?

— Quem era, quanto muito — respondeu ele, atrapalhado. E explicou: — era uma colega de escola, quando eu vivia em Vertova com os meus avós. Crescemos juntos. Nada com que te devas preocupar.

Emanuela viu Martina pela primeira vez à saída da igreja de Vertova, depois da Missa do Galo, quando estava já casada com Leandro e esperava o primeiro filho.

Martina estava com Giuliana e com um homem bonito e muito elegante. Emanuela reparou no cruzamento de olhares entre o marido e Martina e deduziu que havia entre eles alguma coisa de mais profundo do que uma longínqua amizade infantil.

Mais tarde interrogou o marido. Leandro achou que a mulher não merecia uma mentira e esclareceu:

— Foi um amor que nasceu nos bancos da escola e que nunca chegou a desabrochar. Entre mim e ela nunca houve sequer um beijo.

O toque do telefone afastou-o das suas recordações.

— Como estás? — perguntou-lhe Vienna.

— Eu é que devia perguntar-te isso, e preocupar-me contigo! — replicou, sentindo-se culpado por não lhe ter ligado.

— A Martina ia ficar contente se festejássemos o Natal juntos, nesta casa a que ela estava tão ligada. Queres vir ter comigo para almoçar? — convidou Vienna.

— Eu levo o *panettone* — respondeu Leandro, sem hesitar.

CAPÍTULO 74

Vienna escolheu um vestido de crepe negro, que Martina lhe oferecera alguns anos antes.

Depois sentou-se no sofá do costume, em frente à janela, de onde se via o rio e o vale. Há quantos anos observava ela aquela paisagem, sempre igual e sempre diferente, conforme as estações? *Uma vida,* pensou. *Toda uma vida!* O sol derretia a neve que, ao desaparecer, descobria manchas de terra castanha. Agradeceu ao Senhor pelo dom daquele novo dia e sentiu, de súbito, uma tristeza avassaladora. Pois a sua Martina não voltaria a fazer as suas incursões imprevistas, levando consigo uma lufada de vitalidade e muitas histórias para contar. A filha já não existia e a casa estava mergulhada num silêncio que lhe gelava o coração.

O som insistente da campainha obrigou-a a levantar-se. Abriu a porta e deparou-se com Maria, os filhos e Raul Draghi.

Naquela manhã, Maria fora acordada por uma avalancha festiva que se abateu sobre a sua cama e por um «Feliz Natal, mamã» recitado em coro pelos filhos.

— Feliz Natal para vocês também, mas desçam da cama antes que a deitem abaixo — avisou, grata por aquela alegria.

Depois, quanto abriam os presentes, chegou o telefonema de Raul.

— O que vão fazer hoje, tu e os pequenos? — perguntou-lhe.

— Eu e as minhas irmãs, decidimos fazer uma surpresa à avó. Vamos a Vertova, a casa dela. Pode ser que assim o Natal seja menos triste, se estivermos todos juntos. Queres vir connosco? — propôs Maria.

Raul foi buscá-los a casa e levou-os a Vertova. Uma viagem curta, animada pelas crianças, excitadas com aquela missão no vale.

Maria apresentou Raul à avó, dizendo:

— É o doutor Draghi, mas podes chamar-lhe Raul e tratá-lo por tu.

Depois sussurrou-lhe:

— É realmente um dragão[1], porque consegue tomar conta dos meus patifes e está a fazer-me a corte com alguma graça.

Vienna gostou do rosto franco daquele quarentão. Recebeu-o, dizendo:

— Tens realmente muita coragem se pensas embarcar numa aventura com a minha neta e os seus filhos. Bem-vindo a minha casa.

Naquele momento a campainha da porta voltou a tocar, e de novo, e outra vez, até que chegaram todos: Giuliana com Camilla e Sante Sozzani, Osvalda com Galeazzo e, por fim, Leandro, tão surpreendido como Vienna com aquela invasão inesperada.

Mas toda a família ficou sem fôlego quando Osvalda, depois de ter apresentado Galeazzo a quem não o conhecia, anunciou, feliz:

---

[1] Em italiano *drago,* plural *draghi.* (N. da T.)

— Estamos noivos e vamos casar assim que os documentos estejam prontos.

A notícia foi recebida com gritos de alegria, sobretudo por parte de Vienna, de Maria e de Giuliana, preocupadas com o futuro de Osvalda depois da morte de Martina.

Vienna abraçou a futura esposa com ternura e aconselhou:

— Ouve o que eu te digo e despacha-te. Eu já sou velha e não posso esperar muito tempo.

Depois cumprimentou com particular afeto Sante Sozzani. Não o via há muito tempo, mas sabia que era o pai de Camilla.

— Resolveste ganhar juízo?

— Parece que sim. Eu e o Sante decidimos casar. O mérito é todo da mãe, que me indicou o caminho certo — replicou ela, recordando também o telefonema de Stefano, umas horas antes.

O jovem ligara-lhe às sete da manhã, dizendo-lhe:

— Giugiù, má. Ontem à noite não me ligaste nenhuma por causa daquele teu velho amigo. Agora vou ter de ir almoçar com a minha namorada e com a família dela e vou estar de péssimo humor por tua causa.

— Aproveita esta ocasião para marcar a data do casamento — respondeu Giuliana.

— Estás a despachar-me? — perguntou ele, ofendido.

— Um dos dois tinha de o fazer — respondeu ela, e concluiu: — Tivemos uma fantástica história de amor. Vamos dar-lhe um fim digno.

Durante o voo de Roma para Bérgamo, no avião particular de Sante, passara pelas brasas enquanto ele e Camilla conversaram sem parar. Depois, no automóvel que os levou de Orio para Vertova, Camilla anunciou-lhe:

— Não volto para Londres. Resolvi ficar em Roma e vou trabalhar com o meu pai. Assim a família vai ficar unida.

As três irmãs dispuseram nas travessas a comida que haviam preparado, enquanto os filhos de Maria ouviam extasiados as histórias que a prima Camilla lhes contava sobre as maravilhas de Londres, e os quatro homens conversavam com Vienna.

Quando finalmente se sentaram todos à mesa, pareceu a Vienna que andara para trás no tempo, quando na grande cozinha da casa dos Agrestis a família se reunia para festejar o Natal. Desta vez, porém, não eram os Agrestis, mas a estirpe dos Ceppi. Abraçou com um olhar aquela sua grande família e sentiu que Martina tinha operado o milagre de dar uma certa ordem àquela bagunça enorme que fora a vida dela e a das filhas.

Quando acabaram de comer, e antes de preparar o café, Vienna foi ao quarto e regressou com um envelope na mão.

— Sentem-se e ouçam. Disse-vos que a vossa mãe me confiou as suas vontades. Chegou o momento de vos ler isto — anunciou.

Abriu o envelope, desdobrou uma folha, pôs os óculos e leu. Martina destinava a Osvalda a *villa* de Vertova, a Maria a casa da Via Serbelloni, e a Giuliana os móveis antigos, os quadros e as joias. Quanto aos capitais investidos, eram para dividir equitativamente entre Vienna e as três filhas.

Foi um dia sereno, rico de emoções e de recordações alegres e, por vezes, dilacerantes.

Partiram todos ao fim da tarde. Vienna estava exausta, mas ainda tirou da estante o segundo volume das obras de

Shakespeare. Foi sentar-se no sofá habitual, abriu-o, folheou-o e encontrou aqueles versos que tanto amava: «*Sei o lugar onde há belo canteiro/ que o ar embalsama de agradável cheiro/ do tomilho selvagem,/ da sincera violeta/ e da graciosa primavera,/ onde há latada de fragrantes rosas/ e...*»

Fechou os olhos e pareceu-lhe ver Martina quando tinha dezoito anos, com um vestidinho de algodão florido, a subir com um passo ligeiro aquele doce declive entre arbustos de tomilho e tufos de violetas. No cume do monte estava o pai, Stefano Ceppi, de farda militar, sorridente e comovido à espera dela.

Vienna sentiu-se plenamente feliz. Adormeceu e o livro escorregou-lhe das mãos.

LIVROS NA COLEÇÃO

001 | 001 Daniel Silva
O Confessor

002 | 001 Guillaume Musso
E Depois...

003 | 001 Mary Higgins Clark
A Segunda Vez

004 | 001 Augusto Cury
A Saga de um Pensador

005 | 001 Marc Levy
E Se Fosse Verdade...

006 | 001 Eça de Queirós
Contos

007 | 001 Danielle Steel
Uma Paixão

008 | 001 Stephen King
Cell

009 | 001 Juliet Marillier
O Filho de Thor – Vol. I

009 | 002 Juliet Marillier
O Filho de Thor – Vol. II

010 | 001 Mitch Albom
As Cinco Pessoas que Encontramos no Céu

011 | 001 Corinne Hofmann
Casei com Um Massai

012 | 001 Christian Jacq
A Rainha Sol

013 | 001 Nora Roberts
Um Sonho de Amor

014 | 002 Nora Roberts
Um Sonho de Vida

015 | 001 Boris Starling
Messias

016 | 001 Maria Helena Ventura
Afonso, o Conquistador

017 | 001 Maeve Binchy
Uma Casa na Irlanda

018 | 001 Simon Scarrow
A Águia do Império

019 | 001 Elizabeth Gilbert
Comer, Orar, Amar

020 | 001 Dan Brown
Fortaleza Digital

021 | 001 Bill Bryson
Crónicas de Uma Pequena Ilha

022 | 001 David Liss
A Conspiração de Papel

023 | 001 Jeanne Kalogridis
No Tempo das Fogueiras

024 | 001 Luís Miguel Rocha
O Último Papa

025 | 001 Clive Cussler
Desvio Polar

026 | 003 Nora Roberts
Sonho de Esperança

027 | 002 Guillaume Musso
Salva-me

028 | 003 Juliet Marillier
Máscara de Raposa – Vol. I

028 | 004 Juliet Marillier
Máscara de Raposa – Vol. II

029 | 001 Leslie Silbert
A Anatomia do Segredo

030 | 002 Danielle Steel
Tempo para Amar

031 | 002 Daniel Silva
Príncipe de Fogo

032 | 001 Edgar Allan Poe
Os Crimes da Rua Morgue

033 | 001 Tessa De Loo
As Gémeas

034 | 002 Mary Higgins Clark
A Rua Onde Vivem

035 | 002 Simon Scarrow
O Voo da Águia

036 | 002 Dan Brown
Anjos e Demónios

037 | 001 Juliette Benzoni
O Quarto da Rainha
(O Segredo de Estado – I)

038 | 002 Bill Bryson
Made in America

039 | 002 Eça de Queirós
Os Maias

040 | 001 Mario Puzo
O Padrinho

041 | 004 Nora Roberts
As Jóias do Sol

042 | 001 Douglas Preston
Relíquia

043 | 001 Camilo Castelo Branco
Novelas do Minho

044 | 001 Julie Garwood
Sem Perdão

045 | 005 Nora Roberts
Lágrimas da Lua

046 | 003 Dan Brown
O Código Da Vinci

047 | 001 Francisco José Viegas
Morte no Estádio

048 | 001 Michael Robotham
O Suspeito

049 | 001 Tess Gerritsen
O Aprendiz

050 | 001 Almeida Garrett
Frei Luís de Sousa e *Falar Verdade a Mentir*

051 | 003 Simon Scarrow
As Garras da Águia

052 | 002 Juliette Benzoni
O Rei do Mercado (O Segredo de Estado – II)

053 | 001 Sun Tzu
A Arte da Guerra

054 | 001 Tami Hoag
Antecedentes Perigosos

055 | 001 Patricia Macdonald
Imperdoável

056 | 001 Fernando Pessoa
A Mensagem

057 | 001 Danielle Steel
Estrela

058 | 006 Nora Roberts
Coração do Mar

059 | 001 Janet Wallach
Seraglio

060 | 007 Nora Roberts
A Chave da Luz

061 | 001 Osho
Meditação

062 | 001 Cesário Verde
O Livro de Cesário Verde

063 | 003 Daniel Silva
Morte em Viena

064 | 001 Paulo Coelho
O Alquimista

065 | 002 Paulo Coelho
Veronika Decide Morrer

066 | 001 Anne Bishop
A Filha do Sangue

067 | 001 Robert Harris
Pompeia

068 | 001 Lawrence C. Katz
e Manning Rubin
Mantenha o Seu Cérebro Activo

069 | 003 Juliette Benzoni
O Prisioneiro da Máscara de Veludo (O Segredo de Estado – III)

070 | 001 Louise L. Hay
Pode Curar a Sua Vida

071 | 008 Nora Roberts
A Chave do Saber

072 | 001 Arthur Conan Doyle
As Aventuras de Sherlock Holmes

073 | 004 Danielle Steel
O Preço da Felicidade
074 | 004 Dan Brown
A Conspiração
075 | 001 Oscar Wilde
O Retrato de Dorian Gray
076 | 002 Maria Helena Ventura
Onde Vais Isabel?
077 | 002 Anne Bishop
Herdeira das Sombras
078 | 001 Ildefonso Falcones
A Catedral do Mar
079 | 002 Mario Puzo
O Último dos Padrinhos
080 | 001 Júlio Verne
A Volta ao Mundo em 80 Dias
081 | 001 Jed Rubenfeld
A Interpretação do Crime
082 | 001 Gerard de Villiers
A Revolução dos Cravos de Sangue
083 | 001 H. P. Lovecraft
Nas Montanhas da Loucura
084 | 001 Lewis Carroll
Alice no País das Maravilhas
085 | 001 Ken Follett
O Homem de Sampetersburgo
086 | 001 Eckhart Tole
O Poder do Agora
087 | 009 Nora Roberts
A Chave da Coragem
088 | 001 Julie Powell
Julie & Julia
089 | 001 Margaret George
A Paixão de Maria Madalena – Vol. I
090 | 003 Anne Bishop
Rainha das Trevas
091 | 004 Daniel Silva
O Criado Secreto
092 | 005 Danielle Steel
Uma Vez na Vida
093 | 003 Eça de Queirós
A Cidade e as Serras
094 | 005 Juliet Marillier
O Espelho Negro (As Crónicas de Bridei – I)
095 | 003 Guillaume Musso
Estarás Aí?
096 | 002 Margaret George
A Paixão de Maria Madalena – Vol. II
097 | 001 Richard Doetsch
O Ladrão do Céu
098 | 001 Steven Saylor
Sangue Romano
099 | 002 Tami Hoag
Prazer de Matar
100 | 001 Mark Twain
As Aventuras de Tom Sawyer
101 | 002 Almeida Garrett
Viagens na Minha Terra
102 | 001 Elizabeth Berg
Quando Estiveres Triste, Sonha
103 | 001 James Runcie
O Segredo do Chocolate
104 | 001 Pauk J. Mcauley
A Invenção de Leonardo
105 | 003 Mary Higgins Clark
Duas Meninas Vestidas de Azul
106 | 003 Mario Puzo
O Siciliano
107 | 002 Júlio Verne
Viagem ao Centro da Terra
108 | 010 Nora Roberts
A Dália Azul
109 | 001 Amanda Smyth
Onde Crescem Limas não Nascem Laranjas
110 | 002 Osho
O Livro da Cura – Da Medicação à Meditação

111 | 006 Danielle Steel
Um Longo Caminho para Casa

112 | 005 Daniel Silva
O Assassino Inglês

113 | 001 Guillermo Cabrera Infante
A Ninfa Inconstante

114 | 006 Juliet Marillier
A Espada de Fortriu

115 | 001 Vários Autores
Histórias de Fantasmas

116 | 011 Nora Roberts
A Rosa Negra

117 | 002 Stephen King
Turno da Noite

118 | 003 Maria Helena Ventura
A Musa de Camões

119 | 001 William M. Valtos
A Mão de Rasputine

120 | 002 Gérard de Villiers
Angola a Ferro e Fogo

121 | 001 Jill Mansell
A Felicidade Mora ao Lado

122 | 003 Paulo Coelho
O Demónio e a Senhorita Prym

123 | 004 Paulo Coelho
O Diário de Um Mago

124 | 001 Brad Thor
O Último Patriota

125 | 002 Arthur Conan Doyle
O Cão dos Baskervilles

126 | 003 Bill Bryson
Breve História de Quase Tudo

127 | 001 Bill Napier
O Segredo da Cruz de Cristo

128 | 002 Clive Cussler
Cidade Perdida

129 | 001 Paolo Giordano
A Solidão dos Números Primos

130 | 012 Nora Roberts
O Lírio Vermelho

131 | 001 Thomas Swan
O Falsificador de Da Vinci

132 | 001 Margaret Doody
O Enigma de Aristóteles

133 | 007 Juliet Marillier
O Poço das Sombras

134 | 001 Mário de Sá-Carneiro
A Confissão de Lúcio

135 | 001 Colleen McCullough
A Casa dos Anjos

136 | 013 Nora Roberts
Herança de Fogo

137 | 003 Arthur Conan Doyle
Um Estudo em Vermelho

138 | 004 Guillaume Musso
Porque te Amo

139 | 002 Ken Follett
A Chave para Rebecca

140 | 002 Maeve Binchy
De Alma e Coração

141 | 002 J. R. Lankford
Cristo Clonado

142 | 002 Steven Saylor
A Casa das Vestais

143 | 002 Elizabeth Gilbert
Filha do Mar

144 | 001 Federico Moccia
Quero-te Muito

145 | 003 Júlio Verne
Vinte Mil Léguas Submarinas

146 | 014 Nora Roberts
Herança de Gelo

147 | 002 Marc Levy
Voltar a Encontrar-te

148 | 002 Tess Gerritsen
O Cirurgião

149 | 001 Alexandre Herculano
Eurico, o Presbítero

150 | 001 Raul Brandão
Húmus

151 | 001 Jenny Downham
Antes de Eu Morrer

152 | 002 Patricia MacDonald
Um Estranho em Casa

153 | 001 Eça de Queirós
e Ramalho Ortigão
O Mistério da Estrada de Sintra
154 | 003 Osho
Alegria – A Felicidade Interior
155 | 015 Nora Roberts
Herança da Vergonha
156 | 006 Daniel Silva
A Marca do Assassino
157 | 002 Camilo Castelo Branco
A Queda dum Anjo
158 | 007 Danielle Steel
Jogos de Sedução
159 | 001 Florbela Espanca
Sonetos
160 | 002 Margaret Doody
A Justiça de Aristóteles
161 | 003 Tess Gerritsen
A Pecadora
162 | 003 Ken Follett
O Vale dos Cinco Leões
163 | 004 Júlio Verne
Da Terra à Lua
164 | 001 F. Scott Fitzgerald
O Grande Gatsby
165 | 002 Federico Moccia
Três Metros Acima do Céu
166 | 001 Aquilino Ribeiro
O Malhadinhas
167 | 004 Osho
Liberdade – A Coragem de Ser Você Mesmo
168 | 007 Daniel Silva
A Mensageira
169 | 005 Guillaume Musso
Volto para Te Levar
170 | 001 Niccolò Ammaniti
Como Deus Manda
171 | 005 Júlio Verne
À Volta da Lua
172 | 001 Alberto Caeiro
Poemas
173 | 004 Tess Gerritsen
Duplo Crime
174 | 005 Osho
Inteligência – A Resposta Criativa
175 | 001 Rider Haggard
As Minas de Salomão
176 | 001 Inês Botelho
A Filha dos Mundos (O Cetro de Aerzis – 1)
177 | 001 Dinis Machado
O Que Diz Molero
178 | 002 Colleen McCullough
A Independência de Uma Mulher
179 | 008 Danielle Steel
O Beijo
180 | 003 Tami Hoag
Águas Calmas
181 | 001 Lisa Gardner
A Filha Secreta
182 | 001 Francesco Alberoni
Enamoramento e Amor
183 | 003 Marc Levy
Os Filhos da Liberdade
184 | 004 Arthur Conan Doyle
O Signo dos Quatro
185 | 008 Daniel Silva
O Artista da Morte
186 | 002 Brad Thor
O Primeiro Mandamento
187 | 001 Joseph Conrad
O Agente Secreto
188 | 001 Deborah Smith
A Doçura da Chuva
189 | 001 Santa Montefiore
A Virgem Cigana
190 | 001 Philipp Meyer
Ferrugem Americana
191 | 005 Tess Gerritsen
Desaparecidas

192 | 006 Júlio Verne
Cinco Semanas em Balão
193 | 002 Inês Botelho
A Senhora da Noite e das Brumas (O Cetro de Aerzis – 2)
194 | 004 Tami Hoag
Pecados na Noite
195 | 004 Ken Follett
Noite Sobre as Águas
196 | 005 Dan Brown
O Símbolo Perdido
197 | 001 Luís Miguel Rocha
Bala Santa
198 | 001 Isabel Valadão
Loanda — Escravas, Donas e Senhoras
199 | 003 Patricia MacDonald
Raptada na Noite
200 | 001 Franz Kafka
O Processo
201 | 002 Aquilino Ribeiro
A Casa Grande de Romarigães
202 | 001 John Grisham
A Firma
203 | 009 Danielle Steel
Um Amor Imenso
204 | 001 Romana Petri
Os Pais dos Outros
205 | 001 Sveva Casati Modignani
Feminino Singular
206 | 005 Arthur Conan Doyle
O Vale do Terror

Outros títulos na coleção

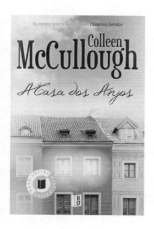
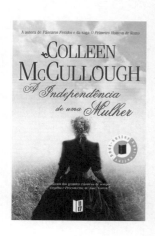